문화·예술인의 자세

김관식 칼럼·평문집

문화·예술인의 자세

2025년 1월 31일 초판 1쇄 인쇄 발행

지 은 이 ㅣ 김관식
펴 낸 이 ㅣ 박종래
펴 낸 곳 ㅣ 도서출판 명성서림

등록번호 ㅣ 301-2014-013
주   소 ㅣ 04625 서울시 중구 필동로 6 (2, 3층)
대표전화 ㅣ 02)2277-2800
팩   스 ㅣ 02)2277-8945
이 메 일 ㅣ msprint8944@naver.com

값 12,000원
ISBN 979-11-94200-61-1

칼럼·평문집
김관식

문화·예술인의 자세

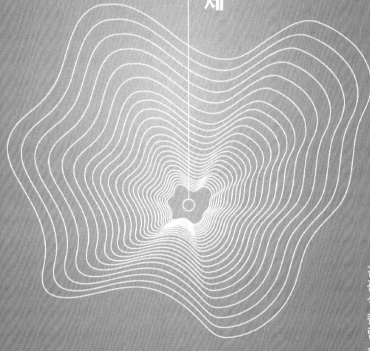

김관식 칼럼·평문집

도서
출판 명성서림

수준 높은 문화예술 환경을 기대하며

고향 나주의 집필실과 서울을 오가며 생활한지도 어언 여섯 해가 되었다. 그동안 애향심으로 눈에 거슬리는 것들을 바로잡고자 지역신문에 발표한 칼럼과 한국좋은동시재능기부사업회의 재능기부동시집 발간과 기증 사업을 다섯 번째 실천해오면서 재능기부동시집의 서문에 썼던 글과 아동문학전문지의 계평, 그리고 고대시가와 동심에 대해 쓴 칼럼, 평문집을 한데 묶어 펴낸다. 문학평론집이라기 보다는 칼럼과 평론을 뒤섞어놓은 잡문집이다.

광주전남의 여러 지역에 공익성을 고려하지 않는 행정기관의 불합리한 행정 결과를 바로잡고자 뒷북을 쳤다. 특히 혈세로 세운 엉터리 시비 문제와 특정인의 탐욕이 드러난 인물의 우상화 문제는 고장의 명예 실추는 물론 후손들에게 부끄러운 짓일 것이다. 따라서 이를 바로 고쳐져야 마땅할 것이다.

자유민주주의 시대에 구시대적인 발상으로 추악한 탐욕을 감추려는 어리석음은 향토사회를 병들게 하고 대대로 내세운 인물에 대한 비난을 감수해야 할 것이다.

예술의 고장이라는 전통을 이어받아 우리 고장 광주전남 출신 두 분이 노벨평화상과 문학상을 수상했다. 우리고장의 격상된 문화수준에 못 미치는 부끄러운 것들은 빠른 시일 내에 바로 잡아 수준 높은 문화예술 환경으로 개선해나가야 할 것이다.

2025. 2. 1
香山齊에서 김관식 드림

차례

제1부

문화 · 예술인의 자세

제2부
문학생태 환경의 개선

제3부

꽃향기를 찾아서

제4부

동시 창작은 이렇게

제1부

문화·예술인의 자세

신숙주의 생가 유감

나주 노안 금안리에 신숙주의 생가가 있다. 폐가처럼 방치해놓은 생가를 보고 난 깜짝 놀랬다. 한글을 창제하는데 음운학자로로 혁혁한 공로가 있는 분이고 세종대왕의 총애를 받아 영의정까지 지내신 분의 생가를 이렇게 방치해놓고 있는 것에 대해 내 자신 얼굴이 화끈거렸다. 부끄러웠다. 왜 이렇게 오랫동안 방치해두었을까? 가만히 생각해보았다.

오랫동안 군사정권이 만들어낸 무인 숭상의 역사 해석에 대한 이데올로기가 자리 잡은 탓으로 보았다. 우리나라는 역사적으로 천 번이 넘는 외세의 침략을 받아왔다. 피해망상적인 심리가 무인 숭상의 이데올로기가 우리도 모르게 민족 집단 심리의 기저에 자리 잡아온 것은 아닐까? 그뿐만 아니라 역사적인 사건을 해석하는데 있어서 권력관계에 있어서 잘잘못을 따지기보다는 편협한 흑백의 이분법적인 이데올로기가 자리 잡아 온 것은 아닐까?

세조의 왕위찬탈 과정에서 빚어진 역사적 해석 때문에 신숙주는 변절자로 낙인찍혀졌다. 세종의 둘째아들 수양대군이 문종이 죽고 13세의 조카 단종이 왕위를 계승받아 즉위하자 왕위 찬탈에 야심을 품고 정인지, 신숙주, 한명회를 같은 패당으로 기회를 노리다가 영의정 황보인皇甫仁, 좌의정 김종서金宗瑞 등을 살해한 다음, 1455년(단종 3) 6월 드디어 단종을 몰아내고 왕위를 빼앗은 계유정란 때문이었다. 집현전 학자들이 이에 맞서 대항하였으나 수많은 학자들이 죽임을 당했다. 그러나 신숙주는 이때 변절하여 목숨을 부지했다는 이유 때문에 한글창제의 업적은 고사하고 죽어서까지 그 오명을 남겨 후손들이 그 생가를 방치한 것이라고 볼 때 당시 수양대군에게 죽어야했다. 죽지 않았다는 이유로 그는 역사적인 희생물이 된 것이다.

　　정권이 바뀌는 과정에 새로운 정권에 따른 사람은 모두 흑백의 논리로 반역자가 된다. 그러나 그 정권의 역사는 그 당사자는 역사의 주체로 인정하면서도 그 신하들은 새로운 정권에 협조 또는 살아남으면 변절자가 되고, 과거의 업적이 모두 사라져야 한다는 논리는 오랫동안 외침을 받아온 우리 민족적인 역사 해석의 흑백 이데올로기가 아닐 수 없다. 그렇다면 일제 강점기에 살아남는 지식층은 모두 친일파가 되는 것이다. 당시 일본의 침략시기 일본정부에 반항하면 독립투사가 된다. 그리고 일본 독재자들이 일본에 대항하는 민족주의자들을 그만 내버려두지 않았다. 일제강점기 살아남으려면 직간접으로 친일하지 않고서는 살아남을 수가 없었을 것이다. 그러나 너무 심히게 사리사욕에 눈이 멀어 일제의 앞잡이 노릇으로 동족을 핍박하는데 앞장서거나 그들의 편에 서서 민족을 배신한 사람을 친일파라고 하는데, 일본이 패망하고 국권을 되찾은 후 친일파들이 오늘까지 각계각층의 사회지도층 인사로 신분을 세탁하여 부와 권력을 독점해왔다.

해방 후 이러한 민족 반역을 자행한 친일파들을 척결하지 못하고 그들이 실권을 장악하게 자의든 타의든 간에 본의 아니게 우리들은 묵인해왔다. 그나마 6.25의 사변으로 동족 간에 서로 죽이는 수난을 겪기도 했다. 그 후 독재정권을 타도를 외치는 4.19학생들을 제치고 군사정권이 들어섰고, 남북 분단이 오늘까지 이어지고 있어 남북 간의 이데올로기 대립으로 흑백의 역사 해석은 오늘까지 우리들의 의식을 지배해오고 있다. 이러한 흑백의 이데올로기는 역사 해석의 다양성을 인정하지 않는다. 한글은 세계적인 문자라고 자랑하고 세종대왕을 한글 창제하신 훌륭한 임금이라고 칭송하고 한글을 나라의 긍지로 여기면서도 그 한글을 만드는데, 공헌한 집현전 학자들 중 수양대군의 왕위 찬탈에 살아남는 자는 그 공적도 인정받지 못한다는 것은 흑백의 역사해석과 민족수난의 피해망상증이 자리 잡은 우리 민족만의 왜곡된 역사의식은 아닐까? 그리고 오랫동안 조선왕조의 지배 이데올로기가 되어왔던 유교질서 때문일 것이다. 남존여비 사상, 양반과 상민이라는 신분 차별 등 뿌리 깊은 유교 이데올로기는 가문을 중시하고 여자에게 정절을 강요했다. 남편에게 자신의 권리를 주장하면 칠거지악으로 몰아붙이는 흑백의 논리를 강요하는 남녀의 불평등한 차별의식은 모두 유교가 낳은 흑백 논리의 산물이다. 여자가 부정한 짓을 저질렀을 때는 죽음을 강요받았던 유교질서는 세조가 왕위를 찬탈했으면서 신하들에게 책임을 묻는 어처구니없는 지배이데올로기로 이어진다. 그런데 우리들은 이런 남존여비, 임금님께 충성하는 유교질서에 길들여져 무의식적으로 인정하고 있는 것은 아닐까?

세조의 왕위찬탈은 일차적으로 세종대왕의 탓이다. 아들을 잘 못 교육시킨 아버지로서의 세종대왕에게 책임을 물어야 하는데도 아무도 세종대왕은 책임을 물을 수 없는 신성의 영역으로 여겨왔다. 또한 직접적으로는 조카의 왕위를 빼앗아간 수양대군에게 그 책임을 물어야 함에도 왜 신하들에게 그 책임을 덮어씌우고 그것을 그대로 받아들이게 하는 모순된 유교질서의 폐단을 어떻게 생각하는가? 우리 국민들은 이러한 모순되고 왜곡된 유교질서의식에 길들여져 왔다. 이제 이러한 말도 안 되는 비민주적이고 억지스러운 유교질서의 역사의식에서 깨어나야 할 때이다.

신숙주의 한글 창제의 업적은 인정되어야 한다. 신숙주가 수양대군의 편에 섰다는 이유만으로 한글학자를 외면하는 후진국의 역사의식을 이제 청산할 때이다. 오늘날까지 신숙주의 생가가 폐가가 되도록 내버려둔 것은 일차적으로 신숙주의 후손에게 있지만, 후손이 빈한하여 방치할 수밖에 없다면 국가가 마땅히 문화재로서의 후손들에게 알려야 마땅할 것이다. 신숙주 선생의 생가를 폐가로 방치해놓고도 어찌 선진 문화국민이라고 떳떳하게 내세울 수 있겠는가?

다 쓰러져가는 생가를 방치해놓고도 우리들이 양심의 가책을 느끼지 않고 역사적 흑백논리로 정당화하는 일은 정말 부끄러운 일이 아닐까? 쓰러지기 일보 직전의 신숙주 생가의 모습은 우리 민족의 부끄러운 자화상을 그대로 방치해놓은 철면피한 일이 아닐 수 없다. 만약 외국인들이 이 모습을 본다면 어떻게 생각할까? 도저히 이해할 수 없을 것이다. 무인 숭상의 이데올로기와 한번 낙인 찍힌 인물은 되돌아보지 않으려는 비인간적이고 비도덕적인 잔인한 유교문화가 낳은 폐단과 문인들을 괄시하는 문화는 군사정권이 낳은 산물이 아닐 수 없다.

　문인을 업신여기고 총칼 들고 싸운 무인들만을 숭상하는 나라는 독재자들이 득세했거나 역사적으로 외침이 많았던 불행한 역사를 지닌 나라들이다. 우리나라는 이제 경제적으로 선진국의 대열에 들어섰다. 이러한 문화적 후진의 역사해석의 희생물로 방치한 신숙주의 생가는 우리나라가 문화적인 후진국임을 스스로가 인정하고 있는 것은 아닐까?

문화·예술인의 자세

　선진국과 후진국의 차이를 대부분 경제성장과 국민소득이 높고 낮음으로 판가름한다. 그러나 그보다 중요한 차이는 나라마다 다른 상대적인 경제, 문화의 차이가 아니라 정신적인 문화예술의 생활화와 공동체가 다 같이 공존하는데 필요한 질서나 공중 윤리의 실천력, 서로간의 신뢰, 자유민주의식과 실천력 등 국민의 의식수준의 높고 낮음에 따라 판별된다고 해야 할 것이다. 미국 스탠퍼드 대학교의 교수이자, 철학자, 정치경제학자인 일본계 미국인 3세, 프랜시스 후쿠야마 교수도 선진국과 후진국의 차이를 신뢰로 보고 "신뢰의 기반이 없는 나라는 사회적 비용의 급격한 증가로 선진국 문턱에서 좌절하고 말 것이다."라고 선진국 대열로 턱걸이하는 개발도상국들에게 일침을 가하고 있다.

　그리고 그의 저서 『역사의 종말』에서 "사람은 목적 자체이지 목적을 달성하기 위한 수단이 아니다"라고 말한 칸트의 명언을 인용 하면서 "만약 당신이 누군가를 만나면서 그 사람이 당신에게 쓸모 있을 것이라고 생각해서 만나는 것이라면, 그건 사람을 인정한다고 볼 수 없지요. 우정이 쌓이면서 그 상대를 존중하게 된다면 거기서부터 인정이 생기는 것입니다."라고 말하고 있다.

우리 문화예술인들은 오늘날 국민들로부터 신뢰를 받고 있는가? 하는 질문을 던진다면 대답은 "아니다"일 것이다. 그렇다면 신뢰지수가 얼마나 될까? 하는 궁금증이 생긴다. 문학 분야, 미술, 공예, 음악, 무용, 영화 등 예술 전반에 걸쳐서 국민들이 신뢰하는 분야는 음악과 영화가 아닌가 싶다. 음악분야의 경우, 2012년 차트에 K-pop의 열풍이 불어 싸이의 「강남 스타일」이 해외에서는 영국, 독일, 프랑스, 오스트레일리아, 캐나다, 이탈리아, 스페인, 네덜란드 등 30개국 이상의 공식 차트에서 1위를 차지하는가 하면, '빌보드 핫 100'에서는 한국인으로는 원더걸스 "Nobody"에 이어 역사상 두 번째로 차트에 진입했다. 또한 순위가 2위까지 올라간 뒤 7주 동안 이를 유지하며 아시아인으로 역사상 두 번째로 높은 순위를 기록했으며, 뮤직비디오는 유튜브에서 32억 건의 조회수를 올리는 등 세계적인 열풍을 일으켰고, 빌보드 차트 핫200에 오른 우리나라 가수도 보아, 빅뱅, 소녀시대, 태양, 2NE1, EXO-K 등 많은 가수들이 있고 최근에는 최초로 방탄소년단이 '빌보드 핫 100'에서 1위를 차지하여 세계적인 가수로 인정받고 있는 것으로 보아 음악분야의 신뢰도는 높은 것으로 알고 있다.

그리고 드라마, 영화 부문도 신뢰도가 높다고 본다. 2002년 일본 NHK 방영된 한국 드라마 "겨울연가"를 계기로 일본을 비롯하여 아시아 여러 나라에 영화나 텔레비전 드라마가 한류바람을 일으켜 한국 영화배우의 위상이 달라지고 드라마 촬영 장소가 관광지가 되는 등 세계적으로 인정받았다.

최근에는 코로나 바이러스로 사회적 거리두기 영향으로 사람들이 집안에서 영상미디어 매체를 가까이하는 요즈음, 텔레비전 방송국들의 미스트롯, 미스터트롯 대회의 방영을 계기로 트로트 열풍이 불어 대중가요가 국민들의 지친 마음을 위로하는 등 국민들에게 인정을 받고 있다.

그렇다면 문학, 다른 예술 분야는 어떠한가? 입체 영상시대에 평면 문자와 그림의 표현 예술인 미술 분야는 대중들의 인정을 받지 못하고 있는 것 같다. 오히려 각종 문화센터에서 국민 각자의 표현 욕구를 충족하기 위해 시 쓰기, 시낭송 등의 문학 활동으로 정신적인 문화욕구를 발산하고 있다. 그러나 문학의 본질과는 전혀 거리가 먼 엉뚱하게 자신이 문인으로 등단하거나 시를 낭송하는 등 습작기의 문인들을 문예잡지들이 장삿속으로 등단이라는 문인 칭호를 주어 신뢰할 수 없는 문인들을 대량 배출하여 문인 홍수의 시대를 맞이하고 있다.

문인이란 동양의 경우, 일원론적인 세계관을 바탕으로 자연과 인간 일체화된 인격 완성을 목표로 문학 작품은 문인의 전인격을 반영하는 정신문화의 총체로 인격이 완성된 자가 쓴 작품을 우수작품으로 보고, 예로부터 문인은 선비정신의 표본이 되어왔다.

서양의 경우, 이원론적인 세계관으로 르네상스이후 신의 구속에서 해방되어 인간의 자아추구, 자아와 세계와 갈등을 다룬 문학작품으로 철저하게 주관을 억제하고 정서를 객관화시켜 예술작품을 표현하며, 작가와 작품을 분리하여 생각하므로 예술작품의 독자성 인정하고 있다. 따라서 우리나라는 동양적인 전통을 이어받으면서 서양식 교육을 받고 있는 결과, 동양적 사고와 서양적 사고의 혼용되어 나타나고 있다. 아무리 문학 작품이 좋아도 비인격적일 때 작품을 인정하지 않는다. 그리고 작품은 그저 그런데도 처세를 잘하면 좋은 문학인으로 인정하는 동양적인 관습이 작용하여 문학계에 속물적인 문인들이 자신의 명리적 활동만을 일삼는 허깨비 문인 노릇을 하고 있지나 않는지 자성해야 할 것이다.

오늘날 우리나라의 문학 현실은 일기장 수준이면 문인이 되고, 허깨비 문인 노릇을 하는 문학꾼들이 판을 치고 있다. 이들은 문인단체를 만들어 거창한 감투 직함으로 문학작품을 알리려는 것이 아니라 자신의 이름을 알리기 위해 문학꾼으로 활동하기에 여념이 없다.

문학작품은 혼자 하는 작업이다, 무슨 활동이 그리 필요할까? 좋은 문학작품을 창작하는데도 시간이 부족하여 전전긍긍하는데, 어디 자신의 이름을 알리기 위해 길거리로 나설 수 있겠는가 말이다. 최근 문학의 밤이나 시화전이니 시낭송대회 등등 문학의 분질과는 동떨어진 문학꾼들의 문학 활동이 활발하다. 이들은 모두 글자 수가 적게 표현하는 시라고 볼 수 없는 글을 시라고 쓰는 시로 종이장사(?)들이 시인이라는 칭호를 준 시인들이 대부분이고, 자신의 경험을 이야기하여 쉽게 쓰고, 자신의 문학적 역량을 은폐할 수 있는 수필가들이 많은 편이다. 그리고 문장을 길게 쓰는 소설가나 희곡, 평론가는 드물다. 이들 중 평론가들은 대부분이 조금 눈을 뜬 시인이 겸하여 엉터리 시집의 해설 등 주례사 비평을 하며 우쭐대고 있다.

서양의 경우는 문학인이나 예술인들의 인간성을 따지지 않는다. 문학작품과 예술작품을 문학인과 예술인과 독자성을 인정하여 예술작품이 좋으면, 그 예술작품을 인정한다. 서양의 물신주의와 예술적인 세계관에 따라 문학과 예술의 본질과는 거리 먼 속물주의적인 문학꾼, 예술꾼들에 대한 국민들의 신뢰도는 얼마나 될까?

이런 문학꾼, 예술꾼들이 단체를 만들어 끼리끼리 명리적 가치를 노리는 감투노름, 이름 알리기 사업 등으로 국민들의 정서 함양을 위해 헛심을 쓰는 꼴이란 조폭이 고급 외제 승용차를 끌고 다니는 것과 다를 바 없을 것이다. 조폭들은 외제 승용차를 끌고 다니며 자신의 부끄러운 모습을 감추지만 문학꾼들과 예술꾼들은 자신의 분신인 작품을 발표하고, 사람들을 끌어 모아 문학 활동이나 예술 활동으로 자신을 인정해달라고 구걸하는 꼴이니 한심한 일이 아니고 무엇이겠는가?

문학과 예술은 인간의 정신문화의 결정체이다. 창조적인 문학작품과 예술작품을 창작하는 사람이란 문학작품이나 예술작품을 창작하는 데 모든 시간과 정열을 쏟아 부어도 시원찮은 작품이 나올 판국에 많은 사람이 공감할 수 있는 작품을 창작한다는 것은 보통의 노력을 뛰어넘어 고도의 정신 집중을 해야 가능한 작업일 것이다. 그러 함에도 좋은 작품을 쓸 생각은 아예 접어두고 문학단체의 감투노름에 빠져 감투로 자신을 알리려는 한심한 꼴들은 마치 "벌거숭이 임금"의 동화 속 주인공이나 다를 바가 없을 것이다. 이들 속물적인 속빈 허깨비 문인들은 벌거숭이가 되어 부끄러운 줄도 모르고 문학 활동하는 즐거움에 빠져서 시간과 정열을 소비하고 있다. 이런 속물적인 문학인이나 예술인이 많아서는 문학과 예술이 국민들의 신뢰를 얻을 수 없을뿐더러 문학과 예술의 본질까지 그릇되게 인식시키는 결과를 낳게 될 것이다.

양심 있는 문학인과 예술인이라면 다 같이 가슴에 손을 얹고 하늘을 쳐다보라. 내가 이 세상에 존재하는 존재의 정당성을 작품으로 인정받으려고 하고 있는가, 감투나 명함으로 자신의 이름을 인정받으려고 하는가? 하는 물음에 해답을 생각해보고 깊은 자성의 시간을 갖기 바란다.

나의 취재 여행기

여행을 통해 우리들은 생활의 활력소를 얻는다. 나는 한 달에 한 번씩 작품 취재 여행을 떠난다. 시적인 발상은 낯선 여행지를 가보았을 때 퍼뜩 떠오르기 때문이다. 요즈음에는 전국 유명 관광지를 다녀올 수 있는 당일 또는 1박 2일 코스의 여행를 여행사에서 매일 출발하다시피 하고 있어서 마음만 먹으면 가고 싶은 전국의 명소를 여행할 수 있도록 여행상품이 개발되어 있다. 주로 관광지의 먹거리를 위한 여행, 힐링 여행, 산행 여행 다양하게 준비되어 있어서 취향대로 얼마든지 선택하여 관광을 다녀올 수 있다.

휴일이면, 나는 간단하게 메모장과 필기도구를 준비하고 당일 취재 관광길에 오르곤 했다. 나처럼 나 홀로 여행자는 드물고 대부분 친구들이나 같은 동네, 가족 동반 여행이 많았다. 주로 50대에서 60대 주부들이 여행 고객들이었다. 관광버스의 고객들의 성비를 보면 남성 고객은 거의 10% 미만이고, 여성 고객들이 대부분이었다. 어떤 경우에는 관광버스에 나 혼자만 남자이고 나머지 전체가 여성분일 때도 종종 있었다.

여행사의 당일 관광은 가이드의 안내에 따라 여행 일정대로 진행되는데 모두들 가이드의 지시대로 잘 따라주었다. 어쩌다가 약속시간에 돌아오지 않아 관광객들이 기다리는 경우가 있곤 했으나 많은 시간을 지체하지는 않았다. 10분 정도 늦게 관광버스에 올라타는 여행객이 있는 경우도 있었지만 늦게 올라탄 여행객은 몸 둘 바를 몰라했고, 그런 것을 모두 불평 없이 묵인하고 넘어가곤 했었다.

이렇게 해서 여행을 한번 갈 때마다 무의식 속에서 잠재한 시적인 발상을 꺼내 주었고, 다녀온 여행지는 시의 소재가 되어 주었다. 따라서 내 시는 여행하고 본 감흥을 소재들을 형상화한 시들이 많다. 한번 여행하고 나면 많을 때는 네댓 편, 평균 잡아 두세 편의 시 소재를 얻어오는 기쁨에 나의 취재여행은 바쁜 일정에도 불구하고 한 달에 한 번은 꼭 지켜왔다.

여행은 내 무의식 속에서 잠든 뮤즈가 깨어나 시를 쓰게 충동질하는 것이다. 시를 쓰지 않고서는 못 참도록 자극해주었다. 그 결과 사물을 새로운 눈으로 바라볼 수 있는 안목을 키워주었다. 여행은 자연발생적인 감정을 유발해주기 때문에 나는 휴일에는 집에 틀여 박혀있지 못한다. 집에서 시를 창작하는 일은 의식적으로 시상을 펼쳐가기 때문에 자연스럽지 못하고 억지스럽다. 어딘지 모르게 어색하고 어거지로 만들어낸 것과 같은 느낌을 주고 감동을 주지 못하는 시가 되어버린 곤 했다. 그래서 옛날 선비들이 자연경관이 수려한 곳을 찾아서 시회를 열었던 것 같다. 그러니까 자연은 시의 무한한 보고인 셈이다. 도시화가 되어 자연과 격리된 상황에서 문명의 혜택 속에서 살아간다는 것은 자연적인 시상을 억제하고 살아가는지도 모른다.

콘크리트와 아스팔트 문화는 자연과 단절을 시켜 우리들의 의식 속에서 시적인 감흥의 분출을 꽉 막아버리고 있는지도 모른다. 더 편리하고 더 안락하게 살기 위한 문명에 길들여진 오늘날 우리들의 정신세계도 느슨해져 아파트 공간에서 문학작품을 창작한다는 것은 길들여진 문화에 순응하는 작품으로 맨너리즘에 빠질 우려가 있지 않을까 하는 불안감 때문에 나는 자주 취재여행을 통해 자연발생적인 감흥을 일깨우고 무의식 속에 잠든 뮤즈의 깨우는 작업을 시도하고 있는 것이다.

나는 한 달에 한 번의 많은 여행지를 관광하고 시적 감흥을 일깨워 시를 짓 곤했는데, 그 중에 남해 창선의 취재 여행 통해서 "죽방렴"을 보고 감동과 착상을 얻었다. 나는 죽방렴의 모습을 도시의 생활에서 아파트 분양 모델하우스와 흡사하다는 착상을 떠올려 시로 다음과 같이 형상화하였다.

"아파트 분양/떴다방/밀물이 몰려든다//기회는 이때다/밀물이 밀려들 때/분양받아 웃돈 얹어/잽싸게 빠져야 한다//떴다방들 다 빠지고/어물어물/썰물인 줄 모르고/모델하우스 분양사무실/꾸역꾸역 멸치 떼들이 몰려든다//죽방령 입성/로또 당첨/환호성을 지르며/펄쩍펄쩍/남해 바다"

졸작 – 「죽방렴」 전부

경상남도 삼동면 지족리와 창선면 지족리에 죽방렴이 있었다. 이곳은 밀물과 썰물 때 물살이 빠른 물목인데, 이곳 바닷밑바닥에 나무 말뚝을 박아 세우고 대나무로 말뚝과 말뚝 사에 대발로 촘촘히 엮어놓은 죽방렴을 새워놓고 있다. 이 죽방렴 속에는 밀물 때 물고기들이 들어왔다가 썰물 때가 되면 빠져나가지 못하고 갇히게 되는데, 남해군의 오랜 전통적인 함정 고기잡이 방식이다. 한번 설치한 죽방렴의 시설로 하루에 두 번씩 썰물 때 들어온 물고기를 잡는다. 바닷속에 펼쳐진 죽방렴을 보고 신도시 곳곳에 에드벌룬을 띄워놓고 분양사무실을 설치하여 아파트나 빌딩 등을 분양할 때 사람들이 서로 분양을 받겠다고 줄을 서 있는 모습과 흡사하다는 착상으로 시상을 전개하여 병치 기법으로 형상화한 「죽방렴」이라는 시이다.

2020년 초부터 코로나 바이러스 19가 우리나라는 물론 세계 각국에 퍼져 현재까지 사회적 거리두기로 사람들의 서로의 만남을 자제하고 있다. 따라서 나의 당일 여행도 중지할 수밖에 없었다.

그래서 나는 고향인 나주에 집필실을 마련하고 이곳에 기거하면서 주변의 자연환경을 혼자 찾아다닌다. 오랫동안 고향을 떠나 객지로 떠돌아다니는 생활을 하다가 몇 해전에 퇴직했다. 집필실을 마련한 기념으로 좋은동시 재능기부운동을 벌려 전국의 동시인들의 재능기부동시 117편을 모아 「별 밥」을 엮어 전국 초등학교 도서관에 기증사업을 벌렸다. 그리고 오랜 교직 생활로 고향의 이곳저곳을 돌아보지 못했던 장소를 찾아서 틈틈이 마스크를 쓰고 나주지역의 곳곳을 찾아다니며 취재여행을 계속하고 있다. 천년의 목사고을로 고려를 세운 왕건이 힘을 축적했던 고장은 왕건과 얽힌 역사의 현장이다. 장화왕후 오 씨를 만난 완사천(지금의 나주시청 앞)을 비롯하여 금성산, 영산강 유역의 나주평야, 남평 드들강 유원지, 나주호, 선사유적지 반남의 고분군, 광주학생운동의 발상지로서의 의병 역사공원이 들어설 계획이고, 백호 임제 문학관, 신숙주의 생가. 정도전의 유배지, 나주배 박물관, 삼한지 테마파크(주몽 드라마 촬영지), 영산강변의 수려한 경치를 감상하며 풍류를 즐기면서 시를 지었던 옛 선비들의 정자, 특히 조광조를 따르던 유생들 11인이 낙향하여 시회를 열었던 왕곡의 금사정과 그때 심은 동백나무가 선비들의 울분을 터뜨려 보여주고 있고, 강변 양쪽에 한쪽은 자전거도로, 다른 쪽은 강변도로가 전남도청 소재지가 있는 남악 신도시까지 정비되어있다. 영산강을 중심으로 한 수많은 전설이 전해 내려오는 유서깊은 고장이다.

먹거리로는 나주곰탕과 영산포 홍어의 거리의 명성은 전국에 알려져 있다. 그리고 빛고을 혁신도시가 들어서면서부터 한국문화예술위원회, 한국전력공사 등 중앙기관이 자리 잡아서 목사고을의 명성을 이어가고 있는 등 쾌적한 도시 공간과 자연의 수려한 경관이 조화를 이루는 고장이다. 이런 고장에 나는 집필실을 마련하고 기거하며 취재여행과 집필 활동을 꾸준히 이어가고 있다.

코로나 바이러스로 전국이 꽁꽁 얼어붙어있는 상황에서도 나는 마스크를 쓰고 내가 태어난 고장의 속속들이 취재여행을 통해 조상들의 생활현장을 답사하여 생생한 작품으로 재탄생시키기 위해 노력하고 있다.

『꿈꿀 권리』의 실현

문학인의 사명

우리들은 이 지구상 태어나 짧은 순간을 살다가 소멸한다. 살아있는 동안 생명활동을 지속한다. 생명활동은 곧 의식주를 해결을 위한 활동들이다. 그러나 인간은 다른 동물과 달리 사유하고 언어로 서로 소통하며 지구를 지배하고 살아가고 있다. 아리스토텔레스는 "인간은 태어나면서 사회적 동물", "생각하는 동물"이라고 정의했고, 데카르트는 "나는 생각한다. 고로 존재한다."라고 했다.

인간은 욕망을 무한하다. 보다 더 행복한 생활을 위한 무한한 욕망 활동을 추구한 나머지 과학문명을 발달시켜 오늘날과 같이 최첨단 과학문명의 혜택을 누리고 살아가고 있다. 그렇지만 인간의 행복은 아무리 수많은 재산을 가지고 물질적인 풍요로운 생활을 하더라도 행복할 수 없다. 행복은 많은 물질을 소유하는데 있는 것이 아니라 내면정서를 풍요롭게 하는 문화적 행위만이 정신적인 빈곤함을 행복감으로 채울 수 있는 것이다.

그것은 인간이 사유하는 기능이 있기 때문이다. 오늘날 인간이 최첨단의 문화를 누릴 수 있는 것도 바로 사유하는 기능이 있었기 때문이었다. 인간의 지혜를 축적할 수 있었던 것은 문자로 기록이 가능했기 때문이다. 우리는 서로 언어로 소통한다. 말은 순간의 바람을 일으켜내는 소리신호이기 때문에 발화하자마자 소멸한다. 그러나 글자로 남기면 지우지 않는 한 여러 사람에게 전달할 수 있다.

문학은 인간이 살아가는 진실한 이야기들을 비록 허구의 세계이지만 실제로 일어난 일처럼 느껴질 수 있도록 허구의 진실을 추구하는 인간의 경험과 상상력의 미적인 기록이다. 감동이 없는 문학 작품은 허구에 지나지 않는다. 허구는 인간의 머릿속에 머물고 있는 관념의 세계이다. 지극히 주관적인 관념세계의 지향은 형이상학의 학문적 기초가 되지만, 허망할 뿐이다. 문학작품은 허망한 인간의 이야기들을 구체적이고 감각적으로 공감할 수 있는 허구의 진실을 추구한다. 문학뿐만 아니라 모든 예술작품이 영원 불멸한 가치를 추구하는 인간의 욕망을 압축했을 때 예술성을 느끼게 되는 것이고, 문학작품 역시 뛰어난 작가적인 상상력에 의해 인간의 총체적인 경험을 압축하여 공감할 수 있게 묘사하고 진술했을 때 문학성을 느끼게 되어 영원불멸의 명작이 되는 것이다.

세계 명작을 통해 본 인간의 영원한 가치는 모두 사랑이었다. 결국 우리들은 별똥별처럼 짧은 순간의 빛을 발하다 사라져간다. 허무한 삶에 자신을 내동댕이쳐놓지 않고 자신의 존재를 영원하게 실현하는 방법으로 사람들은 문화를 향유활동에 열중하고, 예술작품을 만들거나 문학작품을 창작한다. 얼마마나 자신의 정신적인 에너지를 예술품이나 문학작품을 위해 쏟아 부었느냐에 따라 명품, 명작의 여부가 결정되는 것이다. 우리 고장 나주는 훌륭한 문인을 여느 고장보다 월등하게 많이 배출한 고장이다. 예술과 문학에 대한 혼신의 에너지를 쏟으며 살다 가신 분들이 많은 고장이다. 임제, 정가신, 나위소, 신숙주를 비롯 근현대사에 나라가 위급했을 때 의병을 일으킨 김천일 장군, 광주학생의거의 시발점이 되었던 고장이기도 하다.

이 모두 영산강의 풍요가 낳은 것이라고 할 수 있다. 프랑스의 과학철학자 가스통 바슐라르는 물질적인 상상력 이론은 우리에게 모든 예술작품은 물, 불, 공기, 대지 4원소로 보았다. 우리 고장 나주는 바로 넓은 평야에 영산강이 흐르는 대지와 물의 상상력이 작용했기 때문에 훌륭한 시인들이 많이 배출한 고장이다. 역사적으로 실제로 영산강의 풍광을 바라볼 수 있는 곳에 정자를 짓고 시인묵객들이 시를 논하는 누정문학의 산실이 바로 우리 고장이었음은 영산강의 풍요가 낳은 넉넉한 선조들의 삶을 엿볼 수 있는 것이다.

나주는 목사고을로 왕건이 고려를 건국하는데 힘을 길렀던 고장이며 장화왕후와 인연을 맺은 고장이다. 『원생몽유록』를 지어 바슐라르의 『꿈꿀 권리』를 호방하게 실천하며 자유의지를 실현한 천재시인 백호 임제 선생, 한글 창제의 음운학자 보한재 신숙주 선생이 바로 영산강의 물과 나주평야의 대지의 상상력의 결과라고 할 수 있을 것이다. 꿈꾸는 사람은 인간존재의 영속적인 가치를 실현하고 인간의 이름다움을 추구할 수 있는 매력이 있는 사람인 것이다. 나주인은 누구보다 풍요로운 선조들의 전통을 이어받아 과거와 현재와 미래를 영속적으로 이어갈 수 있는 넉넉한 꿈꿀 수 있는 권리를 실현할 수 있다는 데 있을 것이다. 꿈꿀 권리를 실현하여 모든 분야에서 자유의지를 펼쳐나가는 나주인 이야말로 자신의 주어진 삶을 가치 있게 살아가는 사람일 것이라고 생각한다.

　우리 나주출신 문인들은 부끄럽지 않는 호남의 중심지로서 선조들의 정신을 이어받아 문인으로서의 자부심과 투철한 작가의식으로 좋은 작품을 쓰는데 최선을 다해야 할 것이다. 노력하는 문인은 좋은 작품을 쓸 수 있다. 문인은 작품이 그 사람의 인물과 능력을 대변한다. 현실적인 단체의 감투나 문학외적인 가치만을 추구하는 것은 스스로 자멸할 수밖에 없다. 문학작품은 작가의 내면세계를 드러내는 것인 만큼 목사고을 나주인으로서 부끄럽지 않는 문인이 되기 위해 노력해야 할 것이다. 나주 문학인의 사명은 바로 문인으로서 인품을 갖춘 당당한 문인으로서 선인들의 얼과 전통을 이어받는 데 있을 것이다.

　문인은 정의롭고 진실해야 한다. 이웃을 사랑하는 인간미가 넘치는 사람이다. 나주인의 정신세계를 리드하는 자부심으로 그에 걸맞는 인품과 자질을 갖추어 나가는 길만이 나 문인으로서의 사명을 완수하는 길일 것이다.

　그 길은 우리 고장 나주의 『꿈꿀 권리』를 실현하는 길이며, 영산강 문화의 창달은 물론 미래 대한민국의 문학을 선도하는 목사고을의 핵심역량을 실현하는 선봉자로서의 사명을 실현하는 길이다. 모름지기 나주 문인으르서의 사명감을 인식하고 나주인으로 부끄럽지 않는 문인이 되어야 할 것이다.

광주, 전남 자웅동체의 지자체

　지방자치제 시작된지가 30년 가까이 접어든다. 1987년 제9차 헌법 개정 지방자치법 전면 개정하여 1991년 각급 지방의회 구성되었고, 1995년 기초 광역자치단체 의원 및 장에 대한 4대 동시선거를 실시함과 동시에 본격적인 지방자치제 실시가 실시되고 있다.

　우리나라 좁은 땅덩어리에 226개의 기초 단위 지방자치제가 구성되어 있으나 실제로 풀뿌리 민주주의가 정착된 지방자치라기 보다는 유명무실한 제도가 되어버린 상황이며, 민주주의를 내건 비민주주적인 작태가 도처에 벌어지고 있는 것을 부인할 수 없다. 오죽했으면 다수의 국민들이 기초단위 지방자치제 운영으로 예산만 축내지 말고 광역 지방자치제를 실시하는 것이 좋겠다고 수근대고 있을까? 지방의회의원들이나 자치단체장들이 차기 당의 공천권을 쥐고 절대권력을 휘두르고 있는 지역구 출신 국회의원 비위맞추기에 급급하는 상황은 지역민들을 우습게 아는 정치 구조가 되어 이상해도 너무 이상하지 않는가요? 풀뿌리 민주주의로 지역주민들의 가려운데를 긁어주라고 대표로 뽑았더니 국민 위에 군림하여 가려운 데 긁는 일은 마다하고 자신의 영달만을 위해 급급하니 국민들이 말도 못하고 끙끙 앓고 있는 것 아닐까요?

국민들을 위한 지방자치제라기보다는 몇몇 소수 정치인 집단의 권력을 보장해주는 지방자치가 되어버린 것은 아닌지 의구심이 든다.

광주와 전남의 광역지방자치단체의 경우 완전 지방분권이 되지 못한 자웅동체와 같이 행정권은 독립되었으나 주민의 생활권이나 의식이 독립되지 못한 상태다. 모든 교육, 문화, 교통, 등의 생활권이 모두 광주광역시에 집중되어있다보니 공무원들도 생활은 광주에서 밥벌이는 전남도에서 하다보니 자웅동체의 지방자치제를 당연하게 받아들이고 있다. 예를 들어 전라남도 도단위 예술단체의 사무실이 당연히 전남에 있어야 함에도 광주에 있고, 그 회원들까지도 광주 사람들이 전남도예술단체 회원으로 활동하고 심지어 단체의 장도 광주에 주민등록이 되어 있고 거기에 생활하면서도 전남도의 예산을 받는 예술단체로 활동하는 자웅동체의 지자제, 어딘가 이상하지 않습니까?

지방자치제는 모든 예산이 독립되어 그 지역의 주민들을 위해 쓰여져야 마땅하다. 그런데도 광주에 사는 사람들을 위해 전라남도 예산이 쓰여지는 것을 그대로 방치하고도 당연하게 받아들이고 있다는 것은 광주와 전남의 두 지방자치단체가 자웅동체이기 때문이다. 그래서 최근 언론에서 행정통합논의가 공론화되고 있는 것으로 알고 있다.

자웅동체의 밀월관계를 그대로 유지할 것인가? 밀월관계를 청산하고 각각 독립된 광역 지방지치단체로 분리할 것인가의 문제인 것이다.

최근 두 지역 간에 집단이기주의로 치닫는 님비 현상으로 자웅동체의 밀월관계가 끊어질 조짐을 보이고 있다. 두 광역지방단체의 주민들이 극단적으로 첨예하게 대립되어 분열하는 현상이 일어나고 있기 때문이다. 광주공항의 전라남도 무안 이전을 전남에서는 반대하고, 나주열병합발전소 준공과 가동을 앞두고 광주권의 쓰레기 반입하려는 것은 주민이 반대하고 나섰기 때문이다. 만약 두 광주와 전남, 광역지방단체가 자웅동체가 아니였더라면 이런 문제가 처음부터 발생되지도 않았을 것이다. 도시지역의 광주지방단체가 독선적으로 전남광역지방단체를 종속된 지방단체로 인식하는 생활권 중심의 분권화되지 못한 주민들의 자웅동체의식이 문제의 원인이 된 것이다. 따라서 이제부터서라도 자웅동체의 지방자치단체 공무원들이나 많은 주민들이 생활직장 혼돈의 의식에서 모두가 깨어나 온전한 지방지치단체로 자리잡아가는 데 합심을 하던지, 아니면 아에 통합하여 한 지방자치제로 통합하여 직주분리의 의식을 통합해야 문제가 쉽게 해결될 것이 아닌가? 전남과 광주가 자웅동체의 지방자치단체로 운영되어왔기 때문에 두 광역지방자치단체끼리 불협화음이 일어나고 있는 것이다. 오랫동안 광주와 전남의 자웅동체 지방자치단체로 서로 밀월관계를 형성해왔기 때문에 해결의 실마리도 여기에 있다. 완전 지방분권 지방자치제를 지향한다면 자웅동체에서 각각 분권하는 길이고, 자웅동체로 남아있기를 원한다면 광주와 전남이 통합하여 하나의 광역지방단체로 통합하는 길일 것이다.

문예지의 순수성과 역할

영세한 문예지들이 우후죽순 창간되고 발간되고 있다. 대부분은 독자들을 위한 순수 문예지들이 아니라 시인과 작가들의 발표지면을 제공한다는 동인지 성격의 문예지들이다. 이들 문예지들은 신인등단제도를 두고 있고, 습작기에 있는 작품들을 무조건 등단이라는 칭호를 남발하여 자생을 위한 고객을 확보하고 있다. 역량 있는 신인들을 배출하여 한국문학 발전에 기여할 작가를 배출하려는 목적이 아니라 문예지 운영에 도움을 받으려는 목적으로 무자격 문인들을 대거 양산하고 있다는 것이 문제이다.

대량 전국에 월간, 계간, 반 년간 등의 형식으로 발행되는 문예지는 줄잡아 오육 백 개 정도가 되는 것으로 알고 있다. 문예지들이 순수성을 잃어버리고 아마추어문학 습작기에 있는 작가지망생들의 습작 발표지면으로 제공되고 있는 셈이다. 그러므로 인해 한국문인들의 위상을 추락시키고 문학작품은 적당히 쓰고 문학 활동에 치중하는 등 명리적 가치를 추구하는 불량 작가들을 대거 양산하여 한국의 문학단체들은 이들이 대거 가입하여 활동하는 통해 작품의 질적 저하는 물론 문인답지 않는 속물적인 운영행태로 잡음이 많다.

본질적인 문학작품의 창작에 힘을 쏟기보다는 문학단체의 임원으로 명함을 내밀고 요란한 문학행사 위주의 문학 활동으로 주위사람들의 눈살을 찌푸리게 한다. 인쇄소 겸 출판사를 운영하는 사람들이 영업활동을 위해 문예지를 창간하고 심사위원으로 활동하는가하면 문학단체를 조직하여 대외 과시형 문학행사로 문예지의 홍보활동에 치중하고 있는 것이다.

이들 문예지에 등단한 시인들은 문예지 소속의 작가회 단체에 가입하여 활동하고 등단문예지에 자신의 작품을 발표하는데 원고료를 받는 것이 아니라 게재료를 지불하거나 정기구독자가 되는 것이다. 신인등단문인들은 소속 문예지의 구속에 얽매이게 된다. 그렇게 될 수밖에 없는 까닭은 다른 문예지에서는 그들의 존재를 인정하지 않기 때문이다. 게재료나 운영위원, 정기구독자 등의 형식으로 문예지 발간에 경제적인 협조를 하거나 작품집을 발간할 때 소속문예지의 출판사에서 발간함으로써 그 구속의 테두리를 벗어나지 못하고 있는 것이다.

문예지 발행자는 소속 문예지 등단작가 위에 군림하는 등 주객전도의 불평등한 문단 생태계가 형성되고 있고, 문예지 발행자들은 문단정치의 이용물로 소속단체를 이용하는 그야말로 비정상적인 구조인 셈이다. 이들 문예지 발행자들은 소속문인들에게 저작권법을 무시하고 저작권료를 지불하지 않고 오히려 게재료, 광고료, 정기구독료 등으로 금품을 묵시적으로 요구하고 시화전, 시낭송대회, 문학상 제도 등을 운영하여 홍보활동과 수익사업을 하고 있는 것이다. 초범법행위를 자행하면서도 오히려 문학권력을 행사하는 문예지들이 많다는 것은 그만큼 문학의 본질적인 창작 활동보다는 자신의 명리적 가치로 자신을 남에게 과시하려는 과시욕을 부추겨 장삿속으로 문예지들이 불건전하게 운영되고 있는 실정이다.

장삿속으로 창간되고 불법적으로 운영되는 문예지들이 많다는 것은 한국문학의 발전에 걸림돌이 아닐 수 없다. 문학본질적인 창작활동보다는 소속 단체의 이탈을 방지하기 위한 감투 남발과 각종 수익을 창출할 수 있는 문학 활동 사업을 펼치고, 문학상 제도를 운영하여 상금을 주는 문학상이 아니라 오히려 찬조금 형식으로 금품을 받고 문학상 주고받는 비정상적인 운영이 대부분이라는 점이다.

문예지의 생명은 순수성이다. 순수성을 잃어버린 문예지는 한낱 종이장사에 불과하고 저작권법을 무력화시키고 소속 문인들 위에 기생하여 제왕처럼 군림하며 각종 이권개입에 소속문인을 도구화하여 문학권력을 남발하는 초범법행위자로 비리의 온상이 될 개연성이 크기 때문에 건전한 문예지가 많아져야 할 것이다.

문예지들도 등급이 정해져 있는 것으로 알고 있다. 정상적으로 운영하고 있는 문예지들이 적고 등외 문예지들이 너무 많아 이제 문단은 자정작용의 기능을 상실했을 정도다.

우수한 문학작품을 창작한 문인들에게 주는 혜택들이 형편없는 문학작품을 쓰면서도 문학단체의 감투를 차지하고 각종 이권 개입, 상금 있는 문학상과 문학지원금을 독차지 하는 등 공정성을 상실한 비정상적인 문단풍토를 조성하는 결과를 가져왔기 때문이다.

하루빨리 문예지들이 속물적인 타성에서 벗어나 순수성을 되찾아갈 때 오늘날 일반인들에게 지탄의 대상이 되는 문예지가 아니라 한국문학의 발전을 위해 기여하게 될 것이다. 문예지의 순수성은 그 시대의 양심이다. 독자들이 좋은 작품을 게재하는 문예지를 구독해줄 때 비정상적으로 운영되는 문예지들은 스스로 문을 닫게 될 것이다.

경제 대국으로서의 대한민국, 선진 민주시민으로서의 대한민국으로 거듭나기 위해서는 후진국의 속물적인 행태로 운영되어 우리 국민들을 부끄럽게 하는 초법법적인 문학권력을 행사하는 문예지들부터 정화가 되어야 할 것이다.

문학의 본질을 되찾아 적당히 작품을 쓰고 남에게 시인 작가로 과시하려는 속물적인 자세로 문학인이 되겠다고 나서는 어리석은 사람들이 각성해야 할 것이다. 시인 작가는 문학작품을 창작하기 위해 혼신의 힘을 쏟아 붓는 아름다운 자세가 선행되어야 하고 문예지를 발간하는 발행자들은 이러한 좋은 작품들을 실어 독자에게 읽을거리로 제공하는 정상적인 경영이 이루어질 때 문예지의 순수성은 제자리를 잡게 될 것이다. 선진국이냐 후진국이냐의 척도는 문예지의 순수성이 그 척도가 될 수 있음을 깨달아야 할 것이다.

따라서 독자들이 건전한 문예지를 읽어주는 일은 문단을 정화시키는데 기여함을 물론 문예지의 순수성을 지켜주는 길일 것이다. 문학은 문학 활동이 요란스럽고 거창하다고 해서 결정되는 것이 아니라 누가 우수한 문학작품을 창작하여 우수문예지에 발표하여 독자들에게 사랑을 받느냐에 달려 있는 것이다. 독자들이 우수한 문학작품을 읽어주는 일은 곧 시인과 작가들에게 우수한 문학작품을 창작할 수 있도록 동기를 부여하는 길일 것이다.

지방 문학 풍토의 개선 방안

　오늘의 한국사회 지역문제를 푸는 열쇠는 지역민의 민주의식이 어디에 있는가를 파악하는 일이 관건이다. 그것은 각자의 어린 시절 습관화된 의식의 편견을 깨지 못하고 그것을 답습한데서 비롯된다. 따라서 끊임없는 민주시민의 교육이 절실하다. 한편 굳혀진 의식은 바꾸어지란 어렵다. 그것을 사회교육 측면에서 지역의 풍토를 민주적인 토양으로 바꾸기 위해서는 민주의 퇴비를 쏟아 부어야 한다. 도시화로 떠나버린 시골지역은 한국사회가 안고 있는 고질적인 과거지향의 문화가 굳게 자리 잡아 그들끼리의 집단이기주의 형태의 끼리끼리 나누어먹는 풍토가 자리 잡기 마련이다.

　민주주의를 표방한 집단이기주의는 진정한 민주의식의 싹을 키울 수 없는 것이다. 민주주의는 성숙된 시민의식을 바탕으로 한다. 다수의 횡포가 일반화되어서는 안 된다. 상대의 반대 의견도 지역발전을 위해 좋은 의견이라면 과감하게 수용하는 자세가 바람직한 자세일 것이다. 그런데도 자기편이 아니면 무조건 반대하는 파당행위는 조선시대 당쟁문화의 전통을 이어받은 민주주의 시대에 걸맞지 않는 독재시대의 산물인 것이다.

주도권을 갖은 기존 세력의 맹목적인 집단의 횡포로 반대 의견을 무조건 묵살해버리는 비민주적인 횡포가 다수라는 민주주의 가면으로 합리화되는 지역사회는 발전할 수 없고, 밝은 미래를 열어갈 수도 없는 것이다.

이와 같이 지역사회를 선두해나가야 할 지역사회 예술인단체장들이 지방의 핵심 정치권력과 밀접한 고리가 형성되어 고착된 상황에서 예술인들이 진정한 예술인으로서의 자기실현을 위한 예술 활동을 하지 못하고 핵심권력을 추종하는 예술이 대접을 받는 구조가 형성되었다.

고, 이들 예술인들은 지방 권력의 시녀노릇을 하는 구조이다. 이러한 상황에서 예술인들은 궁여지책으로 예술을 생활생계 수단이나 명예 획득을 위한 명리적 가치 실현만을 추구하는 집단이기주의로 치달을 수밖에 없고 그 결과, 예술의 발전은 고사하고 예술인들이 끼리끼리 집단을 형성하기도 하고 핵심권력에 빌 붙기 위해 예술 활동은 딴전이고 서로 상대를 비난하는 등 추악한 먹이다툼만 만연하고 있는 것이다. 특히 그 중 문학계에서는 문학인을 배출하는 사설 문예지를 출판사에서 발행하여 상업적 이득을 획득하기 위해 무자격 문인을 남발하고 그들을 문인으로 활동하게 만듦으로써 각종 문제를 일으키고 있는 것이다.

그럼에도 불구하고 공식적인 한국문인단체에서 사설문예지 등단자도 무분별하게 입회자격을 부여 활동하게 함으로써 한국문단이 작품은 쓰지 않고 감투자랑 명함 내미는 문학 활동 문인들의 요란한 겉치레 행사가 속출하고 있는 것이다.

무책임하게 사설 문예지들이 배출한 신인 문인들이 엉터리 작품을 쓰고도 부끄러운 줄도 모르고 그 작품으로 지원금을 받아 창작집을 발간한다는 것은 인쇄출판업자들의 경제활동에 보탬이 될지 모르지만 사회에 기여한 바는 없다는 것이다. 비정상적인 습작기에 있거나 작품을 쓸 능력도 없는 사람이 대행으로 이들 문예지에 문인으로 등단하여 중앙문인 단체에 가입하여 활동하게 되니 이들은 예초부터 창작활동과는 무관한 가짜문인들이기 때문에 젯밥에만 관심을 두게 되어 있다.

이들은 자신들이 문인임을 알리기 위해 문학단체 감투를 서로 차지하려고 혈안이 되어 있고, 시낭송회, 시화전 등의 문학활동을 위한 자금이나 엉터리 작품을 발간하기 위한 문예기금을 지자체나 관계기관에 의존하여 국민의 세금을 가져오는데만 혈안이 되어 있는 것이다.

국민의 삶의 질을 향상은 문화수준의 질에 달려있다. 문화예술계가 다시 혁신을 모색하여 국민의 신뢰를 회복하는 길을 찾아나가야 한다. 그러기 위해서는 관계기관에서 문화 예술활동의 자금을 지원하는 것보다 우선적으로 문인들을 배출하는 창구가 건전하도록 선도하는 것이 바람직하고, 이미 사설 출판사나 문예지를 통해 동호인 문인등단 칭호를 부여한 문학인들에게 발간비나 문학 활동비를 지원하기에 앞서 그들이 문인으로서 당당한 실력을 갖출 수 있도록 연수기회의 확충과 연수비를 지원하는 것이 더 선행되어야 건전한 선진문학풍토 인프라를 구축하는 일을 앞당기게 될 것이다.

출판사 문예지로 사설문인을 많이 거느리고 제왕처럼 군림하는 구시대적인 문학풍토에서 벗어나 스스로 문인으로 일어서야 한다. 이들의 하수인이 되어 그들의 꽁무니를 쫓아다니며 문인답지 않는 시정 잡배 같은 짓을 청산하고 문인정신으로 거듭나야 선진국으로서의 위상을 갖추게 되고, 한국문학이 바로 설 것이다

이제 부끄러운 한국문학의 풍토를 선진국의 문학풍토로 방향을 전환할 때이다. 코로나 바이러스의 예방에서 세계적인 주목을 받는 자랑스런 대한민국의 위상에 걸맞게 정신적인 문화 가치를 선도하는 문화예술계가 먼저 선진된 세계민주시민으로 풍토개선에 앞장서 나가야할 것이다.

(전남일보. 2021년 2월 24일)

문예지원금제도의 허와 실

　정부에서 예술인들의 창작활동을 지원하기 위해 한국문화예술위원회가 설립되고, 수도권의 인구 집중과 문화의 집중화 현상을 방지하기 위해 한국문화예술위원회는 혁신도시 나주시로 이전되어 문화예술단체 및 문화 예술인들이 예술 활동을 활발히 전개할 수 있도록 아낌없는 지원을 하는 것으로 알고 있다. 그리고 각 지방의 광역지방자치단체에서는 자치단체대로 문화예술인들의 지원 사업을 각시도 문화예술재단을 설립하여 그 지방자치단체의 문화예술인들에게 지원하고 있다.

　따라서 시, 구, 군 기초단위 지방자치단체에서도 문화재단을 설립하여 지원책을 강구하는 적극적인 기초단위 지방자치단체도 있는 상황이다. 그러나 문제는 이러한 지원이 진정으로 대한민국의 문화예술의 진흥과 발전을 위해 지원되고 있는지 운영과정에서 불합리한 운영으로 국민들의 의혹을 사고 있다거나 비합리적으로 운영되어 국민의 혈세만 낭비하고 있는지 점검해보고 불합리한 점을 개선하여 목적대로

성과를 이루었으면 하는 바램이 간절하다.

우선 이러한 기관들이 문화예술의 진흥과 발전을 위해 지원한다는 목적에 맞게 잘 운영되고 있는지 점검이 필요하지 않을까 생각한다. 담당 공무원이 실적 위주로만 운영하여 예산만 낭비하고 있다면 그 불합리한 운영상의 문제를 고쳐나가야 한다.

문학 분야만을 예를 들어 문화예술 지원 사업에 대해 이야기한다면, 많은 문화예술이 긍정적으로 받아들일까 하는 생각을 해보았다. 지원 사업의 경우 홈페이지에 공고가 되는 경우를 보면 마감일이 임박해서야 사업신청을 하라고 올리는 것은 무엇 때문일까? 미리 홈페이지에 올리면 많은 문화예술인들이 참여하여 업무가 까다로워지고 잡음이 날 개연성이 커지게 때문에 그러는 것인지, 또는 미리 공무원이 특정 문화예술단체나 예술인들에게 유리하게 편익을 제공하여 경쟁자를 줄여 지원을 받도록 하려는 속셈인지 모르겠지만 마감 날이 임박해서 공시를 하는 까닭을 알 수가 없다.

예술인 복지 기금 지원도 그렇다. 모든 예술인들이 정부에서 주는 지원금을 알지 못한다. 이들 지원기관의 홈 페이지만 알리고 다른 지방자치단체마다 예술업무를 보는 부서를 통해 얼마든지 홍보할 수도 있고 인터넷 시대 다른 매체를 통해 모든 문화예술인들이 알 수 있도록 충분히 알릴 수 있음에도 불구하고 그저 적당히 얼버무리는 업무실태는 중앙이나 각기시도 문화예술재단도 마찬가지다.

담당 공무원의 업무 간소화를 위해 이런 작태가 벌어지고 있다면 담당자를 징계해야 마땅할 것이다. 그러나 이러한 관행이 문화예술 지원 기관에서 고쳐지지 않고 해마다 반복되고 있으니 참으로 한심하기

짝이 없다. 그나마 출판사나 몇몇 단골 심사를 맡은 예술관계인과의 밀월관계를 청산하지 못하고 문학지원 분야에서 출판사가 확정되었다면 어느 지역인지를 묻고 있고, 확정되지 않는 여부를 물을 필요가 있을까? 그리고 시 7편, 소설이나 평론 1편 등으로 천여만 원의 발간비를 심사자에게 맡겨 지원해왔다. 그런데 이상하게도 지원하는 대상의 작품을 보면 계중에 지원이 되지 않아야 될 수준이하의 작가에게도 지원이 되고 있고, 한번 받으면 안식년제를 두어 쉬었다가 지원하는 제도로 운영되고 있는데. 받는 시인, 작가가 또 받는 등 누가보아도 이상하다고 의구심이 드는 지원이 관행으로 자리 잡고 있어 혼란이 가중되고 있다.

정말로 작품이 우수한 시인, 작가에게 지원하는 것이 아니라 정관계, 문화예술계 인맥이 많은 문인이 우선순위로 지원을 받는 것이 아닌지, 또는 심사위원과의 인맥에 따라 지원되는지 의구심이 든다는 예술인이 많다. 그나마 문화 예술지원기관에서 심사자가 미리 부정지원을 받았다고 주위에서 들은 적이 있는가? 등을 묻는 설문조사가 있다. 담당 공무원의 부정을 감시하기 위한 설문지이지만 합법적으로 빠져나갈 자기보신책의 설문조사라는 생각이 든다.

합리적이고 공정하게 운영되고 있다면 이런 설문조사가 필요할까? 뒤 일이 켕기는 일을 하다 보니, 만약을 위해 빠져나올 궁리부터 하는 설문조사가 아닐는지 모르겠다.

가짜 문인들이 넘쳐나는 시대, 가짜문인들에게 정부의 지원금을 낭비하는 일이 없어야 하지 않을까? 진정으로 우수한 문학작품을 알리기 위해 작품집 발간을 지원하는 지원기관이 되었으면 선진대한민국의 앞날이 밝아지지만, 구습의 관행을 못 버리고 담당공무원, 심사자. 영향력 있는 사람들의 입김에 의해 형편없는 문학작품을 지원하여 출판시장을 활성화시킨다면, 독자가 없는 책을 발간하여 자원을 낭비하는 결과를 빚게 될 것이다. 작년에 전국 시인들을 상대로 "좋은 동시 재능기부사업"을 사비를 들여 117명의 좋은 동시 각2편씩을 묶은 동시집 『별 밥』을 발간하여 전국 226개 지방자치단체의 각 5개 초등학교를 선정하여 코로나 시대 답답한 어린이들의 정서에 보약이 될 책을 선물했다. 올해도 그 사업을 진행하기 위해 전라남도문화재단에 신청을 했다. 담당 공무원의 말인즉 저희들이 해야 할 일을 대신 했다는 말을 전화 통화로 들었지만, 어찌 된 일인지 지원에서 탈락이 되고 말았다.

내 추측으로는 아마 고향에 내려와 전국 어린이들을 상태로 전국의 시인들이 정성들여 쓴 좋은동시를 모아 어린이들에게 선물하겠다는 사업이 고깝게 여겨서 사비를 들여 더 하라는 괴심죄에 해당하여 지원을 해주지 않았거나, 고향에 내려와서 고향의 문화 예술의 전반적인 발전에 대한 쓴 소리를 모 일간신문에 몇 차례 했던 것이 지방 고위층의 권위 도전으로 착각해서 압력을 넣어 탈락했을 것이라는 생각을 해보았다. 또 한편 지방문학상의 불법운영에 대해 쐐기를 박은 것이 원인이 되었는지 알 수가 없다. 그렇지만 언젠가는 진실은 밝혀질 것이다.

어찌되었거나 참으로 우물 안의 개구리식 발상의 지원기관의 관행이 지속된다면 선진대한민국의 앞날은 어두울 수밖에 없다. 따라서 어떻게 하면 이런 구태의연하고 비민주적으로 떡 주는 사람 제 맘대로 지원하는 문예지원금제도를 바로잡을 수 있을까 곰곰이 생각해보았다. 그 해답은 문화예술인들 각자가 자성하고 모두 나서야만 가능하다는 결론에 도달했다. 각 지방마다 문화예술인들과 주민들이 적극적으로 나서서 관행을 깨뜨려야 한다. 따라서 민주주의 제도의 꽃이라고 할 수 있는 옴부즈맨제도를 활성화 시켜 예술지원기관의 불합리한 관행이 개선되도록 선진대한민국의 위상에 걸 맞는 주민감시가 이루어져야 할 것이다. 더 이상 부끄러운 관행을 후세들에게 유산으로 물려줄 것인가 지원기관의 수장은 물론 임직원들의 민주적인 사고와 실천만이 국민에게 희망을 주고 바른 사회를 만드는 선봉자가 된다는 사실을 꼭 명심해야 할 것이다.

문인의 홍수시대, 공정한 문예지원금 제도 절실

최근 우리나라는 문인의 홍수시대를 맞이했다. 사전에 의하면 문인은 "문예에 종사하는 사람. 시인이나 소설가, 평론가 등을 이른다."로 되어 있다. 장르 별로 문인의 수를 보면 한국문화예술위원회에서 발간한 『문예연감 2018』에 의하면, 현재 우리나라에서 발행되는 『문예지』는 계간, 격월간, 월간을 총망라하여 538종이다. 왜 이렇게 많은 『문예지』들이 발행되는 까닭은 글을 쓰겠다고 나서는 사람들이 많아서이기도 하지만, 『문예지』를 창간하여 문학인들에게 자기의 존재감을 알리려는 사람과 출판업에 종사하는 사람이 종업원들에게 일감을 주고, 나아가서 불특정 다수의 고객을 끌어들이려는 상업적 홍보 전략에 의해 광고 목적으로 출혈하면서까지 『문예지』를 발행하는 경우일 것이다.

그야 어찌 하였든 독자 없는 비정상적으로 발행되는 『문예지』의 범람은 문단이 병들어 있다는 사실을 입증하고 있는 것이다. 아무리 자기 홍보의 시대라 할지라도 글을 잘 못 쓰는 사람이 부끄러움도 모르고, 자기가 문인이라고 다른 사람에게 인식시키려는 허명의식이 많은 사람들 때문에 많은 국민들의 얼굴을 찌푸리게 하고 있는 현실이 안타까울 뿐이다.

영세한 출판업자들이나 문인들이 『문예지』를 발간할 경우, 대부분 그 발간비용과 사무실이 있는 경우 사무실 운영비용을 충당하기 위한 궁여지책으로 신인등단제도를 두거나 문학상 제도, 문예창작 강좌 등을 내건다.

실력이 못 미치는 응모자들에게 찬조금을 요구하거나 정기구독을 의무적으로 하거나 등단작품이 실린 문예지를 강매하고, 이미 배출한 자기 잡지만 인정하는 문인단체에 가입을 권유하고, 한국문인단체에 가입시켜주겠다는 공언으로 회원들을 영구적인 정기구독자로 만들고 작품을 게재해주면서 인간관계를 맺어 작품집을 발간할 때 자기 출판사에 발간하도록 하여 영구적인 주종관계의 『문예지』 운영의 단골 고객화 시켜 발간비와 운영비를 충당하는 초법법적인 비정상적인 운영을 하고 있는 것이다.

이런 현실을 현재의 한국문인들은 물론 문화체육관광부 산하 문예지원기관인 한국문화예술위원회나 각 시도 문화재단에서도 알고 있으면서도 이런 기관들이 수수방관만 하고 있는 것이다.

현재 500여개의 문예지에서 글을 글답게 쓸 수 있는 정상적인 문인은 거의 없고 문인이라고 하기는 너무 부끄러운 문인을 등단시키고 있는데, 신인등단제도를 두지 않고 동인지 형태의 문예지가 38종이라고 가정하고, 500여개의 문예지들이 1년에 한명을 배출한다면 500명, 평균 잡아 4명을 배출한다고 할 때 2,000명의 신인이 쏟아져 나온다. 여기에 신춘문예나 각종 지방 문학상 제도에서 모집하여 당선한 문인이 1년에 100명 정도라면 모주 2,100명의 신인들이 배출되어 우리나라는 때 아닌 문인 홍수의 시대가 되었다.

대부분 지방자치제가 된 이후 문인이라고 부르기 참으로 부끄러운 문인들이 하는 일이란 문학놀이꾼으로 낭송시, 자작시 작곡하여 음반을 제작하고, 문학비를 세우고 요란한 문학놀이로 문학공해를 일으키고 있다. 어찌된 일인지 이들 사이비문인들이란 문학작품 창작에는 관심과 흥미가 없고 문학놀이꾼을 자처하여 각 지원기관의 예산을 따내어 문학놀이판을 벌리는 추태를 벌이고 있는데 정부에서는 이들의 문학놀이판을 부추기고 있는 셈이다.

이미 저질러놓은 문예지들의 신인들이 한국중앙단체에 이미 가입했고, 지방문인단체에서 영향력을 행사하여 문학의 본질적인 발전을 아예 관심이 없고, 문학외적인 문학놀이판을 벌리고 있는데 이 판을 국민의 혈세로 지원하고 있는 셈이니 이 일을 어떻게 바로 잡아나갈지 관계기관에서 혁신적인 방안을 강구해나가야 할 것이다.

문인연수기관을 설치하여 정기적인 연수를 실시한다거나 연수 실적에 따라 문예지원금을 지원하는 등 공정한 사회를 이룩하는데 앞장서야 할 것이다. 몇 편의 작품으로 심사하여 지원하여 지원이 되지 않을 형편없는 작품까지 지원되는 일이 생기거나 심사의 공정성 논란이 제기되는 등 불협화음이 생겨나는 것은 무엇 때문일까? 문예지원금 수혜자들도 떳떳하고, 대다수 국민의 의혹을 없애고 공정한 사회가 되도록 관계기관에서 국민의 목소리를 귀담아 들어야 할 것이다.

각 자방자치제마다 문인들 때문에 골치를 앓고 있다. 이들 문학놀이

판을 언제까지 방치하고 그들의 멍석을 깔아주어야 하는 것인가? 광주, 전남은 예로부터 가사문학의 본 고장이요 판소리 명창의 고장이다. 송순, 임억령, 양산보, 정철, 윤선도, 임제, 신숙주, 정약용, 송만갑 등 문학인과 예술인의 고장이었다.

더 이상 이분들에게 오점을 남기는 부끄러운 일은 없어져야 할 것이다. 이제부터서라도 문인은 문학 본질 추구에 앞장서서 어떻게 하면 좋은 작품을 쓸 수 있을까 궁리하고 연구하고 창작방법을 익히는 일에 전념하여 정말로 작품다운 작품을 쓰는 떳떳한 문인으로 다시 태어나야 할 것이다. 그리고 이런 노력의 결실들이 작품집으로 발간되도록 공정한 지원제도가 운영되어야 후손들에게 떳떳하지 않겠는가? 호남인이라면 이제 이권 개입이나 허명의식의 문학놀이판에서 문학으로 도박을 하는 문단 모리배 노릇을 청산하고 떳떳한 문인으로 거듭나기 위해 선배문인의 정신을 이어받아 호남인의 정체성을 살려나가는데 다 같이 자성하고 실천해야 할 것이다.

선진문화의식의 정착과 실천화

우리나라를 일컬어 예로부터 동방예의지국이라고 중국인들이 칭송했다고 한다. 그 이유야 어찌 되었던 간에 이 말은 이미 단군이 건국이념에서도 이미 시사하고 있었다. "홍익인간弘益人間이라는 말은 고조선 건국신화에 나오는 고조선의 건국이념이기도 하지만, 대한민국의 교육법이 정한 교육의 기본이념이다.

그 뜻은 "널리 인간세계를 이롭게 한다."라는 의미이다. 인간세계를 이롭게 한다는 말 앞에 널리라는 부사는 영역이 한정되어있지 않는 낱말이다. 그러니까 인간이 사는 세계면 모두라는 전체의 개념으로 오늘날 나라의 구분이 되지 않는 지구촌을 의미한다. 이런 확장된 개념으로 해석하면 세계 모든 사람이 선한 의지로 평화롭게 공존을 전재로 한다.

그 만큼 단군신화는 고조선, 대한민국이라는 국토로 한정된 개념이 아니라 대한민국을 통해 확장된 지구촌 전체에게 이롭게 하는 나라로

서의 건국신화이다. 이롭게 하려면 선한 마음이어야 하고 공공질서가
선진화 된 윤리의식이 바탕이 되어야 한다. 이렇게 볼 때 남을 이롭게
하려면 예의가 굳건하게 뿌리내려 실천하지 않고서는 불가능하게 된
다. 따라서 단군의 건국이념은 사람이 사람답게 살아가는 기본 도리인
예의를 잘 지키는 국민임에 틀림이 없을 것이다.

이러한 전통은 생명을 귀중하게 여기는 고려시대의 불교문화에 이
어서 충효를 기본이념으로 하는 유교질서로 유지되어온 조선시대를 거
쳐 농본위주의 사회에서 마을마다 향약을 정하여 실천함으로써 공동
체문화를 형성해오면서 면면이 이어져왔다.

개화기와 함께 서양의 문화가 들어오면서부터 불행하게도 우리나라
는 일제의 침략으로 나라를 빼앗기게 되었지만, 국권을 되찾기 위해
꾸준히 항거해왔다. 일제강점기 지배자에 의해 서양문화가 이식되어왔
지만, 해방과 더불어 6.25 전쟁으로 인한 좌우이념 대립이 오늘날까지
분단의 아픈 역사가 이어지고 있는 것이다.

좁은 국토에 그나마 남북 분단이라는 상황에서 대한민국은 경제적
으로 부강한 나라가 되어 선진국의 문턱을 넘어섰지만, 국민의 선진
문화의식이 서양의 물질문화가 무분별하게 유입됨에 따라 전통적인 충
효의 실천력은 실종되고. 오직 물질적인 가치의 획득을 목적으로 나만
잘 살면 된다는 극도의 이기주의가 만연되어가고 있는 것이다.

그와 함께 선진 국민으로서 뿐만 아니라 "널리 인간세상을 이롭게
한다"는 홍익인간의 기본적인 실천적인 행동이 개인주의적인 이기적
행동으로 변질되고 말았다.

물질적인 풍요를 누리는 시대 쓰레기의 양은 기하급수적으로 증가

하는데, 쓰레기를 버릴 곳에 버리지 않고 제 맘대로 아무데나 버리는 공공질서의식이 내면화되고 실천적인 행동양식으로 자리 잡지 못하고 있는 것이다.

나만 편리하면 된다는 개인주의가 공공의 이익이라는 가치보다 우선됨에 따라 후진적인 행동을 거침없이 해대는 뻔뻔한 사람들이 많아서 골머리를 앓고 있는 것이다. 옛날과 비교할 때 많은 사람이 공공질서를 남이 보든 안보든 상관치 않고 당연하게 국민행동으로 정착되어 가고 있지만, 게 중에 몇몇 양체들이 담배꽁초를 아무 데나 버린다거나 등산로, 관광지, 유원지, 고속도로 휴게소, 빈 집터, 낚시터 등등 공공장소에 쓰레기를 슬그머니 버리고 가는 소수의 양체들이 문제인 것이다.

사람들이 자주 다니지 않는 시골 으슥한 장소에 가면 마구 버린 비닐, 쓰고 버린 농사용 비닐이나 농약병, 스칠로폼, 휴지, 과자껍질 등이 흉측하게 우리나라 국토를 더럽히고 있다.

"여기에다 쓰레기를 버리지 마세요.", "여기에서는 취사행위를 금지합니다." 등은 물론 최근 들어 코로나 바이러스 19가 퍼지자 당국에서 5인 이상 집합 금지를 했음에도 불구하고 이를 지키지 않아 집단으로 코로나 바이러스 확진자가 발생하는 등 선진 국민으로서의 행동규범을 어기는 양체들이 후진국의 국민으로 남고 싶어 안달을 하고 있다.

철저한 국민 감시가 절실한 때이다. 공공장소에다 자기가 가져온 쓰레기를 버리고 간 양체들을 고발하여 포상을 주는 제도와 함께 쓰레기를 버린 사람에게 30배의 쓰레기를 공공장소에서 줍는 봉사활동을 시켜서라도 선진 국민으로서 실천적인 행동이 정착될 때까지 유지시켜야 하지 않을까? 공공의 재산을 훼손하거나 부정한 방법으로 가로

챈 사람에게는 무임승차한 버스 승객에게 30배의 금액을 청구하듯이 30배 정도를 변상하게 하거나 사회봉사 활동을 시켜서라도 홍익인간의 이념을 실천하게 함으로써 선진 국민문화의식을 정착시켰으면 좋겠다는 생각을 해본다.

뻔뻔한 얼굴이 얼굴을 들고 다니는 세상이 되어서는 안 된다. "뻔뻔" 외치는 번데기 장수가 누에를 치는 농가가 없어져 그 문화가 없어졌지만, 중국 수입산 번데기가 시장에 가끔 나오나 이 번데기를 먹여서라도 널리 인간세상을 이롭게 한다는 홍익인간의 단군 이념이 내면화되어 선진문화의식이 하루 빨리 정착되길 바란다.

한국문학풍토의 개선 방안과 대책

    문학은 모든 예술 분야의 선봉장의 역할을 해왔다. 문예사조의 시발점이 문학으로 예로부터 文史哲로 인문학의 선두주자를 문학으로 꼽았다. 그것은 문학 속에 역사가 있고, 문학 속에 철학이 있는 등 문학은 역사와 철학을 모두 포괄하기 때문이었다.

    인문학의 발달은 선진 국가의 초석이며 이를 증명하는 척도라고 할 수 있다. 따라서 문학인의 우수한 작품은 그 나라의 문화 수준을 가름하고 선진국의 지표가 된다. 오늘날 한국의 문학은 질적 성장보다는 양적 팽창을 가져왔으나 문학 향유자들이 문학인의 영역을 침범하여 마치 문학인처럼 활동함으로써 문학의 본질이 왜곡 되고 문학인들에 대한 가치하락을 가져왔다.

    오늘날 한국문단 상황은 문학 향유자들이 문학인으로 스스로 자처하기 때문에 문학이 하나의 취미활동의 놀이문화화되고 있는 것이다.

    문학 향유자들이 대중적인 취향의 취미활동을 통해 자신의 능력으로는 도저히 불가능한 문인의 생활을 동경하고 모방행동을 함으로써 대리만족하는 집단화된 대중문화로 전락했다는 것이다. 따라서 문학 단체는 문학향유자들이 문학인으로서의 허명의식으로 자신의 존재를 알리려는 명예욕을 부추기는 활동과 그런 향유자 집단끼리의 소속감과 연대감을 형성하고 소수의 출판업자가 개입, 상업적 이익을 도모하는 구조가 형성되어버린 것이다.

오늘날 한국문학은 노래방의 문화가 되어버린 상황이다. 문학작품을 창작하여 대중들의 인기를 얻는 전문 문학인이 아니라 노래방 문화처럼 노래방 가수들끼리 단체를 만들어 가수와 같이 음반을 만들고 가수 행동으로 대리만족하거나 아무도 수익을 창출하지 못한 무명 가수처럼 문학작품을 창작하는 활동을 취미활동으로 하는 문학 향유층 문인들이 대부분인 현실이 바로 한국문단의 상황이다.

오늘날 한국 문단의 상황은 문학인보다는 문학 향유자들이 더 많은 실정이고, 문학향유자들이 문인단체의 간부가 되어 문학작품을 창작하는 활동보다는 단체유지를 위한 시화전, 그들의 작품집 출판사업, 문학비 세우기 사업, 향유자들을 위한 권익사업, 등등 문학과는 전혀 관련이 없는 문학인이라는 허명을 영구적인 남기려는 작품집 출판, 시비건립 등에 치중하고 있는 것이다. 따라서 이들을 위해 대필사업이 번창하고 있고, 대필 출판물이 성행하는 등 속물적인 허명의식을 부추기는 활동을 주관하고 있는 것이다. 그것도 국가나 지방자치단체에서 국민의 혈세를 문학 향유자들을 위해 낭비하는 활동 문화가 굳혀져 가고 있는 실정이다.

문학작품의 창작활동이 도구적 가치화되어서 문학 향유자들이 마

치 문인처럼 행동하는 문학놀이활동으로 문학의 본질적 가치가 전도
되어버린 현실에서 한국문학은 쭉정이들의 요란한 문학활동으로 전락
해 버렸다.

문학작품의 창작자인 문인은 생산자라고 일컫는다면, 문학작품 향
유자 겸 유사 문인의 행동을 모방하는 향유층 문인은 문학작품의 소
비자다. 소비자가 생산자를 사칭하고 생산자의 행동을 모방하는 것은
의사가 아닌 자가 환자를 상대로 의료행위를 하는 것과 마찬가지다.
국민의 정서에 영향을 미치는 창작작품을 짝퉁작품으로 생산자 행위
를 위장하는 것은 돌팔이 의사가 메스를 들고 환자를 집도하는 위험
한 행위 일 것이다. 이들 돌팔이 의사를 정상적인 의료행위가 가능
하도록 전문적인 의료기능 신장이 우선이지 이들에게 계속적인 의료
행위를 맡기고 지원하는 문화예술 지원정책과 이들을 위한 복지정책
의 방향이 전면적으로 수정이 되어야 할 것이다.

따라서 문인에게 지원하는 문예지원금의 수혜도 연수활동의 실적이
나 연수결과물 등을 참작하여 열심히 노력하여 문학 향유자가 문학작
품을 창작하는 정상적인 문인으로 거듭날 수 있도록 정책적인 배려가
있어야 한다. 그래야만이 각 지방자치단체에서 문인단체에 지원하는
지원금이 지방문학의 발전과 한국문학의 내실을 기하는데, 그 효과를
극대화할 수 있을 것이다. 그렇지 않는 상황에서는 문학 향유자들이
문학의 본질을 외면하고 자신의 명리적 가치에만 급급하여 문인단체
의 감투 차지하기 열병에 시달릴 것이고, 지방자치단체나 관계기관의
지원금을 노리기 위한 문학 외적인 엉뚱한 일에 매달려 에너지를 소모
하는 문인답지 않는 속물적인 작태가 지속될 것이다.

따라서 이에 대한 해결책을 다음과 같이 제안한다.

첫째, 문인등단제도의 공신력 회복과 한국문학단체의 제도 정비가 선행되어야 할 것이다.

둘째, 문예정책 옴부즈맨제도의 시행으로 잘못된 관행을 바로 잡아가야 한다.

셋째, 출판사나 문예지의 신인등단배출의 고객화 방지 및 무자격 신인 배출 배상 책임제 실시로 등단신인의 질적 저하를 막아야 한다.

넷째, 문예지원의 공정성 유지와 감사제도의 강화해야 한다.

다섯째, 문학단체의 출판물의 특정출판사 수의계약으로 독점화를 막고 공개입찰화하여 비리를 막아야 한다.

여섯째, 비공식적인 등단제도를 이용하여 부패 정치인이 문학 향유자 문인으로 탈바꿈하여 단체 활동에 개입하는 것을 막아야 한다.

일곱째, 현재의 우리나라 문인복지제도는 문인를 위한 복지제도가 아니라 향유층 문인을 위한 복지제도로 운영되고 있다. 따라서 향유층 문인이 문인자격증의 양산이라는 악순환이 되풀이되고 있다. 따라서 문인과 향유층 문인의 엄격한 구분이 선행되어야 합리적인 복지제도가 정착될 수 있을 것이다.

문학 향유자들의 문학본질을 외면 문학놀이 문화를 그대로 방치해서는 안 된다. 후진 문화습성의 되풀이로 시간을 낭비하고 자원과 국민들의 생산적인 에너지를 소모하는 일은 국가적인 차원에서 큰 손실을 가져온다. 따라서 관계기관에서는 좋은 문학작품을 창작하기 위한 기능과 방법을 익히는 부단한 연수활동을 할 수 있는 인프라 구축으로 우수작품을 창작할 수 있는 여건을 조성하는 일은 국민의 삶의 질을 향상시키고 경제적인 부를 창출하는 등 선진국 문화의 정착을 위한 초석이 될 것이다.

문학 향유자들의 가치전도 현상은 미래세대에 그대로 물려줄 수 없는 참으로 부끄러운 문화전통이다. 더 이상 이러한 고질적인 후진국 문화 현상이라 할 수 있는 허명의식 추구의 문화습성이 확대재생산되지 않도록 한국문학이 시급히 정립되어야 할 것이다.

제2부

환경의 개선

문학생태

강태공들에게 바란다

　휴일이면 강이나 저수지, 수로 등에 낚시꾼들이 찾아온다. 이들 중에는 낚시꾼이 지켜야할 규칙을 잘 지키는 분들이 있는가 하면, 자기가 가져온 폐기 낚시용품, 캔, 페트병, 비닐, 음식물 등 쓰레기를 되가져가지 않고 낚시터에 그냥 버리고 가는 몰지각한 사람들이 눈살을 찌푸리게 한다.

　낚시꾼들의 공중도덕을 실천여부는 그 사회, 그 나라의 교양 수준을 가름 한다고 할 수 있다.

　아무리 경제적으로 잘 사는 나라라고 해서 선진국이라고 하지 않는다. 국민들 모두의 민주적인 국민의식이 성숙되어 공중도덕을 자발적으로 실천하고, 남을 배려하는 공공의식과 행동에 대해 나무랄 데가 없는 나라를 선진국이라고 한다. 그러나 우리나라는 급격한 경제성장으로 국민소득이 높은 선진국 수준에 도달되었다고 하지만, 국민들의 의식수준이 그에 미치지 못한 상황을 도처에서 발견할 수 있다.

사람들이 머물다가는 공공장소에 가면, 꼭 흔적을 남기고 간다. 온갖 쓰레기를 버리고 간다. 특히 강이나 하천, 호수, 저수지 등 낚시터에는 낚시꾼들이 버리고 간 쓰레기가 가득 쌓여있다. 그래서 낚시터 인근에 사는 주민들은 낚시꾼들을 반가워하지 않는다. 낚시터에 와서 그 지역 주민들의 경제에 보탬을 주기보다는 온갖 쓰레기를 버려서 주민들에게 피해를 주기 때문에 낚시꾼들을 반갑게 맞아주지 않는다.

최근에는 낚시꾼들도 낚시하는 물고기들에 따라 특정물고기에 대해 전문화가 되어있다. 우리 고장의 젖줄이라고 할 수 있는 영산강에 낚시를 하려온 낚시꾼들은 베스 루어낚시를 즐기려고 오는 사람들이 대부분이다. 가끔 장어 낚시를 하려오는 낚시꾼들이 있기는 하지만, 사철 베스 낚시꾼들이 영산강을 찾곤 한다. 이들은 보트를 강에 띄우고 베스의 서식지를 찾아서 낚시를 즐기고 간다. 베스는 토종물고기들의 씨를 말려 생태계를 교란하는 외래어종이다. 그래서 이들이 베스를 퇴치하여 토종물고기를 보호하려는 낚시꾼들이라면, 모두들 환영할 일이겠지만, 베스를 퇴치하려고 온 것이 아니라 베스와 놀다가는 낚시꾼이어서 눈총을 받고 있다. 이들은 베스를 낚시로 잡아 모두 다시 강에다 놓아주고 돌아간다.

영산강 베스 낚시는 외래어종 베스와 가짜 먹이로 유인하여 잡는 낚시의 손맛 즐기고 돌아가는 어처구니없는 낚시 오락문화가 펼쳐지고 있다.

베스는 입이 크고 포악하여 우리 토종 물고기들을 닥치는 대로 먹어치우는 습성을 가진 포악한 어종이다. 베스들은 생존 본능은 붕어나 잉어보다 생존 우위를 차지한다. 토종 물고기들보다 먼저 부화하여 베스 치어들이 나중에 부화하는 붕어나 잉어의 치어를 잡아먹는다. 토종 물고기들이 살아남을 수 없도록 생태계를 교란시키고 있다.

요즈음 겨울철 낚시에 걸린 암컷 베스들은 12월인데도 뱃속에 모두 알이 꽉 차있다. 보통 붕어나 잉어는 4월이나 5월에 산란하기 위해 물가의 얕은 수초부근으로 몰려든다. 이 무렵 토종 붕어 낚시는 수초가 있는 얕은 물에서 낚시꾼들이 월척의 기쁨을 누릴 수 있을 것이다. 그런데 토종 붕어가 사라지면 붕어 낚시를 즐길 수 없을 것이다.

베스는 초봄 물의 온도가 15도가 되면 산란을 시작한다고 한다. 그러니까 이른 봄에 산란하여 치어들이 나중에 부화하는 토종물고기의 어린 새끼들을 잡아먹는 등 나름대로 영산강을 자신들만이 생존할 수 있는 환경을 만들고 있다.

따라서 우리나라 강과 호수, 저수지 등에서 살아가는 토종 물고기는 개체수가 점점 줄어들어 멸종 위기에 다다르고 있다. 그 대신 외래어종인 블루길, 베스 등이 활개를 치고 살아가고 있다.

각 지방국토관리청 수자원공사, 농어촌공사, 지방자치단체, 또는 이와 관련된 기관, 낚시동호회 등에서는 우리 토종 물고기 어종을 보존하기 위해 힘을 모아야 할 때다. 따라서 베스 낚시를 하는 낚시꾼들에게 잡은 베스를 놓아주지 않고 잡아서 퇴치하는 생태계 복원운동을 펼치는 것이 좋지 않겠는가? 일정량의 베스를 잡아온 낚시꾼에게 생태계 교란어종 퇴치했다는 증명서를 발급해준다거나 베스낚시 퇴치 대회를 개최하는 등 기타 여러 묘책을 마련해서라도 낚시꾼들에게 긍지와 자부심을 심어주는 방법도 좋을 것이다. 베스를 잡는 손맛만 즐길 것이 아니라 외래어종의 물고기를 잡아 토종물고기들의 생태계 환경을 되돌려주는 생태계의 지킴이 또는 파수꾼으로서의 긍지와 자부심을 갖는 낚시문화가 정착되었으면 한다.

민물낚시는 낚시꾼들 사이에서 뭐니 뭐니 해도 붕어낚시를 으뜸으로 쳐왔다. 붕어낚시의 손맛을 지속적으로 느끼려면 토종물고기를 보호하는 것이 우선되어야 할 것이다. 외래어종이 우리의 강과 호수, 저수지를 점령하는데도 그대로 방치해두어서는 안된다. 낚싯꾼들은 앞으로 베스를 잡는 손맛만 즐기고 갈 것이 아니라 외래어종의 물고기를 잡아들이는 생태계 지킴이 역할까지 하는 등 일거양득의 기쁨과 보람을 느끼는 낚시문화를 조성해나가야 할 것이다.

버킷리스트

사람들은 나이가 들면, 버킷리스트(Bucket list)를 떠올린다. 살아온 날보다 살아갈 날이 얼마 남지 않는 나이가 되면, 죽기 전에 꼭 해보고 싶은 것들을 순위를 정하여 목록을 만들어 실천하는 사람들이 많아졌다.

요즈음 들어 경제적으로 생활이 나아지니까 버킷리스트의 목록을 작성하고 하나씩 실천해나가는 사람들이 많아졌을 것이다. 먹고 살기도 힘겨운 서민들에게 버킷리스트는 배불리 먹을 수 있는 식량과 편안한 잠자리, 그리고 의복 등 의식주가 전부였을 것이다. 그 옛날에도 자신이 죽을 때 비웃음을 사지 않고 마지막 사람으로서의 존엄성을 갖추고자 장례비를 준비해놓고 주머니에 넣고 다닌 사람들도 있었다고 한다.

버킷리스트(Bucket list)란 말은 '죽다'라는 뜻을 가진 속된 말 'Kick the Bucket'에서 비롯되었다 한다. 중세 유럽에서는 자살이나 교수

형으로 죄수를 처형할 경우 목에 줄을 건 다음 딛고 서 있던 양동이 (Bucket)를 발로 찼다. 양동이를 발로 찬 순간, 목줄이 목을 당겨 죽게 된다.

그런데 대중에게 알려진 것은 2007년 영화 "버킷 리스트: 죽기 전에 꼭 하고 싶은 것들(The Bucket List)"때문이었다. 이 영화의 내용은 시한부 판정을 받은 두 주인공이 죽기 전 하고 싶은 일들의 목록을 작성해서 함께 여행을 떠나는 이야기를 담고 있었다. 이 영화가 상영된 뒤부터 버킷리스트는 삶의 만족도를 높이기 위해 활용되는 수단이 되었다.

사람들은 자신이 가장 선호하는 관심사항이나 취미활동 등에서 자신의 버킷리스트를 정할 것이다. 종교에 심취한 사람들은 성지순례를 버킷리스트의 우선순위로 정할 것이고, 학문에 종사하는 학자는 자신의 학문적인 업적을 이루는 것이 우선순위의 버킷리스트가 될 것이다. 이것들은 그래도 정상적인 가정생활과 경제적으로 여유가 있는 사람들의 버킷리스트에 해당될 것이다.

그러나 일제 강점기에 나라를 빼앗겨 중국이나 러시아에 흩어져 돌아오지 못하고 고향을 그리워하는 디아스포라들은 오직 버킷리스트는 고국의 고향땅을 밟는 것일 것이다. 이국땅에서 고국을 그리워하다가 오직 하나밖에 없는 버킷리스트도 이루지 못하고 돌아가신 분들이 많았다. 그런데 6.25 전쟁으로 가족과 헤어져 오직 이산가족 상봉만을 기다리는 버킷리스트는 실현이 불가한 일이기에 안타까울 수밖에 없다.

남북 적십자 간의 합의로 1985년 9월, 서울과 평양에서 최초로 이산가족 고향방문단과 예술 공연 교환 행사가 이루어진 것을 기점으로 제1차 이산가족 상봉이 2000년 8월 15일부터 8월 18일, 그 후 2018년까지 21차례의 이산가족 상봉과 2005년부터 2007년까지 7차례 이산가족 화상 상봉이 이루어졌으나 가족의 생사조차 모르거나 상봉하는 것을 버킷리스트 일 순위로 정하고 가다리다가 이루지 못하고 돌아가신 분들도 많을 것이다.

사람은 자신의 처지에 따라 종종 버킷리스트가 바뀌지기도 한다. 아마 코로나 바이러스로 인해 많은 사람들의 버킷리스트가 바뀌었을 것이다. 해외여 행을 버킷리스트로 정했던 사람들은 버킷리스트가 미루어졌을 것이고, 코로나로 버킷리스트로 정한 해외여행을 못하고 돌아가신 분들도 있을 것이다.

한 치 앞의 운명을 모르고 사는 것이 우리들의 삶이다. 코로나가 많은 사람들의 버킷리스트를 지연시키거나 훼방을 놓고 있는 상황이다. 이런 상황일수록 잃은 것도 많고 버킷리스트를 실천할 수 없어 전전긍긍하는 사람도 많겠지만, 자신을 냉철하게 뒤돌아볼 수 있는 계기가 되었을 것이다. 그리고 살아있는 동안 자신이 해야 할 일들이 무엇인지, 그리고 소중한 것이 무엇인지 깨달을 수 있는 기회가 되었을 것이다.

대부분의 사람들은 가지 자신을 잘 모르는 경우가 허다하다. 그래서 맹목적으로 남들의 버킷리스트를 따라서 정한다.

여러 종류의 꽃들이 저마다의 모습과 향기로 꽃을 피우고 벌 나비를 불러들이는 것처럼 오직 지신의 버킷리스트는 자신이 결정하는 것이지 남들이 하는 버킷리스트를 따라 할 필요는 없다. 그것은 마지막 회한으로 남을 것이다. 버킷리스트를 이루지 못하면 편안하게 눈을 감

을 수 없을 것이다. 코로나 시대에 걸 맞는 아주 적절한 버킷리스트를
수정하는 것도 현명한 고종명考終命의 지혜일 것이다.

고라니 보호구역 지정을

고라니 때문에 농민들의 고충이 이만저만이 아니다. 농사를 짓는데 필요한 종자, 비료, 비닐, 농약 모두 껑충 뛰어서 농사를 지어도 이런 농사비용을 공제하고 나면, 인건비도 충당이 되지 않는다. 그러면서도 농민들은 흙에 씨앗을 뿌리고 작물을 가꾸어 수확하는 기쁨으로 살아왔기 때문에 손익을 따지지도 않고 숙명으로 알고 일해왔다. 그런데 최근 들어 고라니, 멧돼지, 까치, 등 야생동물이 애써 가꾸어 놓은 농작물을 모두 망쳐놓고 있어 울상이다. 그러나 이들 야생동물을 퇴치하기 위해 망을 치거나 경광등을 설치하는 수고는 물론 그 비용까지 부담해야 하니 농민들은 얼굴을 찌푸릴 수밖에 없다.

고라니는 중국 양쯔강 유역과 우리나라 전역에 분포되어 있고 토착지이다. 사슴과의 동물로 중국에서는 거의 멸종되었고, 유일하게 한국에서만 생태계의 균형이 깨져 고라니를 잡아먹는 호랑이 같은 포식자가 없고, 서식환경이 좋아서 개체수가 너무 많이 불어난 것이 문제의 원인이 되었다. 지역에 따라서 유해조수로 지정하여 능동적으로 퇴치하는 곳이 있는가 하면, 농민들의 어려움을 농민들의 문제로 치부하고, 당국에서 방관하는 곳이 대부분인 것으로 알고 있다.

이상하게도 우리나라는 출산율이 세계에서 낮은 나라에 속하고 도시화로 농촌에서는 늙은 노부모들만 남아서 농사를 짓고 있다. 그런데, 그나마 고라니들의 개체수가 해마다 늘어나 늙은 농부들에게 고라니 생존까지 억지로 떠맡겨 놓은 꼴이 되었다. 이는 자식들이 결혼하여 살다가 이혼하여 제 자식을 시골의 늙은 부모에게 더 맡겨놓은 것처럼 동물의 생태계 불균형까지 떠맡아 고라니 망나니짓을 감수해야하는 농부들이 안타까울 뿐이다.

고라니는 생태 특성상 야산의 산기슭이나 강기슭, 억새가 무성한 풀숲 등지에서 살면서 계절에 따라 사는 장소를 옮기는데, 옮기는 까닭이 먹이 때문이다. 요즈음의 고라니는 입맛이 까탈스러워 야생의 식물들은 거들어 보지도 않고 주로 농부들이 가꾼 보리 잎, 고춧잎, 고구마 순, 채소 등의 농작물만을 먹으려 마을로 달려든다. 고라니 입장에서 보면 생존전략이 될지 모르지만, 농부의 입장에서는 피땀 흘려 가꾼 농작물을 수확도 못하고 망쳐버려 애를 썩고 있는 것이다.

여러분들도 시골길을 밤에 운전하다가 갑자기 도로를 가로질러가는 고라니와 마주쳐서 교통사고가 일어날 아찔한 순간을 경험이 일이 있거나 로드 킬을 당한 고라니들이 도로에 죽어있는 것을 본 적이 있을 것이다. 그만큼 고라니의 개체수가 늘어났다는 이야기다. 고라니는 뿔이 없는 대신 수컷은 드라큘라 백작처럼 송곳니 두 개가 입 밖으로 나와 있고, 밤에 울음소리를 들으면 마치 으스스하게 소름 돋는 울음소리를 들을 수 있을 것이다. 주로 낮에는 쉬고 밤에 먹이 활동을 하는데 새끼를 2~5마리까지 낳는다고 한다.

그나마 상위 포식자인 호랑이가 없어진 우리나라는 고라니가 해마다 불어나 농부들의 농작물에 피해를 주고, 야간에 이동하다가 자동차에 치여 로드 킬을 당하는 등 그야말로 세계적으로 멸종위기 이어서 보호할 필요성이 있지만 유독 우리나라에서만 골칫거리로 전락했으니, 이에 대한 대책을 강구하는 것이 좋을 듯싶다.

고라니는 4대 강 강변의 광활한 둔치나 냇가 등 물이 있고, 버드나무 그늘이 있는 곳을 좋아해 주로 여름철에 지내는 곳이다. 그러다가 봄, 가을이 되면 마을 가까운 곳에 밤손님이 되어 논밭을 어슬렁거리며 기회를 노렸다가 농작물을 해치곤 한다. 그런 까닭으로 농부와 고라니가 각각 서로의 생존을 위해 분쟁이 일어날 수밖에 없는 것이다.

따라서 농부와 고라니들이 서로 공존할 수 있는 방안이 강구되어야 할 것이다. 고라니들이 더 이상 로드 킬을 당하거나 농작물에 피해를 주지 않도록 미국의 서부 개척시대 원주민인 인디언의 희생을 막기 위해 인디언 보호구역을 설정했듯이 우리나라에서도 관계기관에서 광활한 하상 둔치의 갈대밭을 그대로 방치하는 것보다는 고라니 보호 구역으로 지정하여 철망을 쳐서라고 농부들의 농작물을 망치지 않도록 하는 방법도 있을 것이다.

국토관리청의 일은 국토의 관리뿐만 아니라 우리나라에 서식하는 동식물의 생태계를 보존하는 것도 포함되는 일일 것이다. 환경관련 부처나 단체들, 자원봉사자 등과 서로 합심하여 고라니까지도 살 수 있는 터전을 4대 강 하상의 광활한 땅과 인접한 산을 고라니보호구역으로 지정하여 고라니가 좋아하는 농작물을 심고 가꾸어서라도 그들이 살아갈 수 있는 터전을 마련해주는 등 보다 적극적인 방법으로 농민들의 고충을 해결해주었으면 좋겠다는 생각이다.

농민의 생존권뿐만 아니라 고라니의 생존권도 중요하다. 고라니들이 잔인하게 로드 킬을 당해 처참하게 죽음을 맞이하는 불상사가 일어나거나 고라니가 농부의 농작물을 훔쳐 먹고 천덕꾸러기로 전락하여 농부들의 원성의 대상이 되는 일이 없도록 우리가 고라니를 보호해주어야 할 것이다. 또한 농부들은 고라니의 농작물 피해로 더 이상의 스트레스를 받지 않고 사람과 야생동물들이 서로 공존 공생할 수 있도록 관계 당국에서는 고라니 보호구역을 지정하는 방안을 강구해 실천했으면 좋겠다는 생각이다.

우리 고장 전남의 부끄러운 관광지 실태

전장포 시비 사례를 중심으로

우리 고장 관광지 곳곳에 세워진 시비들이 수준 이하의 시들이 세워져있다. 우선 시의 제목이 그 고장을 노래했거나, 현재 활동 중인 그 지방의 향토시인들의 시들로 시비로 세워놓았는데. 정말 그 고장의 특징을 총체적으로 아우르지 못한 조잡한 시들이 대부분이다. 따라서 관광지의 시너지 효과를 기대하기보다는 향토시인을 알리려는 목적이 아닌지 의심스럽다. 시비는 누구를 위해 세우는가를 생각해보면 답이 나올 것이다. 이런 시비는 오히려 우리 고장 명소의 이미지를 훼손시키고 안목 없는 우리 지역민의 치부를 드러낸 결과를 가져오지나 않았는지 걱정스럽다.

임자도 전장포는 우리나라 새우젓의 60%-70%를 생산하는 전국적으로 널리 알려진 포구이다. 그런데 전장포의 상징인 새우의 이미지나 전장포 사람들과는 전혀 관련이 없는 시인의 주관적인 정서를 노래한 시비가 전장포에 새우상과 함께 다음과 같은 시비가 세워져 있어 놀라움을 금치 못했다.

아리랑 전장포 앞 바다에

웬 눈물방울 이리 많은지

각이도 송이도 지나 안마도 가면서

반짝이는 반짝이는 우리나라 눈물 보았네

보았네 보았네 우리나라 사랑 보았네

재원도 부남도 지나 낙월도 흐르면서

한 오천 년 떠밀려 이 바다에 쫓기운

자그맣고 슬픈 우리나라 사랑들 보았네

꼬막 껍질 속 누운 초록 하늘

못나고 뒤엉긴 보리밭길 보았네

보았네 보았네 멸치 덤장 산마이 그물 너머

바람만 불어도 징징 울음 나고

손가락만 스쳐도 울음이 배어 나올

서러운 우리나라 앉은뱅이 섬들 보았네

아리랑 전장포 앞 바다에

웬 설움 이리 많은지

아리랑 아리랑 나리꽃 꺾어 섬 그늘에 띄우면서.

-곽재구의 「전장포 아리랑」 전문

　이 시를 자세히 읽어보시고 전장포 사람들의 삶이 총체적으로 들어나 관광객들에게 전장포를 좋은 이미지로 인식시킬 수 있는지 매우 의심스럽다, 그래서 인터넷 검색을 해보았더니 출처가 명확하지 않는 아래와 같은 이 시의 해설이 있었는데, 이 시와는 너무나 거리가 먼 따로

국밥 같은 해설이었다.

"이 시는 전장포 앞바다에 떠 있는 작은 섬들을 소재로 우리 민족의 삶과 애환을 애정 어린 시선으로 노래하고 있다. 시의 공간적 배경이 되는 전장포는 전라남도에 위치한 포구의 명칭으로, 주변의 작은 섬들을 '눈물방울'과 '사랑', '울음' 등의 이미지로 비유하여 그곳에서 살아가는 사람들의 굴곡진 삶을 잘 드러내고 있다."

이와 같이 미사여구를 동원하여 장황하게 추켜 세워놓은 해설을 보고 아연 실색을 할 수 밖에 없었다. 이 시는 전장포의 총체적인 이미지를 형상화해 드러내지 못했고, 시인의 주관적인 감정을 그대로 토로한 시였다. 또한 전장포의 긍정적인 이미지보다는 시인 자신이 우리나라 역사를 슬픈 역사로 규정하고 슬픈 정서로 감정이입하여 직접적으로 정서를 노출해버린 현대시와는 거리가 먼 낭만주의 시대의 시 유형과 매우 유사했다.

이 시의 1~2행을 보면, "아리랑 전장포 앞 바다에/웬 눈물방울 이리 많은지"라고 시인의 주관적인 슬픈 정서가 노출되어있다. 그리고 "전장포"라는 지역 고유명사에 아리랑이라는 말을 붙여 전장포에서 화자가 느낀 정서를 센티멘탈하게 작의적으로 표현하고 있다. 왜 아리랑을 불러야 하는지 구체적인 배경이나 까닭을 알 수가 없다. 그리고 2-4행의 "각이도 송이도 지나 안마도 가면서/반짝이는 반짝이는 우리나라 눈물 보았네"라는 구절에서도 햇볕에 반사되는 바닷물의 모습을 우리나라 눈물이라고 표현한 것도 황당하다. 또한 화자가 각이도, 공이도 안마도를 전장포에서 출발해서 가는 것인지 다른 곳에서 출발해서 왜 가는지 전혀 알 수가 없다. 그저 뜬구름 잡는 식으로 진술하고 있다. 우리나라는 3면이 바다인 반도의 나라이기 때문에 섬들이 많다, 그런데 왜 전장포 부근의 바다에서만 우리나라 눈물이 보인다는 것일까? 이는 시인의 주관적이고 관념적인 황당한 정서의 진술이기 때문이다. 서정시는 개인의 정서를 노래하는 시이지만 주관을 객관화하여 모두가 공감이 가야 좋은 시가 되는 것인데 이 시는 그렇지 못하다는 것이다.

전장포는 새우가 많이 잡히는 고장이기 때문에 새우 잡는 어부의 생활 모습을 이미지로 보여주거나 진술해야 하는데도, 엉뚱하게도 11행에 "멸치 덤장 산마이 그물"로 전장포가 멸치잡이 포구로 바뀌었다. 그리고 무슨 일로 섬을 배회하는지 모르면서 인근의 섬으로 가고 있고, 3행에서 어떻게 가고 있는지 유람선을 타고 가는 것인지 어선을 타고 가는 것인지도 알 수가 없다, 그런데 6행부터는 느닷없이 주체가 화자가 아니라 파도로 바뀐다. 화자의 관념 속 진술로 바뀐 것이다. "재원도 부남도 지나 낙월도 흐르면서/한 오천 년 떠밀려 이 바다에 쫓기운/자그맣고 슬픈 우리나라 사랑들 보았네" 여기에서 "한 오천 년 떠밀려 이 바다에 쫓기운"이라는데 바닷물이 흐르는 것은 수만 년 전의 오랜 역사인데. "한 오천 년"이라고 우리나라 역사로 한정 지어놓고 있다. 그리고 누가 무엇 때문에 쫓긴다는 것인지 전혀 알 수가 없다. 그저 시인 혼자만 관념 속에 있는 생각을 따라서 진술한 황당한 이야기다. 그나마 "자그맣고 슬픈 우리나라 사랑들 보았네"에서 "자그맣고 슬픈 우리나라 사랑들"이라는 관념어는 도대체 무엇일까? 사랑이라는 개괄적 관념어에다 장황하게 관념 수식어인 "자그맣다"는 크기의 한정어 그리고, "슬프다"는 직접적인 정서를 관념어로 수식해놓아 도무지 그런 슬픈 사랑이 무엇인지 전혀 알 수가 없다. 그런데도 출처미상의 인터넷 검색 해설에는 이를 "고단한 민중의 삶에 대한 사랑"이라고 말하고 있다. 이 엉터리 해설도 이 시와 전혀 관련이 없는 평자의 주관적인 감언이설을 늘어놓고 있고, 고단한 민중의 삶을 진술한 적도 없는데도 허무맹랑한 해설을 붙이고 있다. 고단한 민중의 삶이라면 새우 배를 타고 힘 겹에 노동하는 어부들의 모습이 제시되어야 하는데 꿈보다 해석이 기관이다.

9-10행의 "꼬막 껍질 속 누운 초록 하늘/못나고 뒤엉긴 보리밭길 보았네" 느닷없이 바다위에서 장소가 육지로 바뀐다. 시간적 배경은 아마 5-6월로 추정되는데 어느 장소인지 불분명하다. 그런데 큰 하늘이 작은 꼬막껍질에 누워있다는 것도 전혀 리얼리티가 성립 안 되는 시인의 관념 속의 꼬막 껍질 속의 한정 지어놓은 하늘로 초등학생들도 고개를 갸웃할 것이다. 생각해보라. 그 큰 하늘이 꼬막껍질 속으로 누워있는 상태라고 가정한다면, 배경이 썰물 때 갯벌의 배경이 설정되어야하고 바닷가 부근의 보리밭 풍경이 그려져야 한다.

이 시는 이미지로 구성된 시가 아니라 시인의 관념 속에서 혼자 만들어낸 슬픈 정서를 횡설수설 지껄이고 있는 상황으로밖에 볼 수 없다. 이 시는 "보았네"라는 리듬으로 자신의 관념속의 생각들을 장황하게 진술했다. 전장포에 가면 눈앞에 있는 섬과 바다가 보이는 것은 당연하다. 당연한 것을 늘어놓는 것은 시인의 눈이 아니다. 또한 눈앞에 보이는 섬들을 "앉은뱅이 섬"이라고 비유했는데 이 비유는 시인 혼자만의 비유다. 왜 앉은뱅이인지 그 까닭을 알 수가 없다. 원관념 보조관념 그 어디서도 찾아볼 수 없다. 이 말은 비유가 성립되기 어렵다는 말이다.

　전장포가 새우 잡이로 유명한데 새우 이야기는 한마디도 없다. 그런데 이 시를 전장포에 가면 새우동상 밑에다 새겨놓고 있다. 이 시는 전장포 인근의 섬들의 이름만 나열했을 뿐 새우 잡이를 주업으로 살아가는 전장포 사람들의 삶의 모습은 전혀 드러나지 않았다. 그런데도 시인의 시를 과대평가하여 추겨 세워놓았다. 따라서 인터넷 정보란 이런 허무맹랑한 정보가 많다는 것은 알고 있지만 전장포에다 초점이 맞추어진 것이 아니라 특정시인의 시를 추겨 세운데다 초점이 맞추어진 황당한 평설이 아닐 수 없다.

　우리 고장 전남은 예로부터 유명한 시인들을 많이 배출한 고장으로 알려졌다. 그런데도 지역명소마다 그 지역을 긍정적인 이미지로 관광객들에게 좋은 인상을 심어줄 시비가 세워져야 함에도 대중들에게 좀 알려졌다는 향토시인의 시를 시비로 새겨 지역명소보다는 시인의 이름에 의존하려는 지극히 소아적이고 향토의 긍지와 자존심을 저버린 부끄러운 관광지 생태를 보고 누가 이런 엉터리 발상으로 시비를 건립했는지 한심할 뿐이다. 우리 고장 사람들은 물론 찾아온 외지의 관광객들도 고개를 갸웃거릴 시를 단지 지역을 소재로 한 시라고 하여 무조건 시비를 세워놓은 무지한 실태는 지역민의 긍지와 자부심을 짓밟은 결과를 가져왔다. 영산강을 비롯 우리 고장 명소 곳곳에 이런 시비들이 현존 향토시인의 탁월한 인간관계 처세 능력과 정치적인 능력에 의해서 그리 했거나, 또는 전문가나 주민들의 의사를 묵살하고 용감하게 공무를 수행한 돈키호테 같은 공무원들이 문제인지는 알 수 없지만, 이런 부끄럽고 한심한 실태들이 우리 고장 전남 관광지 명소마다

비일비재한 현상을 어떻게 설명해야 할 것인가? 다 같이 대아적인 자세로 냉철하게 생각해보고 정말로 어처구니없다는 생각이 들면 하루 빨리 시비를 교체하여 명소의 이미지를 개선해 나가야 할 것이다.

혼을 담은 글쓰기

　사람의 정신과 육신이 병 들면 부패의 시작이라고 한다. 정신이 병 들면 격리를 시켜 병원에서 치료를 하지만 정신이 부패하게 되면 병보다 더 심각한 증상을 보이기 시작한다. 정신이 부패하기 시작하여 썩은 감자처럼 하나가 썩으면 같이 바구니에 담긴 감자가 모두 썩듯이 정신의 병보다 더 심각한 사회부패로 이어진다. 정신의 부패는 격리가 아니 더 많은 사람들이 모여들어 같이 부패하게 된다. 처음에는 이상야릇한 냄새가 난 것도 같지만 얼마가지 못해 자신도 부패하게 되면 냄새를 느끼지 못하게 된다. 드라큘라가 되어버린다. 드라큘라처럼 남의 피를 빨기 위해 높은 지위의 백작으로 위장하여 대저택, 외제 승용차 등 화려한 생활을 하면서 흡혈의 기회를 엿본다. 어느 집단이고 지도자의 정신이 부패하게 되면, 그 집단은 부패가 집단의 최대가치가 되세 되며, 부패하시 않은 사람은 결국 그 집단에서 내몰리게 된다.

　부패하지 않으려면 방부제를 넣어야 하는데, 그 방부제가 빛과 소금이고, 극약인 화학약품인 경우가 많다. 빛과 소금을 전해주는 곳이 바로 종교지도자들이다. 종교지도자들의 말씀과 행동은 빛과 소금이 되어 당대를 살아가는 사람들은 부패하지 않으려고 노력한다. 부패는 욕망과 물질의 소유욕에 의해 발생하게 되는데, 교육과 사회제도, 윤리도덕, 종교에 의해 억제되고 방부제의 효과를 발휘하게 된다. 아담스미스는 경제학자로 알려졌지만 본래는 윤리철학자였다. 경제학 저서 『국부론』에서 인간의 이기심에 대해 논했지만, 그보다 이전에 그는 윤리철학자로 인간의 이타심과 타인에 대한 동감同感의 중요성을 말하는 『도덕감정론』이라는 책을 쓴 학자였다.

이 책의 중심 주제는 인간이 타인에게 갖는 동감同感과 동류의식의 중요성이다. 인간은 이기적인 동물이 아니라 타인과 더불어 사회를 이루어 살아가는 이타적 동물이라고 전제하고, 인간의 안락한 생활을 위해 본능적인 욕구인 이기심에 대해 인정하면서도 지나친 이기심의 추구는 결국 도덕의 타락과 인간의 몰락을 가져온다고 정신의 부패에 대해 경고하고 있다. 부자와 권세가에 대해서는 감탄하면서, 가난하고 비천한 사람들을 경멸하거나 무시하는 성향에 의해 야기되는 도덕 감정의 타락에 대해 이러한 감탄과 경멸이나 무시 성향은 계급차별과 사회질서의 확립 및 유지에는 필수적인 것이지만, 동시에 우리의 모든 도덕 감정을 타락시키는 가장 크고 가장 보편적인 원인이라고 말하고, 존경을 받을 자격이 있고, 존경을 획득하고, 사람들의 존경과 감탄을 즐기려는 것은 야심과 경쟁심의 위대한 목적인데, 부러움의 대상인 상태에 도달하기 위하여 부를 추구하는 사람들은 흔히 도덕적인 인간이 되는 길을 포기한다는 것이다. 이때부터 정신이 부패하게 된다. 최고의 지위를 얻고자 하는 사람들은 법률을 무시하게 되고, 자신들의 야심이 달성되기만 한다면, 거기까지 이르는 데 사용된 수단에 대한 해명을 요구받게 된다는 두려움 같은 것은 가지지 않는다. 양심에 철판을 깔아 흡혈귀가 되어버리게 된다.

"자연은 인간을 기만한다. 인간은 막상 죽을 때가 되면 자신이 고생을 겪으면서 추구하였던 경제적 부나 사회적 지위가 허망한 것이라는 사실을 깨닫지만, 살아 있는 동안에는 자연이 자신의 심리에 강제하는 원리에 따라 허망한 가치를 좇는다. 하지만 인간이 자연의 기만에 따라 부나 명예를 좇는 것이 인류 전체의 역사에서 볼 때 결코 나쁜 것만은 아니다. 이러한 기만 때문에 인간은 근면하게 일하며 자신이 살아가는 환경을 개척한다. 그러나 도덕철학의 관점에서 보면, 이것은 어디까지나 기만이다."라고 주장한다. 그에 의하면 사람들이 물질적인 부를 추구하는 것은 자신의 행복을 위해 추구하는 것이 아니라 남이 자신을 부러워할 것이기 때문에 물질적 부를 추구한다는 것이다.

사람은 남에게 자신을 과시하고 싶은 본능이 있다. 이러한 본능에 의한 부의 추구를 신이 인간에게 행하는 도덕적 속임수로 본 것이다. 부에 대한 욕망 추구를 도덕적인 측면에서 살펴본 이론이지만 결코 부의 추구가 도덕적으로 비난의 대상은 아니다. 자본주의 사회에서 부의 추구는 인간의 물질적 욕망을 실현하는 도덕적으로 용납된 가치이다.

그러나 욕망을 추구하기 위해 수단과 방법을 가리지 않고 비도덕적일 때 정신은 부패하게 되고 그 부패는 주위 사람들의 정신까지 부패하게 만들어버린다. 정신이 부패하면 그 냄새가 지워지지 않는다. 많은 사람들을 고통스럽게 한다.

육신에 병이 생기면 병원을 찾게 되고 죽으면 미생물에 의해 부패하게 되며. 얼마의 기간이 되면 분해되어 냄새가 나지 않고 뼈만 남게 된다. 육신의 부패는 죽음 뒤에 짧은 순간에 이루어지며, 매장문화는 곧 육신의 부패를 돕는다. 부패되어 한줌의 흙으로 돌아가는 것이 자연의 순리이다. 그러나 오늘날은 장례풍습이 매장보다 화장 문화가 점차 바뀌어가고 있다.

　인간이 살아있다는 것은 정신과 육체가 생명활동을 지속하고 있다는 것이다. 그러나 정신이 부패되어 생물학적 생명활동을 지속하더라도 그 냄새는 이웃과 사회에 영향을 미친다. 그래도 사회에서 방부제를 자처한 사람들이 바로 글을 쓰는 작가와 시인들이다. 작가와 시인들은 자신의 혼을 담은 글로 많은 사람들의 정신을 썩지 않게 방부제 역할을 할 수 있기 때문이다. 그러나 부패한 정신에서 쓴 글은 방부제의 역할이 아니라 사회를 더 부패하게 하는 것은 아닐까? 창작행위라는 것은 자신의 영혼을 드러내는 작업이다. 썩지 않고 노력하고 있음을 증명하려고 노력하는 혼의 산물이 되어야 한다. 나는 오늘 글 한줄 시 한편을 쓰면서 혼을 담았는가? 나의 이름만을 알리기 위해 어지러운 글을 쓰고 자기만족에 빠져 있지 않은지 점검해볼 때이다.

기초 지방자치단체장들의 성적표

가을 지방 축제 현장을 보고

해마다 특별한 경우가 아니면 주로 봄가을이 되면 우리나라 기초지
방단체들마다 지역축제가 열린다. 259여개의 기초지방자치단체들이
대부분 한 두 개 정도의 지역축제를 여는 것으로 알고 있다. 지역축제
는 주로 그 지역의 자연환경과 역사문화자원 등을 활용하여 지역민들
의 화합과 단결을 기본으로 하여 많은 관광객들을 유인하여 지역상권
의 활성화를 통해 지역민들의 소득증대를 목적으로 한다.

그렇지만 관광객 유입을 목적으로 기본 인프라를 갖추지 못하고 무
리하게 지역민들을 위한 흥행위주의 행사에 비중을 두어 추진하다보
면, 자칫 지역민들이 먹고 마시고 즐기는 실속 없는 축제로 그나마 열
악한 지방재정만을 낭비하는 꼴이 되는 경우가 허다하다.

현재까지 세계적으로 널리 알려진 축제는 서울 세계불꽃 축제, 보령
의 머그축제, 함평의 나비축제 등이 성공적으로 해마다 열리고 있다.
지역축제는 꼭 그 축제에 참여하고자는 잠재적 관광객들을 유인하는

홍보 전략과 볼거리, 즐길거리, 먹거리 들 참여자들의 문화적 욕구를 충족시켜 만족감과 감동을 주어야 한번 참여한 사람은 해마다 참여하고 싶은 충동이 일어나게 되는 것이다.

해마다 봄, 가을 기초지방자치단체마다 벌리는 지방축제의 참여인원은 곧 그 지방의 자치단체장들의 성적표라고 해도 무리는 아니다. 이 성적표는 현재의 자치단체장들의 성적표가 아니라 과거 지방자치단체, 그러니까 본격적으로 지방자치가 실시된 것은 6공화국, 제11차 자치법 개정 이후 91년 기초의원 선거에 이어 1995년 6월 두 번째 기초단체장과 의원 선거로 그의 지방자치의 대표를 뽑는 데서부터 시작했다고 할 수 있다.

그동안 그 지방민들이 머리를 맞대고 지역의 활성화를 위한 축제다운 축제를 만들기 위해 고심하고 인프라를 구축하기 위해 노력해온 결실이 이제야 나타나기 때문이다. 각 지방마다 다른 지방의 축제를 참가한 사람들은 자기 지방의 축제성적을 기름하게 된다. 그러니까 지방축제는 그 지방의 성적표가 되고 있는 것이다. 그동안 축제를 위해 땀흘린 대가는 축제에 참가하는 인원수가 증명하기 때문이다. 옛 명성만을 고집하고 방심하고 우쭐해하며 문화관광 인프라를 구축해놓지 않는 지방은 자기 지방축제에 다른 고장 사람들이 찾아오지 않을 때 낮은 성적을 보고 실망과 좌절감에 부끄러움을 느낄 것이다. 그리고 이와 더불어 과거 지방자치단체장들을 원망하게 될 것이다. 과거의 지방자치단체장들이 자신의 지방을 위해 얼마나 땀 흘리고 주민들과 활발하게 소통을 하였는가의 여부가 축제의 성적표의 성적으로 나타나기 때문이다. 자녀의 성적표를 받아 든 부모처럼 과거 자기 지방자치단체장들의 성적표를 다른 지방 화려한 축제와 비교 하면서 낮은 성적표를 가져온 자녀에게 꾸중을 하듯이 과거 단체장들에게 분통을 터뜨릴 것이다.

기초자치단체의 기관이 하는 일은 그 지역 주민들이 잘 살 수 있는 기틀을 마련해주는 일이다. 미래의 산업은 굴뚝 없는 산업이라고 할 수 있는 문화산업이다. 그 지방민 잘 살게 하려면 축제가 성공하여 다른 지역 사람들이 그 지역을 많이 찾아오는 인프라가 구축되어야 시너지 효과를 발휘하게 된다. 그러니까 지방축제는 그 지방의 문화예술 전반적인 역량을 결집해 보여준다. 따라서 지방 축제의 성공은 지역민들의 경제적 상권을 극대화시킬 수 있는 기틀을 마련해주는 인프라 사업인데 그것을 소홀히 하고 자신의 입신양명만을 위해 권모술수, 주민속임수로 자신의 인기전술로 자리만 연연하고 지역민의 문화예술의 총체적인 에너지를 결집시키지 못한 과거의 기초지방단체장들과 그 지역민들은 소를 잃고 실의와 좌절감에 빠질 것이다,

이제 가을이다. 지방축제들이 여기저기서 열리고 있다. 그곳에 참석한 관광객들은 자기 고장이 그동안 총체적인 에너지 결집을 위해 노력했는가하는 다른 고장의 축제성표를 보고 자기 고장의 문제에 대해 그동안의 축제성적을 비교하며 기쁨이 넘치는지역민들이 있는가 하면, 실의와 좌절감에 빠져 과거의 지방자치단체장들을 싸잡아 원망하는 지역민들도 있을 것이다. 그래서 지방자치 임원을 뽑을 때 당파싸움만 해대는 벌거숭이 임금님을 뽑을 것이 아니라 자신의 명리적 가치보다 고장 사랑을 실천으로 옮기는 성실한 일꾼을 뽑아야한다는 진리를 깨달았을 것이다.

우리는 우리가 살고 있는 지역이 우리들 모두의 조상대대로 살아왔던 생활의 터전이며, 미래 후손들의 지속가능한 발전이 이루어질 터전임을 명심해야 한다, 누구의 잘잘못을 따지고 원망하기에 앞서 먼저 우리가 살고 있는 지방은 우리 지방민들 모두가 한 배에 타고 영원히 함께 항해해야 할 가족임을 명심해야 할 것이다.

　이 가을, 축제 성적표가 낮은 지방의 지역민들은 좌절하지 말고, 이제부터서라도 개구리 멀리 뛰기 위해 움츠리듯 모든 지역의 문화예술의 역량을 결집해 재도약의 기회로 삼아야 할 것이다. 빛 좋은 개살구가 되어 부끄러운 축제를 내보이며 떵떵거리는 어리석음은 더 이상 되풀이해서는 안 될 것이다. 자만하지 말고 겸허하게 주민들의 의견을 모아서 성공한 축제보다 더 지역민들의 총체적인 문화역량을 결집시킬 방안을 강구해나가야 할 것이다.

농촌의 삶의 질을 높여주는 생애교육

   우리의 먹거리를 생산하는 1차 산업에 종사하는 농어민 마을은 70년대 산업화가 진행되면서부터 해마다 빈집이 늘어나고 있다. 일자리를 찾아 농촌인구가 도시로 이주하면서 여러 사정에 의해 떠나지 못한 사람들만 남아 있다. 대부분 노인들만 빈 집을 지키고 있다. 특히 수도권과 떨어져 있고 농어민 인구가 많은 광주 전남의 경우도 자녀의 교육, 소득이 높은 일자리를 찾아 인근의 도시로 대부분 이주하고 농촌과 어촌에는 노인들과 부모를 모시느냐 떠나지 못한 사람이 남아 살고 있다. 그들 중 젊은 사람들은 극히 소수이지만 노총각으로 살고 있다. 농어촌으로 결혼하겠다고 나서는 신붓감이 없기 때문이다. 그래서 좀 형편이 괜찮은 노총각은 해외에서 신붓감을 들여와 다문화 가정을 이루고 있고, 나머지는 노총각으로 늙어가고 있다. 노령인구가 늘어남에 따라 농촌은 점점 일손이 부족한 실정이다. 그나마 소득증대를 목적으로 특용작물을 하는 농가는 일손이 부족하다. 그래서 농촌의 일손이 부족하자 해외 근로자를 들여와 그들이 일손부족을 거들고 있다. 농촌뿐만 아니라 어촌에도 마찬가지다. 고깃배, 염전, 양식장 등 어촌의 일손은 해외 근로자이 아니면 도저히 운영해나갈 수 없는 실정이 되었다.

농촌뿐만 아니라 도시에서도 3디 업종 종사자들이 모두 외국근로자가 도맡고 있다. 코로나 바이러스 팬데믹 이후 3디 업종은 종업원의 임금을 제 때에 주지 못하고 체불을 감당하지 못해 종업원이었던 해외 근로자에게 경영권을 넘겨준 업체가 많은 걸로 알고 있다. 이대로 가다가는 도시의 3디 업종과 농촌은 외국 근로자들이 아니면 경영이 불가능하게 되고 있다.

농촌의 생활문화를 계도하고 이끌어가는 행정기관에서도 노인들의 복지 차원에서 농촌 노인들에게 반찬거리를 사주기도 하고, 100원짜리 버스표 지원 등등 복지차원에서 농민들을 돕고 있고, 농민들에게 농업 직불금을 주어 생활개선에 노력하고 있다. 그렇지만 이러한 농촌 복지제도가 생화개선에 집중되었을 뿐 농촌의 문화생활에는 등한시하는 감이 없지 않다.

농어민의 삶에 대한 질은 단순히 먹고 사는 문제보다는 농어민들이 문화실조에 걸리지 않도록 생애교육이나 정기적인 각종 문화 건강 순회 강좌 등 다양하게 건강 취미생활을 할 수 있도록 도와주는 것이 옳을 것이다. 그렇게 해서 문화의식의 격차를 줄여나가고, 삶의 질을 높이는 생활문화개선에 초점이 맞추는 것이 무엇보다 중요할 것이다.

우리나라는 경제성장으로 국민소득이 높아져 절대적인 빈곤의 시대가 아니다. 단순한 먹거리만을 위해 일해야 했던 시대가 아니다. 자아

실현을 할 수 있는 기회가 주어져야 한다. 농촌복지제도가 잘 되어 행정기관에서 어르신 돌봄 제도를 운영한다거나 정기적인 의료보건 서비스가 이루어지고 있는 것으로 알고 있다.

그렇지만 오늘날 평생교육 시대에 평생교육의 혜택을 받지 못하는 농어민들에게 다양한 평생교육 체제가 구축되어 농어민들이 문화실조에 걸리지 않도록 행정당국의 배려가 있어야 할 것이다.

아직도 농촌마을의 저수지 부근의 인근 도로나 낚시터 주변에는 낚시꾼들이 버리고 간 쓰레기들이 많이 쌓이고 있다. 노인 일자리로 행정기관에서 낚시터나 유원지 등에 버리고 간 쓰레기를 줍는 활동을 벌리고 있지만, 감당이 어려운 실정이다.

어렸을 때 생활습관이 잘못 길러지면 어른이 되어서도 쓰레기를 아무데다 버리는 일을 대수롭지 않게 여기는 문화습성이 베어들기 마련이다. 이런 어른들로 인해 자라나는 어린이들이 잠재적인 교육이 되어버린다면, 선진 문화 시민으로서의 성숙한 문화습성이 자리 잡는 일이 멀어지게 될 것이다. 가정에서부터 쓰레기를 버리지 않는 습관, 생활 예절 등을 익히지 않으면 평생 나쁜 습성이 문화 재생산 된다.

새마을 운동이 일어나 정착될 무렵에는 내 집 앞 내가 쓸기, 마을 꽃길 조성하기, 등등 부지런히 애향활동을 생활화하였다. 그런데 농촌마을 피폐해지고 있다. 아무도 자신의 농사일이 아니면 공익을 위한 공동체 활동을 하지 않는다.

최근에는 농어촌의 활력소를 불어넣기 위해 지역에 따라 귀농귀촌을 권장하는 홍보활동을 지방 자치단체가 적극적으로 벌려 출산장려금을 지급하고, 도시의 관광객들을 유인하기 위해 지역의 명소를 재정비하여 관광지화 하고, 대단지 꽃밭을 조성한다거나 특산물이나 관광 자원으로 지역문화축제를 여는 등 다각적인 인프라 사업을 전개하고 있다. 그리하여 지역의 관광 활성화를 도모하여 농어촌의 활기를 되찾고자 온갖 힘을 기울이고 있다. 이렇게 관광 인프라가 탄탄하게 정비된 지역은 관광객들이 찾아와 다소나마 지역경제가 활기를 띠고 있다.

지역의 정치, 교육, 문화, 경제의 활력소를 불어넣는 일은 다른 지역의 사람들이 자기 고장을 찾도록 다각적인 유인책이 마련되어야 한다. 먹거리 장터 위주의 축제는 일시적일분이다. 연중 관광객들이 찾아오도록 다양한 구경거리와 그 지역만의 문화와 먹거리, 힐링할 수 있는 장소 제공, 참신한 아이템의 관광유인책이 강구되어야 할 것이다.

농어촌에 사는 사람들이 문화실조에 걸리지 않아야 양질의 서비스를 관광객들에게 제공할 수 있고, 한번 찾아온 관광객들이 다시 찾게 되는 것이다. 농어촌의 경기 활성화를 위해 농어촌에 사는 사람들에게 경제위주의 복지정책보다는 그들에게 사는 보람과 행복감을 느낄 수 있도록 삶의 질적 개선을 위한 문화·예술 활동의 장려, 건강 체육생활 등 생애교육으로 복지서비스가 제공되어야 할 것이다.

풀리지 않는 수수께끼

·

우리 고장 전남은 우리나라에서 가장 많은 섬을 관할하는 고장이다. 최근에는 이들 섬들을 육지와 연결하여 교통이 편리해졌다. 다리가 놓이기 이전에는 뱃길로 왕래했었다. 그땐 바람이 세게 불면 뱃길이 끊기곤 했다. 그런데 최근 연륙교로 육지와 섬들이 연결되어 교통이 매우 편리해졌다.

신안군 관내의 섬들이 관광명소로 변신하고 있다. 목포에서 압해도를 거쳐 암태도와 팔금도 그리고 안좌도 등은 천사대교 건너 많은 관광객들이 찾아오고 있는데, 신안군은 안좌도 부속섬인 박지도와 반월도 세 섬을 연결해 데크 다리를 놓아 퍼플교로 명명하여 관광명소로 꾸며놓았다. 퍼플교가 다른 지역의 관광지와 다른 점은 다리와 인근 마을 담장이나 지붕을 모두 보라색으로 도색해놓은 깃이 이색적이다. 그뿐만 아니라 해마다 봄철이면 박지도에 허브꽃밭을 조성하여 허부 측제를 여는 등 관광객 유치에 정성을 다하고 있다.

또다른 관광명소로 급부상한 지역은 임자도다. 임자도는 지도읍과 임자도를 연결한 연륙교를 2021년에 개통했다. 그 뒤부터 관광명소가 되어 수많은 관광객들이 임자도를 찾아오고 있다.

특히 임자도에서는 해마다 봄이면 튤립축제를 열고 있다. 그리고 여름이면 대광 해수욕장을 개장할 무렵 여름 보양식으로 알려진 민어축제를 개최하고 있는 등 대대적으로 관광객 유치하는데 노력을 하고 있었다. .

특히 봄철 열리는 임자도 튤립 축제는 정말 이국적인 느낌을 자내는 것으로 정평이 나있다. 얼마전 튤립 축제를 구경하기 위해 임자도를 간 적이 있었다. 튤립 꽃밭을 둘러보고 임자도를 한바퀴 돌아보기 위해 새우잡이로 널리 알려진 전장포로 향했다. 전장포 선착장에 타고온 차를 주차하고 선착장 주위를 둘러보았다. 그런데 선착장 모퉁이에 커다란 새우상이 우뚝 나를 반겼다. 나와 같이 간 일행은 새우상으로 가까이 다가가 새우상과 바다를 배경으로 사진을 찍었다. 그리고 새우상 아래를 내려다보니 "전장포 아리랑"이라는 시비가 눈에 띄었다.

우리 일행은 시를 읽어보고 모두들 의아해했다. 그것은 새우잡이 고장에 걸맞는 시가 아니었기 때문이었다. 시를 읽다가 "멸치 덤장 산마이 그물"이라는 시구가 어딘지 이상해서 곰곰이 시구에 대해 생각해보았다.

"왜 새우 잡이 그물이 더 많이 보이는데, "멸치 덤장 산마이 그물"이라고 했을까?"

"저 산마이 그물은 세 겹이라는 뜻의 일본어인데, 일본어를 시어로 왜 썼을까? 아무튼 새우상과 전혀 맞지 않는 시구가 풀리지 않는 수수께끼야."

"참 그러고 보니 그러네, 전장포 이미지와는 전혀 맞지 않구먼. 그런데 왜 이런 시를 여기에다 세워 놓았을까?"

우리 일행은 모두들 고개를 갸웃거리며 구시렁거렸다. 이 시비를 세워놓은 까닭은 아무리 생각해보아도 풀리지 않는 수수께끼다. 우리 일행들 뿐만 아니라 전장포를 찾는 사람들 모두가 새우잡이 고장, 전장포이미지와 이 시가 어울리지 않는다고 이구동성으로 말 한다면 전장포의 이미지를 아리송하게 만드는 문제의 시는 철거해야 옳지 않을까?

관광명소인 전장포의 이미지를 살리기 위해 세운 새우상과 시비일진데 시너지 효과가 없고 의문만 남긴다면, 마땅히 새우를 소재로 한시로 교체되는 것이 좋을 것이다.

영산강 명소에 세워놓은 시비詩碑 유감

영산강은 우리나라 4대강으로 호남의 삶의 터전으로 우리 지역의 자랑스러운 자연유산이다. 백제시대 왕인박사가 영산강의 지류인 영암 구림의 상대포에서 배를 타고 일본에 천자문과 논어를 전해주었는가 하면, 고대사회에서 중세사회로 전환기인 신라말 고려초에 왕건이 영산강을 본거지로 고려를 세우는데 기초를 다졌고, 완사천에서 장화왕후와 인연을 맺기도 했다.

조선시대에는 영산강 강변에 선비들이 정자를 짓고 그곳에서 학문을 토론하고 시회를 열며 풍류를 즐겼다. 영산강변에만 정자가 923개가 있었다고 전하는데, 현재까지 남아있는 누정은 395개다. 그 중 나주 지역은 영산강의 중류에 위치하고 있는 관계로 165개가 남아있으며, 이런 명소의 정자마다 그 당시 시인들의 시가 목판에 새겨져 남아있다.

그래서 영산강변의 정자 문화는 신숙주, 기대승, 김인후, 임제, 송강 정철, 면앙정 송순, 소쇄원의 양산보, 나위소 등 수많은 학자와 시인들을 배출해낸 산실이었다.

그런데 이런 전통 문화를 관계기관의 무지로 영산강 명소 보존 사업을 시행하면서 단절시키고 왜곡시켜놓은 현장을 보고 말문이 막혀버렸다.

얼마 전 영산강변의 석관정을 돌아보고 놀라움을 금치 못했다. 1530년 함평이씨 석관石串 이진충이 건립했다는 영산강 8경의 3경의 명소인 석관귀범石串歸帆이라 새겨놓은 석물표지판 뒷면에 어처구니없는 시가 실려 있었다.

> 영산강엔/그 유역 사람들의 피가/넘쳐 범람하는 철이 있다.// 그러나/숭어가 갯물을 타고 오르면/민물과 조화를 이루어/알을 치는 곳//영산강은/열두골 물이 합치고 얽히어/굽굽이 흘러/끝내는 광탄廣灘으로-//흙을 적시면/기름지고/목화와 오곡을 그득히 맺는 고장//아,/그립다가도/서러운 나의 고향이여
>
> — 허연의 「영산강」

문학사에 검증된 안 된 시인의 그야말로 졸속한 시를 게시해 놓아 관광객들의 눈살을 찌푸리게 해놓기 때문이었다. 허연 시인은 향토시인으로 좋은 시를 쓰신 걸로 알고 있는데, 강의 범람으로 농작물의 피해가 크다는 은유를 피로 표현했을 것으로 추정되나 시인이라면 시가 이미지로 구성 되는 바 피의 부정적 이미지가 드러나지 않도록 피 같은 농작물이 피해를 입었다는 사실을 왜곡되게 즉흥적으로 써놓은 시로 허연 시인이 엉터리 시인으로 오인하게 될 소지가 있는 문제의 시

다. 만약 후손들이나 추종하는 사람들이 이분을 알리기 위해 그리했다면 시인의 명성을 오히려 추락시켜버린 결과가 되었다. 이 시인도 아미 숨기고 싶었던 시를 이런 명소에 설치해놓았다면 잘 못이다. 많은 관광객들이 찾아오고 있는 명소인데, 만약 이 곳을 가족과 함께 찾아온 어린이가 이 시비의 시를 읽고, '그 유역 사람의 피가 넘쳐 범람하는 철"이 있다는 데, 왜 그래요?' '피가 넘치는 곳에 숭어가 갯물을 왜 타고 올라와 알을 치나요?' '강물이 흙을 적시면 정말 땅이 기름지나요?'라고 묻는다면 같이 온 부모들은 어찌 답할 것인가를 가정해보았다. 허연 선생을 기리는 사람이라면 어떻게 대답할 것인가 한번 쯤 생각해보길 바란다.

영산강의 이미지를 부정적인 이미지로 문학성은 물론이고 옛 사실조차 엉성하기만 하고, 시인 혼자 자기도취하여 감탄사를 연발하는 시라고 볼 수 없는 조잡한 넋두리에 불과한 글로 시인을 엉터리 시인으로 낙인 찍어놓은 시를 감상용으로 게시해놓았으니, 이 고장 사람으로 향토시인에게 미안하고, 부끄러워 얼굴을 들 수 없었다.

석관정만 그러한 것이 아니라 죽산보, 승촌보 등 영산강 명소뿐만 아니라 호남은 물론 전국적으로도 문학사적으로 검증되지 않는 현재 생존하고 있는 문인의 시를 돌에 새겨놓아 그야말로 엉망인 문화행정을 펼쳤다면 곧바로 시정해야 마땅할 것이다.

영산강 명소는 영산강 문화를 대표하는 인물의 시가 시비로 건립되어야 한다. 국민의 혈세로 이런 무모한 시비를 돌에 새겨 우리 고장 영산강 명소를 찾은 이들이 이 조잡한 시 읽고 눈살을 찌푸리게 하고, 조롱거리로 전락해버렸으니 안타깝기 그지없다.

강의 지류에 도랑에 살고 있는 미꾸라지. 피라미. 빠가사리나 블루길, 베스 같은 외래어종을 영산강의 생태계를 대표어중이라고 내세워 놓는 우스운 모양새를 관계기관에서는 방치하지 말고 즉각 시정하여 바로잡아야 할 것이다.

빠른 시일 내에 영산강 문화를 대표할 수 있는 영산강 정자문화의 선비들의 시로 교체하여 명소를 찾는 분들에게 그분들의 숨결을 느낄 수 있도록 해야 마땅할 것이다.

영산강 명소의 시비詩碑에 대한 제언

영산강은 우리나라 4대강으로 호남의 삶의 터전으로 우리 지역의 자랑스러운 자연유산이다. 백제시대 왕인박사가 영산강의 지류인 영암 구림의 상대포에서 배를 타고 일본에 천자문과 논어를 전해주었는가 하면, 고대사회에서 중세사회로 전환기인 신라 말, 고려 초에 왕건이 영산강을 본거지로 고려를 세우는데 기틀을 마련했으며, 완사천에서 장화왕후와 인연을 맺은 유서 깊은 곳이다.

조선시대에는 영산강 강변에 선비들이 정자를 짓고, 그곳에서 학문을 토론하고 시회를 열며 풍류를 즐겼다. 영산강변에만 정자가 923개가 있었다고 전하는데, 현재까지 남아있는 누정은 395개다. 그 중 나주지역은 영산강의 중류에 위치하고 있는 관계로 165개가 남아있으며, 이런 명소의 정자마다 그 당시 시인들의 시가 목판에 새겨져 남아있다.

영산강변의 정자 문화는 신숙주, 기대승, 김인후, 임제, 송강 정철, 면앙정 송순, 소쇄원의 양산보, 나위소, 백호 임제 등 수많은 학자와 시인들을 배출해낸 산실이었다.

조선시대 영의정을 지낸 언어학자 신숙주 선생은 영산강 강변 나주 노안 금안리 출생으로 현재까지 생가가 보존되어 있으며, 실질적으로 한글을 만드는데 주역이었으며, 강변 풍경과 어부의 삶을 통해 자신의 심경을 담은 풍류가 많이 있는데 그 중 한편인 「제한치의산수병題韓致義山水屏」를 소개하면 다음과 같다.

> 水遠天長一望通(수원천장일망통) 아득한 물과 긴 하늘 툭 트여있고,
> 江邊高閣酒旗風(강변고각주기풍) 강변의 높은 누각엔 술집 깃발이 펄럭이네.
> 倚棹扁舟何處客(의도편주하처객) 작은 배에서 노에 기대어 있는 이는 어디서 온 나그네뇨,
> 鐘聲隱隱有無中(종성은은유무중) 종소리 은은하여 있는 듯 없는 듯,
>
> – 신숙주의 「제한치의산수병題韓致義山水屏」 전문

백호 임제 선생은 고향인 다시 회진에 임제 문학관이 건립되어 그 정신을 계승하고 있는 바, 천재시인으로 주옥같은 많은 시를 남겼으며 그의 시는 우리나라는 물론 널리 중국까지 알려졌다.

조선시대 경주 부윤, 동지중추부사를 거친 나위소는 영산포 택촌 출생으로 말년에 고향으로 내려와 수운정을 짓고 영산강의 풍류를 시조로 노래한 강호가계, 어부가계의 대표적인 사대부 시인이다. 그가 남긴 강호구가는 널리 알려져 있는데 강호구가 몇 편을 소개하면 다음과 같다.

其一 어버이 나하셔날 님금이 먹이시니 나흔 德 먹인 恩을 다 갑곤랴 하였더니 조연條然이 칠십이 무니 할 일 업서 하노라

其二 어이 성은이야 망극할손 성은이다. 강호안노江湖安老도 분分밧긔 일이어든 하물며 두 아들 전성영양專城榮養은 또 어인고 하노라

其三 연하烟霞의 깁피 곧 병약이 효험效驗업서 강호에 바리연디(버려진지) 십 년十年 밧기 되어세라 그러나 이제디 못 죽음도 긔 성은聖恩인가 하노라

其四 전나귀 밧비로리다 졈은 날 오신 손님 보리피 구즌 뫼여 찬물饌物이 아조 업다 아희야 비내여 띄워라 그물 노하 보리라

其五 달 밝고 바람 자니 물결이 비단 일다 단정短艇(자그만 배)을 빗기 노하 오락가락 하는 흥興을 백구白鷗(갈매기)야 하 즐겨 말아라 세상 알가 하노라

其六 모래 위에 자는 백구 한가할샤 강호풍취江湖風趣를 네 지널지 내 지널지 석양의 반범귀흥半帆歸興은 너도 나만 못하리라

其九 식록食祿을 그친 후後로 어조漁釣를 생애生涯하니 헴 없는 아이들은 괴롭다 하건마는 두어라 강호한적江湖閑適이 내 분分인가 하노라

             - 나위소의 「강호구가」 일부

 이밖에 초의선사는 무안 출신이며, 조선 후기의 승려로 한국의 다례를 소개할 때 손꼽히는 인물 중의 한분으로 1828년 지리산 칠불암에 머물면서 지은 차서茶書인 다신전과 동다송을 저술하였고, 차에 관한 시를 남겼다. 그분이 남긴 차에 관한 시를 소개하면 다음과 같다.

古來聖賢俱愛茶(고래성현구애다)

茶如君子性無邪(다여군자성무사)

人間艸茶差嘗盡(인간초차차상진)

遠人雪嶺採露芽(원인설령채노아)

法製從他受題品(법제종타수제품)

玉壜盛裏十樣錦(옥담성리십양금)

예로부터 성현들은 차를 좋아했으니

차는 성품이 군자와 같아 삿됨이 없기 때문이다.

부처님이 세상의 풀잎차를 다 맛보고 나서

멀리 히말라야(=설령)에 들어가 이슬 맺힌 어린 찻잎을 따다가

이를 법제하여 차를 만들어

온갖 비단으로 감싸서 옥항아리에 담았다.

錦南 崔溥(1454~1504)는 전남 나주 출생으로 朝鮮 전기를 대표하는 인물이자 湖南을 대표하는 인물이다. 그는 강직하고 올곧은 성품을 지녀 당시 燕山君의 폭정과 훈구파의 무능을 좌시하지 않고 선비된 자로서 비판의 칼을 늦추지 않았던 실천하는 지식인이었다. 1487년 추쇄경차관으로 제주에 갔으나 이듬해 부친상을 당해 돌아오던 중 풍랑으로 중국 저장성 닝보부에 표류했다가 반년만에 한양에 돌아와 왕명을 받고 『표해록』를 쓴 인물로 알려져 있으며, 제주의 역사를 노래하고 풍속과 문물을 식섭 경험하여 노래한 장편 서사시 「탐나시 35절」를 남겼다. 전남 무안군 몽탄면 이산리 느러지에 묘소와 경모재가 있는데, 그

가 1487년 9월에 추쇄경차관을 직무를 받고 같은 해 11월 11일 전라도 해남군 화산면 관동리에 위치한 관두포에서 출발하여 다음날 朝天浦에 도착하면서 쓴 시 한편을 소개하면 다음과 같다.

舘頭岩畔卸征鞍 관두포 바위밑에 말안장 짐 풀어놓고
海色天光入望寒 바닷빛 하늘빛 바라보니 겨울하늘이네
貫月槎浮縱所適 어두운 밤에 배 띄워놓고 떠났으니
南溟無際學鵬搏 남쪽 바다 끝까지 붕새의 날개짓을 배우노라

이와 같이 영산강 강변 출생으로 한국문학사에 업적을 남긴 홀륭한 분들이 있음에도 불구하고, 관계기관이 영산강 명소 관광 사업을 시행하면서 강변 명소에 문학적으로 검증되지 않는 향토시인들의 시를 일방적으로 건립하여 전통 문화를 왜곡시켜놓았다면, 마땅히 옛 주인의 자리를 되돌려주어야 할 것이다.

영산강 하구언과 4대강 개발 사업을 진행하면서 관계기관에서 영산강변에 사라진 나루터와 수려한 경치를 조망할 수 있는 명소로 8경을 설정해놓고, 관광객들에게 홍보하고 있다. 그 자세한 내용을 살펴보면, 제1경은 저녁노을의 아름다움을 바라볼 수 있는 영산석조, 제2경은 몽탄노적夢灘蘆笛이라는 표지와 함께 『표해록』을 쓴 최 부의 묘소가 있는 느러지와 한호 임연이 세운 식영정, 제3경은 1530년 함평이씨 석관石串 이진충이 건립했다는 석관귀범石串歸帆의 나루터와 석관정과 건너편의 금강정, 제4경은 죽산보로 인근 강변에 사암나루가 있었고, 퇴계 선생과 '사단칠정론'을 논했던 조선시대 대학자 고봉 기대승을 비롯해서 면

앙정 송순, 사암 박 순, 석천 임억령 등 인근 선비들의 출입이 잦았던 다시의 장춘정藏春亭, 기묘사화로 조광조와 뜻을 같이한 나주 출신 선비들 11분이 고향으로 돌아와 영산강이 내려다보이는 곳에 지은 왕곡의 금사정錦社亭, 제5경 금성상운으로 나주평야와 영산포 등대, 강호가계, 어부가계의 대표적인 시조시인 나위소 선생의 고향 택촌의 수운정岫雲亭, 그리고 강호구가江湖九歌, 제6경으로 승촌보를 지정하고 있으며, 제7경 광주 풍영정, 제8경은 담양 대나무 숲 등등 영산강의 많은 명소에 해마다 많은 이들이 옛 선비들의 정취를 느끼고자 찾아오고 있다.

이런 명소에 그에 걸 맞는 옛 선비들의 시비가 세워져 그분들의 숨결을 느끼게 해야 옳을 것인데 엉뚱하게도 명승지에 걸맞지 않는 시비가 세워져있는 것은 누가 보아도 납득할 수 없는 일일 것이다.

관계기관에서 영산강 여러 곳을 관광 명소로 개발하면서 영산강문화의 전통을 계승하고 보전하는 것보다는 특정 시인과의 친분이나 로비활동이라고 의심되는 시비를 새겨놓은 것이다. 영산강 제1경에서 8경까지 몇 군데 관광객들을 위한 시비를 세워놓았는데, 시비에 게시해 놓은 시들이 모두 현재 활동하고 있는 향토 생존 시인들의 시들을 졸속한 시들이 새겨졌다,

현재의 관점에서 영산강의 명소를 알리는 성급함이 낳은 결과이겠지만, 수 천년동안 영산강을 중심으로 살아온 조상들의 전통문화를 단절시킨 것 같아 안타까움을 금치 못했다.

영산강의 명소에는 제1경에 서조물의 조각물과 함께 영산강의 모습을 찬양하는 향토시인의 「영산강 저녁노을」이라는 시비가 세워져 있었고, 제3경에는 석관귀범石串歸帆이라는 글씨를 새겨놓은 커다란 석조물

뒷면에 영산강의 문화를 왜곡시킬 우려가 있는 「영산강」이라는 시가, 그리고 제4경에 위치한 죽산보에는 향토시인의 「구진포에서」라는 시. 그리고 제6경에 해당하는 승촌보에는 역사적인 전설을 요약한 시라고 볼 수 없는 현존하는 향토시인의 「복 바위 설화說話 음풍吟風이란 시가 새겨져있었다.

모두 영산강과 관련된 소재의 시들이나 문제는 현존하는 시인들로 문학사에 검증이 안 된 그 지역 가까운 곳에서 활동하는 향토시인들의 시들이있다. 시의 내용이 영산강을 소재로 했지만, 영산강 문화의 총체적인 전통을 아우르지 못하고 영산강과는 관련이 없거나 영산강 문화를 왜곡시킬 우려가 많은 시들이기 때문에 명소를 찾아오는 관광객들에게 영산강의 문화를 알리는데 극히 염려가 될 뿐더러 우리 호남지역에 사는 사람들의 문화수준을 비하할 개연성이 염려되는 시들이다.

유구한 역사를 지닌 영산강 문화의 전통 계승과는 전혀 관련이 없고 그나마 관광객들이 즐겁게 감상할 수 있는 시가 아니라 시인의 주관적인 감상이나 왜곡된 표현으로 영산강 명소에 대한 긍정적인 이미지가 아니라 오히려 부정적인 이미지로 각인시킬 시가 시비로 새겨져 있다면 그 얼마나 부끄러운 짓이겠는가?

아마 향토 시인들을 널리 알리기 위한 취지인지 현대적인 조형물의 구색을 맞추기 위한 궁여지책으로 만들어진 것인지 모르겠지만, 특정 향토 시인들을 의도적으로 알리려는 의도가 의심되는 시비기 세워졌다는 것은 도무지 납득이 가지 않는다.

예로부터 조상들은 살아있을 때 자신이나 남의 업적을 평가하거나 비석을 세우는 일을 꺼려했다. 그것은 살아있을 때 자신의 내세우는

염치없는 짓으로 비난의 대상이 되고 싶지 않기 때문이며, 그것은 공정하고 객관적인 평가는 생전에 할 수 없고 사후에 이루어짐을 잘 알고 있었기 때문이었다.

그런데도 버젓이 영산강의 명소 곳곳에는 국민의 혈세로 현존하거나 최근에 살았던 향토시인들의 시들을 시비에 새겨 놓는 곳이 많았다. 이러한 행위는 자칫 전통의 단절을 초래할 개연성과 조잡한 시를 새겨 지역사회의 이미지를 실추시킬 우려를 낳게 된다.

영산강 명소를 찾는 사람들에게 영산강의 명소에 걸 맞는 옛 정취를 느낄 수 있고 우리 고장 호남의 자랑거리로 떳떳하게 내세울 인물의 시가 시비로 새워져야 할 것이다. 영산강변의 경치 좋은 곳에 정자를 짓고 시회를 열며 선비들끼리 모여 풍류를 즐기던 누정문학은 영산강의 자랑거리였다. 따라서 누정문학의 산실되었던 영산강 명소에 그 옛날 선비들의 숨결을 느낄 수 있도록 그분들의 시비가 세워져 관광객들이 감상하도록 하는 것이 호남인의 긍지와 자부심을 고양하는데 효과적일 것이다.

영산강 명소뿐만 아니라 호남은 물론 우리나라 곳곳에도 문학사적으로 검증되지 않는 현재 생존하고 있는 문인의 시를 돌에 새겨놓은 일이 많은 것으로 알고 있다. 자신의 시를 시비에 새겨 대대로 알리고 싶은 욕심 때문에 빚어진 일로 비롯되었거나, 당시 시비를 세우겠다고 기획한 관계기관의 독단적인 문화행정으로 빚어진 일로 비롯되었던 간에 우리고장의 이미지를 널리 알리겠다는 취지와 목적에서 심사숙고하여 주민들의 의견을 반영하여 세워져야 할텐 데 그렇지 못하고 선급한 결정으로 비롯되었으리라 사료된다.

영산강 명소는 영산강 문화를 대표하는 인물의 시가 시비로 건립되어야 한다. 국민의 혈세로 이런 무모한 시비를 돌에 새겨 우리 고장 영산강 명소를 찾은 이들이 이 조잡한 시 읽고 눈살을 찌푸리게 하고, 조롱거리가 되어서는 안 될 것이다. 특히 영산강변은 예부터 우리나라를 대표하는 시인들이 많이 배출한 곳이다. 명소를 찾는 분들이 옛 선비들의 풍류문화를 함께 공유하고 그분들의 숨길을 느껴볼 수 있다면 좋지 않겠는가?

제1경이라고 정해놓은 명소는 무안 지역에 위치한다. 따라서 무안 지역을 대표하여 예로부터 널리 명성을 떨친 무안 출신의 초의선사의 시나 느러지 부근에 식영정이라는 정자를 짓고 풍류를 즐겼던 한호 임연 선생의 시 등 무안 지역을 대표하는 문학사에 검증된 유명문인의 시를 시비로 소개하는 것이 옳다고 본다. 그리고 제3경에 있는 석관정의 시비에는 석관정과 관련이 있는 유명 문인의 시나 이 고장 출신의 임제 선생의 시비가 새겨지는 것이 좋겠다는 제안을 해본다. 그리고 4경에 있는 죽산보에는 인근 영산포 택촌 출신의 조선시대 윤선도와 친분이 있고, 시조로 명성을 떨친 나위소의 강호구가, 또는 다시에 장춘정을 세워 선비들과 풍류를 즐겼던 유춘정의 시, 또는 기묘사화 때 조광조를 구명하는 상소를 올리다가 뜻을 이루지 못한 채 낙향한 나주 출신 유생 11인이 영산강변 왕곡에 금사정을 짓고 울분을 토로했던 11인의 선비 중의 대표자 한분의 시로 시비를 교체하는 등 영산강 문화 전통을 빛내신 옛 선비들의 시비로 호남의 문화유산 자랑거리로 내세워야 할 것이다.

현재 살아있는 향토시인의 시를 새겨놓는 것은 영산강의 지류나 도랑에 미꾸라지. 피라미. 빠가사리나 블루길, 베스 같은 외래어종이 현재 살고 있다고 해서 영산강의 생태계를 대표하는 대표어중이라고 내세우는 어리석은 짓과 흡사하다고 본다. 영산강의 대표어종은 옛날이나 오늘날이나 영산강의 전설까지 낳은 잉어가 아니겠는가? 현재의 조급한 안목으로 장구한 영산강의 총체적인 역사문화의 전통을 담는 것은 어려운 일이 아닐 수 없다. 오랜 역사를 통해 영산강 유역에 사는 사람들의 긍지와 자부심을 내세울 수 있는 지역 출신으로 명성을 떨친 분들의 시가 시비로 새겨져야 할 것이다.

만약 영산강 용천, 광주천, 황룡강, 지석천, 장성천, 고막원천,, 함평천 등 수십 개의 지류에도 이같이 호남은 물론 우리나라를 대표하는 인물의 시비가 아니라 현존하는 인물이나 최근의 향토인물의 시를 시비가 설치되어 우리 고장을 찾는 다른 고장 사람들에게 우리 고장의 부끄러운 치부를 드러내는 곳이 있다면 반드시 교체하여 호남의 역사를 바로 잡아야 할 것이다.

누구의 실책으로 그리 되었던 간에 이제 잘잘못을 따지지 말고 잘못된 역사는 바로잡아야 후손들에게 떳떳할 수 있을 것이다. 따라서 현존의 향토시인의 조잡한 시를 새겨놓은 시비를 지우고 영산강 역사문화를 대표할 수 있는 시비로 교체하여 그분들의 숨결을 누구나 느끼고 공감할 수 있도록 해야 할 것이다. 부끄러운 우리 지역의 치부를 드러내는 시비가 빨리 교체되어 더 이상 우리 호남지역 영산강을 찾는 관광객들이 영산강 전통문화를 잘 못 이해하는 일 없도록 해야 할 것이다.

하루 빨리 영산강 누정문화의 산실이 되어온 정자를 찾아온 관광객들에게 옛 선비들의 풍류문화를 시공을 초월하여 함께 느낄 수 있도록 그분들의 시를 시비로 교체되길 바랄 뿐이다.

영산강뿐 아니라 우리나라 곳곳에서 이와 유사한 현존 시인들의 탐욕에 의한 시비들이 건립되어 눈살을 찌푸리게 하는 경우가 하다하는 것으로 알고 있다. 이러한 저급한 문화는 오늘날 문학의 대중화에 따른 천민자본의 오염된 세태를 반영한 결과일 것이다. 하루빨리 이러한 후진국 문학 놀이문화화로 부끄러운 시비문화가 건전하게 자리 잡아 나가아 힐 것이다. 따라서 현재 건립된 부끄러운 시비는 빨리 제거하고, 역사적으로 검증된 시인들의 시로 시비를 교체하여 향토의 긍지와 선진대한민국의 위상을 정립하는 것이 시급하다. 그러게 함으로써 우리의 전통문화를 후세에 떳떳하게 전달하여 후손들에게 부끄럽지 않는 전통문화를 가꾸어나가야 할 것이다.

남도의병역사 박물관 건립에 대한 기대

　예로부터 호남인은 정의감과 의협심이 강한 행동을 보여 왔다. 임진왜란 때 의병으로 나서서 싸웠고, 한말 일본 제국주의 침략에 의분을 참지 못해 의병항쟁에 앞장섰다. 이순신 장군께서 임진왜란 때 "약무호남 시무국가若無湖南 是無國家-호남이 없으면 나라도 없다."라는 말은 호남의 중요성과 호남인의 기질을 한마디로 압축한 말씀이다.

　현재 삼한지 테마파크 주몽 드라마 세트장 부지가 있는 영산강변 나주시 공산면 신곡리에 호남인의 숙원이었던 남도의병역사 박물관이 들어선다. 2025년 6월에 완공을 목표하고 진행 중이다. 이미 남도의병역사 박물관의 설계는 국제설계 공모를 통해 당선작으로 독일 주현제 바우쿤스트(Hyunjejoo Baukunst) 건축사무소의 '은유의 장소'를 뽑았는데, 영산강변의 자연환경을 친화적으로 조화를 이루고 국제인 감각을 최대로 살린 설계도라고 한다.

　이미 전남도는 남도의병역사 박물관에 전시할 관련 유물, 자료

2694점을 확보해놓았다고 한다. 호남의 의병 활동상을 한눈에 볼 수 있는 관한 자료들이 모두 구비된 박물관으로 계속해서 관련 자료들을 수집하고, 또한 소장자들의 기증을 받아 손색이 없는 박물관으로 꾸며, 앞으로 미래세대들에게 내 고장 내 나라를 지키기 위해 목숨을 걸고 싸운 의병들의 애국애족정신의 산 교육장으로써의 역할이 기대된다. 예부터 나주는 전라도의 중심지였다. 전라도라는 낱말이 전주와 나주의 앞 글자를 떠서 전라도라는 지명이 생겨났듯이 남도의 중심지에 남도의병역사 박물관이 들어선 것은 역사의 중요성을 인식한 결과일 것이다.

남도의병역사 박물관이 들어서는 나주는 역사적으로 영산강과 나주평야가 펼쳐져 곡창지대로 산물이 풍부한 고장이었다. 임진왜란 때 의병장 김천일 장군과 거북선을 만드신 나대용 장군이 태어난 곳이고, 광주학생운동의 진원지이기도 하다.

남도의병역사 박물관은 왜적이 우리 땅을 짓밟을 때, 내 고장 내 나라를 자키기 위해 목숨을 내걸고 싸운 의병들의 애향애국정신을 기리고 그 정신을 이어받기 위한 역사 교육장이 되어야 한다. 따라서 앞으로 계속해서 의병관련 유물이나 자료들이 박물관에 전시되도록 더 많은 자료를 수집 전시하는데, 호남인 모두가 다 같이 협조해야 할 것이다. 그리고 첨단 전자과학 기술과 인근의 일제강점기 일본이 남긴 침략 현장과 연계한 명실교육 생생한 역사교육의 장이 되어야 할 것이다.

구한말 나라를 잃고 나라를 되찾기 위해 자발적으로 많은 사람들이 의병활동에 참가하여 일본 경찰과 맞서 싸웠다. 그리고 일제강점기 동안 나라를 되찾기 위해 상해임시정부를 세우고 독립군들을 일본의 침략에 꾸준히 항전했었다. 그런 반면에 민족을 배신하고 일본 침략자들의 앞잡이 노릇을 하며, 호리 호식하는 약삭빠른 사람들도 많았다. 이런 사람들이 높은 자리를 차지하거나 많은 재물을 모아 떵떵거리고 후손들까지 기회주의 습성을 대물림했으나 척결하지도 못하고 흐지부지 넘어갔다. 이런 몰염치한 사람들은 어느 시대건 있어왔다. 자기밖에 모르는 극도의 이기주의자들이 바로 나라의 힘을 약하게 하는 암적인 족속들이다. 따라서 이런 이중인격자들이 많은 사회는 남의 나라의 먹잇감이 되고 마는 것이다.

남도의병 역사박물관은 이런 몰염치한 사람들에게 인간다움을 가르치는 뿌리 교육의 장소이다. 평화를 사랑하고 애국애족을 생활하며 살아온 의병들과 일제강점기 독립투사들이 있었기에 오늘날 우리들은 한민족으로서의 긍지와 자부심을 갖고 떳떳하게 살아갈 수 있는 것이다.

남도의병역사 박물관이 들어서는 자리는 바로 일제강점기 우리나라의 지하자원인 금을 수탈해갔던 폐광이 된 덕음광산이 있던 곳이다. 현재까지 장항제련소를 광석을 실어 나르기 위해 파놓은 산을 관통하여 영산강변까지 지하 바위굴이 그대로 남아 있고, 폐광은 금강토굴이라고 하여 젓갈을 보관하고 판매하는 시설로 이용하고 있다. 그리고, 과거 일제강점기 일본인들이 거주하며 자기네 나라 신을 모신 신사가 사암 저수지 둑방 부근에 있었고, 화약고가 박물관 주차장 부근에 있었다고 전한다.

따라서 단순히 남노의병역사박물관의 설계가 영산강의 환경과 조화를 이루도록 설계해 국제적인 감각을 살렸다고 하지만, 외형 못지않게 내실이 있어야 한다.

　일제 강점기 일본 침략을 실증할 수 있는 인근의 침략 유적, 유물을 복원하여 관람할 수 있도록 연계하고, 내부에 첨단 디지털 기술을 활용한 기록영화 상영관이나 당시의 역사를 증언하는 사람들의 사진 및 영상 자료. 관련 도서 등을 두루 비치하여 당시의 상황을 생생하게 관람할 수 있는 그야말로 다목적의 미래세대를 위한 주민들은 물론 우리 국민의 산교육의 장소로 알찬 박물관으로 꾸며지길 기대한다.

문학의 대중화와 문학놀이꾼들의 활동

오늘의 한국은 중병을 앓고 있다. 전통적인 가치관이 무너지고 서양의 물질문명으로 정신적인 가치를 중히 여기지 않는다. 오직 물질만을 쫓아 목숨을 걸고 살아간다. 모든 가치를 물질로 환산하는 가치관으로 인간관계도 타산적이다.

1970년대 산업화가 이루어져 절대적인 빈곤에서 벗어나 이제 경제적으로 풍족한 생활을 누리며 살게 되었지만, 정신적인 빈곤감에 허덕이고 있다. 사람은 물질적으로 풍족한 생활을 한다고 해서 행복한 것은 아니다. 행복감은 물질적인 부보다는 정신적이고 심리적인 것에서 느낀다고 한다. 우리나라는 OECD 회원국에서 가장 밑바닥을 헤매고 있다.

어렸을 때 가난하게 살다가 갑자기 경제성장으로 잘 살게 되었기 때문에 행복을 누리는 방법을 배우지 못했을 것이다. 가난한 생활문화에 익숙해졌기 때문에 부유한 생활문화로 바꾸기란 그리 쉬운 일이 아니기 때문이다. 이것은 옛날 상민이 돈을 많이 벌어 양반자리를 사서 갓을 쓰고 양반의 행동을 모방하려고 해도 어색하기도 하고 매우 불편해서 옛날처럼 행동했을 때 편안해지는 것과 마찬가지로 어렸을 때 습성은 좀처럼 바뀌지 않는다.

이와 유사한 행동들이 문학의 대중화 바람이 불면서 대한민국은 시인 공화국이 되었다. 어렸을 때 남보다 배우지 못하고 가난했던 습성을 버리지 못하고 물질로 모든 것을 환산하여 정신적인 허기를 채우려는 욕망을 자극한 문예지들의 신인상 제도로 문학향유층들의 허욕을 충족시켜 신인장사로 잇속을 챙기는 속물주의적인 풍토가 자리잡은 것이다. 돈을 주고 양반자리를 산 상민의 습성대로 글을 잘 쓰는 것이 문인인데 글쓰는 것보다는 문인으로 위장하기 위한 문학활동에 치중함으로써 정신적인 빈곤감에서 해방되려는 몸부림으로 문학놀이꾼의 문화가 만들어진 것이다.

문학놀이꾼들은 문인의 행동을 모방하고, 자신이 진짜 문인임을 알리기 위해 먼저 중앙의 소속의 지방문인단체 가입하는 수순을 밟는다. 그리고 지방자치단체에서 지원하는 지원금으로 화원들의 작품집을 지역명칭을 붙여 정치인들을 발간사에 등장시키는 문인답지 않는 행동을 일삼고, 감투차지, 자기 작품집을 남보다 먼저 지원받아 국고를 낭비해서라도 작품집을 발간하여 주위 사람들에게 나누어주며 자신이 문인이 되었음을 인정해달라고 구걸하는 절차를 밟는다. 그리고 시화전이나 낭송회에 참가하여 주위 사람들에게 자신의 위상을 과시하려들거나 문인단체의 감투차지하기에 혈안이 되는 등 문학의 본질과는 상반된 문학활동으로 자신이 문인임을 알리려는 속물적인 허명의식이 대량의 문학놀이꾼들을 만들어낸 것이다.

　이들은 대부분 산문은 길이가 길기 때문에 길이가 짧은 시나 동시. 시조 등의 운문 장르를 선택하여 문예지의 추천제도나 신인상 제도로 등단칭호를 받고 유사문인으로 활동하고 있다.

　문예지의 등단은 공식적으로 인정받은 문인이 아니다. 출판사나 출신 문예지만 인정하는 문예지의 고객이다. 알정액의 기부금을 내거나 자신의 등단작품이 실린 문예지를 주위 사람들에게 나누어주기 위한 개인홍보용으로 과량의 문예지를 구입하는 조건을 수락하여야 문예지 발행인이 남발하는 등간 상패를 받고 그 문예지의 동인이나 영구 고객이 되는 짝퉁 문인신분을 부여한 것에 불과한데 이것을 마치 진짜 문인이 된 것처럼 자랑하는 속물성은 바로 허례허식, 필요 이상으로 다른 사람으로부터 존경을 받고자 하는 매슬로우의 존경의 욕구때문애 문학향유자들이 문인되려고 한다. 이런 문인들은 어떻게 하면 좋은 작품을 잘 쓸 수 있을까? 하는 창작자의 당연한 고뇌를 하기 보다는 적당적당 문학향유자의 명리적 가치 실현이나 취미생활의 일환으로 문인된 문학놀이꾼들의 단체는 항상 시장바닥이다.

　부끄러운 줄도 모르고 엉터리작품을 카톡으로 보내는가 하면 때를 맞추어 이런 부류의 사람들이 쉽게 쓸 수 있게 사진과 곁들여 짧은 글로 사진을 설명하는 디카시가 유행하고 있다. 그냥 대충대충 사진 설명하는 글로 문인을 카톡으로 알리는 과시적 욕구를 만족시키기 때문에 문학향유자 겸 문학놀이꾼들의 기호에 꼭 맞는 디키시가 은퇴기에 할 일 없는 사람들이 사후에 자신의 흔적을 남기려는 욕심이 우리나라가 세계적으로 가장 많은 문인보유국이 된 것이다. 그러나 문인이 많으면 책이 잘 팔려야 정상인데 책이 전혀 팔리지 않는 출판 불황은 문학 향유자들이 문인을 자처하고 취미로 문학놀이를 문화가 형성되었다는 증거일 것이다.

이제 한국문학이 내실화하여 제자리를 잡아가도록 문학놀이꾼들이 부끄러움을 아는 진정하는 문인으로 거듭나야 할 것이다.

농촌의 삶의 질을 높여주는 생애교육

　우리의 먹거리를 생산하는 1차 산업에 종사하는 농어민 마을은 70년대 산업화가 진행되면서부터 해마다 빈집이 늘어나고 있다. 일자리를 찾아 농촌인구가 도시로 이주하면서 여러 사정에 의해 떠나지 못한 사람들만 남아 있다. 대부분 노인들만 빈 집을 지키고 있다. 특히 수도권과 떨어져 있고 농어민 인구가 많은 광주 전남의 경우도 자녀의 교육, 소득이 높은 일자리를 찾아 인근의 도시로 대부분 이주하고 농촌과 어촌에는 노인들과 부모를 모시느냐 떠나지 못한 사람이 남아 살고 있다. 그들 중 젊은 사람들은 극히 소수이지만 노총각으로 살고 있다. 농어촌으로 결혼하겠다고 나서는 신붓감이 없기 때문이다. 그래서 좀 형편이 괜찮은 노총각은 해외에서 신붓감을 들여와 다문화 가정을 이루고 있고, 나머지는 노총각으로 늙어가고 있다. 노령인구가 늘어남에 따라 농촌은 점점 일손이 부족한 실정이다. 그나마 소득증대를 목적으로 특용작물을 하는 농가는 일손이 부족하다. 그래서 농촌의 일손이 부족하자 해외 근로자를 들여와 그들이 일손부족을 거들고 있다. 농촌뿐만 아니라 어촌에도 마찬가지다. 고깃배, 염전, 양식장 등 어촌의 일손은 해외 근로자이 아니면 도저히 운영해나갈 수 없는 실정이되었다.

농촌뿐만 아니라 도시에서도 3디 업종 종사자들이 모두 외국근로자가 도맡고 있다. 코로나 바이러스 팬데믹 이후 3디 업종은 종업원의 임금을 제 때에 주지 못하고 체불을 감당하지 못해 종업원이었던 해외 근로자에게 경영권을 넘겨준 업체가 많은 걸로 알고 있다. 이대로 가다가는 도시의 3디 업종과 농촌은 외국 근로자들이 아니면 경영이 불가능하게 되고 있다.

농촌의 생활문화를 계도하고 이끌어가는 행정기관에서도 노인들의 복지 차원에서 농촌 노인들에게 반찬거리를 사주기도 하고, 100원짜리 버스표 지원 등등 복지차원에서 농민들을 돕고 있고, 농민들에게 농업 직불금을 주어 생활개선에 노력하고 있다. 그렇지만 이러한 농촌 복지제도가 생활개선에 집중되었을 뿐 농촌의 문화생활에는 등한시하는 감이 없지 않다.

농어민의 삶에 대한 질은 단순히 먹고 사는 문제보다는 농어민들이 문화실조에 걸리지 않도록 생애교육이나 정기적인 각종 문화 건강 순회 강좌 등 다양하게 건강 취미생활을 할 수 있도록 도와주는 것이 옳을 것이다. 그렇게 해서 문화의식의 격차를 줄여나가고, 삶의 질을 높이는 생활문화개선에 초점이 맞추는 것이 무엇보다 중요할 것이다.

우리나라는 경제성장으로 국민소득이 높아져 절대적인 빈곤의 시대가 아니다. 단순한 먹거리만을 위해 일해야 했던 시대가 아니다. 자아

실현을 할 수 있는 기회가 주어져야 한다. 농촌복지제도가 잘 되어 행정기관에서 어르신 돌봄 제도를 운영한다거나 정기적인 의료보건 서비스가 이루어지고 있는 것으로 알고 있다.

그렇지만 오늘날 평생교육 시대에 평생교육의 혜택을 받지 못하는 농어민들에게 다양한 평생교육 체제가 구축되어 농어민들이 문화실조에 걸리지 않도록 행정당국의 배려가 있어야 할 것이다.

아직도 농촌마을의 저수지 부근의 인근 도로나 낚시터 주변에는 낚시꾼들이 버리고 간 쓰레기들이 많이 쌓이고 있다. 노인 일자리로 행정기관에서 낚시터나 유원지 등에 버리고 간 쓰레기를 줍는 활동을 벌리고 있지만, 감당이 어려운 실정이다.

어렸을 때 생활습관이 잘못 길러지면 어른이 되어서도 쓰레기를 아무데다 버리는 일을 대수롭지 않게 여기는 문화습성이 베어들기 마련이다. 이런 어른들로 인해 자라나는 어린이들이 잠재적인 교육이 되어 버린다면, 선진 문화 시민으로서의 성숙한 문화습성이 자리 잡는 일이 멀어지게 될 것이다. 가정에서부터 쓰레기를 버리지 않는 습관, 생활예절 등을 익히지 않으면 평생 나쁜 습성이 문화 재생산 된다.

새마을 운동이 일어나 정착될 무렵에는 내 집 앞 내가 쓸기, 마을 꽃길 조성하기, 등등 부지런히 애향활동을 생활화하였다. 그런데 농촌마을 피폐해지고 있다. 아무도 자신의 농사일이 아니면 공익을 위한 공동체 활동을 하지 않는다.

최근에는 농어촌의 활력소를 불어넣기 위해 지역에 따라 귀농귀촌을 권장하는 홍보활동을 지방 자치단체가 적극적으로 벌려 출산장려금을 지급하고, 도시의 관광객들을 유인하기 위해 지역의 명소를 재정비하여 관광지화 하고, 대단지 꽃밭을 조성한다거나 특산물이나 관광자원으로 지역문화축제를 여는 등 다각적인 인프라 사업을 전개하고 있다. 그리하여 지역의 관광 활성화를 도모하여 농어촌의 활기를 되찾고자 온갖 힘을 기울이고 있다. 이렇게 관광 인프라가 탄탄하게 정비된 지역은 관광객들이 찾아와 다소나마 지역경제가 활기를 띠고 있다.

지역의 정치, 교육, 문화, 경제의 활력소를 불어넣는 일은 다른 지역의 사람들이 자기 고장을 찾도록 다각적인 유인책이 마련되어야 한다. 먹거리 장터 위주의 축제는 일시적일이다. 연중 관광객들이 찾아오도록 다양한 구경거리와 그 지역만의 문화와 먹거리, 힐링 할 수 있는 장소 제공, 참신한 아이템의 관광유인책이 강구되어야 할 것이다.

농어촌에 사는 사람들이 문화실조에 걸리지 않아야 양질의 서비스를 관광객들에게 제공할 수 있고, 한번 찾아온 관광객들이 다시 찾게 되는 것이다. 농어촌의 경기 활성화를 위해 농어촌에 사는 사람들에게 경제위주의 복지정책보다는 그들에게 사는 보람과 행복감을 느낄 수 있도록 삶의 질적 개선을 위한 문화교양예술 활동의 장려, 건강 체육생활 등 생애교육으로 복지서비스가 제공되어야 할 것이다.

자아실현을 위한 시니어들의 행정복지서비스

오늘날 의학기술의 발달과 풍요로운 생활환경으로 인하여 인간의 평균수명이 늘어나고 100세 시대를 맞이하게 되었다. 실버시대란 인생의 황혼기에 사회적 활동으로부터 은퇴하여 남은 삶을 보내는 단계에 해당하는 계층으로 1990년대 말 일본의 '실버'라는 노인계층을 의미하는 용어가 들어와 정착된 말이다. 일반적으로 노인이란 브린(Leonard Z. Breen, 1960)의 말에 의하면, "생리적, 생물학적으로 퇴화기에 있는 사람, 심리적인 면에서 정신기능과 성격이 노인 특유의 보수, 온건, 경직성향으로 변화되고 있는 사람, 사회적인 면에서 지위와 역할이 상실된 사람 등으로 정의 된다." 노인은 고령화로 인하여 생리적인 노화에 의해 전체적으로 신체기능이 저하되고 질병에 대한 저항력과 피로회복력 등이 떨어지는 등 신체의 각 주위도 변화하게 된다.

실버세대 노인들은 건강상의 문제, 경제적 문제, 심리적 문제, 정보와의 단절문제, 등 여러 가지 해결해 나가야 문제가 많지만, 무엇보다도 노인들이 건강한 삶을 향유할 수 있도록 사회적인 지지가 선행되어야 한다. 지지란 "애정, 인정, 소속, 안전에 대한 개인의 욕구가 중요한 타자에 의해 충족되는 정도"를 말하는데, 구조적 측면으로 타인과의 접촉 빈도, 상호작용하는 사람의 수와 같은 양을 측정한 것으로 가장 원천적인 지지는 가족이라고 보아야 할 것이다. 또한 도구적 측면의 지지로는 금전적 지원을 하거나 가사 일을 돕는 것과 같이 구체적 유형의 지원을 제공하는 것으로 재정적 지지가 뒷받침 되어야 하며, 기능적 측면에서 개인과 대인관계의 질이 어떻게 지각되고 평가하는지를 보는 것으로 지지자원에 대한 개인의 주관적인 자각을 나타내는 것으로 질적 유용성을 측정한다. 그밖에 이웃과 사회적지지, 친구의 사회적 지지 사회적 지지가 있을 때 노인들의 삶은 웰빙이 잘 이루어진 건강한 사회가 될 것이다.

향후 노인인구의 증가로 우리나라는 고령화 사회가 다가오고 있다. 따라서 노인들의 행복이나 삶의 만족을 추구하는 웰빙은 21세기 소비 사회의 새로운 트렌드의 핵심으로 자리 잡아 단순히 잘 먹고 잘 살자는 의미 이상을 내포하고 물질적 가치보다는 정신적 만족을 우선시하자는 행복과 삶의 만족을 추구하는 개념으로 자리잡아가고 있다.

고령화 사회에 직면한 우리나라는 노인문제가 여러 가지 사회현상으로 나타나고 있다. 특히 우리나라는 급속한 산업화 과정에서 나타나는 산업구조의 변화와 과학 생산 기술의 발달로 인하여 조기 은퇴하여 소득의 조기 상실을 초래하여 노인들의 경제적 빈곤이 심각한 사회문제이며, 평균 수명의 연장에 따른 질병과 건강문제, 산업구조 변화와 생산 기술의 발전으로 인하여 산업현장에서의 노인들의 경험의 불

필요로 역할 상실의 문제, 고독과 소외문제, 핵가족화 현상, 맞벌이 부부의 증가, 의식의 현격한 차이에 의한 고부간 갈등 등 노인 부양 및 보호 문제, 긴 여가 시간의 문제 등이 있다

서울의 경우, 시니어들을 위한 정책적인 복지 행정서비스는 지하철을 무료로 이용할 수 있는 특권을 부여하고 있다는 점을 들 수 있다. 따라서 경제적인 여유가 있는 시니어들은 지하철을 이용하여 춘천으로 온양으로 친구들과 맛 집을 찾아 하루를 소일하기도 하고 귀가한다. 그러나 대부분은 마을 아파트 노인정에서 소일하고 있다. 기타 시니어들은 종로 3가 지하철 대합실이나 탑골 공원, 종로로 나와 하루를 보내다 돌아가고 있다. 특히 형편이 넉넉지 못한 시니어들은 무료 급식소를 찾아 끼니를 해결하고 있다. 이렇게 무료하게 하루하루를 보내는 시니어들이 있고, 농어촌은 시니어들이 많은 곳이다. 자가 숙식을 하며 마을 노인당에 나와서 바둑이나 장기를 두거나, 화투를 치며 하루를 소일한다. 이처럼 살아가는 것은 시니어들이 웰빙하고 있다고 볼 수 없을 것이다. 그냥 하루하루를 보내고 있는 것일 것이다.

그렇다면 시니어들이 자아실현을 하며 웰빙할 수 있는 다양한 복지정책서비스가 제공되는 것이 바람직할 것이다. 지자체마다 행정복지서비스는 다양하고 현격한 차이가 많다. 행정 복지서비스가 잘 이루어진 지역에서는 시니어들을 위해 노년기를 적응을 돕기 복지 서비스로 웰빙할 수 있게 배려하고 있다. 특히 신체적 적응, 심리적 적응, 사회 적응 등 다각적으로 노인문제 해결을 위한 복지 프로그램이 개발되고 적용되는 것으로 알고 있다. 이러한 노년기의 바람직한 적응으로 현내 문화적응 프로그램으로 컴퓨터 실기기능 익히기, 각종 취미활동, 문화

활동, 예술 활동을 할 수 있도록 다양한 서비스가 제공되고 있다. 특히 문학 활동이나 서예, 그림 등 시니어들의 재능을 발굴하고 육성하기 위한 창작 활동을 배려한 행정복지서비스는 매우 바람직한 방법일 것이다.

치매에 걸리지 않고 건강한 삶을 창조적인 에너지로 사회발전에 기여할 수 있다는 점에서 예술취미활동은 웰빙할 수 있는 적절한 방법일 것이다. 시니어들이 자아실현을 하며 하루하루 보람과 기쁨으로 웰빙할 수 있는 좋은 복지서비스라고 할 수 있을 것이다. 삶의 향기를 느끼게 할 수 있는 다양한 예술 활동으로 서예, 그림 그리기, 만들기, 수예공작, 시창작, 시감상 등은 아름다운 노년기를 창조적인 활동으로 건강하고 보람 있게 보낼 수 있는 행정복지서비스일 것이다. 시니어들이 삶의 향기를 느끼며 보람 있게 살아갈 수 있도록 당국의 적극적인 정책이 실현되기를 바랄뿐이다.

충무공 이순신 장군의 유적지 답사기

이순신 장군의 유적지는 호남지방의 곳곳에 많이 있다. 임진왜란 중 과부적으로 물 밀들이 한반도를 침입한 왜적들을 적은 수의 수병으로 통쾌하게 무찔러 조선인의 기개를 보여주었던 전적지를 찾아가보기로 했다. 우선 "신에게는 아직 열 두 척의 배가 남아있습니다."라고 꺼져가는 희망의 등불을 밝히는 말을 남긴 보성군을 향했다. 보성군은 이순신의 처가 어린 시절을 보냈던 곳으로 그의 장인 방진이 보성군수를 있었기에 이순신은 보성지역과 인연이 많은 곳이다.

1597년 이순신 장군은 보성에서 군사를 모으고 군량미를 마련하는 등 수군을 재정비했다. 득량면 박실 마을 양산항의 집에서 하룻밤을 머물면서 양산항이 마련해준 군량미 팔 백석은 명량해전을 승리로 이끌게 했다.

박속처럼 아담하게 자리 잡은 마을 대숲과 야생차 밭이 어우러진 박실 마을 양산항의 집 앞의 연못이 풍치를 더했다. 나는 시 한편을 이렇게 읊었다.

보성 박실

김관식

보성 박실
양산원의 집
충무공 이순신이 머물고 가신
군량미 발길따라
지명조차 바뀐 박실보다 더 큰 득량

박속 땅모양
대나무와 차나무가
박씨처럼 촘촘히 박혀
흥부네 집 박속 풍경을 연출한다

올곧은 대나무
늘 푸르게 오직 외길
바람 불 때마다 휘청휘청
쓰러지지않고 다시 일어나 서걱서걱

녹차 향기
품어내는 차나무

작년의 씨방
그대로 이어받아
가지마다 노란 꽃수술다발
순백의 꽃잎으로 감싸
쓰고 달고 시고 짜고 떫은 맛
곰실곰실

박실 마을에 가면
손자가 펼쳐놓은 학포 양팽손의 산수도
『학포유집』시 한 구절 낭낭하게 들려온다
"저 맑은 푸른 대는 금빛으로 부서지고
나 홀로 서성이며 둥근 달빛을 읊노라"
이순신 『난중일기』속
"신에게는 아직도 12척의 배가 남아있습니다"
지나온 역사의 숨결
파노라마 영상으로 펼쳐진다

　　이어서 보성 회천면의 군학마을을 향했다. 이곳은 바로 이순신 장
군 휘하의 수군이 주둔했던 곳으로 회천면의 바닷가에 위치한 마을인
데 마을앞 바닷가에는 모래밭과 해안 솔숲, 득량 만과 고흥의 득량도
가 한눈에 들어왔다. 이순신 장군이 이곳에서 흩어진 수군을 재정비
하여 전투준비를 서둘렀던 곳이다.

군학 마을

김관식

왜군에 짓밟힌
조선수군
보성읍성 열선루에서
임금님께 올린 장계
"신에게는 아직 열 두 척의 배가 남아있습니다"

흩어진 수군
다시 일으킨
난중일기 속 마을
회천 벽교리 백사정
회천의 군영구미 군학

바닷 밑으로 흩어진 모래알도
마파람으로
파도에 씻기고 씻겨서
바닷가에 쓸어 모으면

금빛 화살촉이 되어
아시가루 삿갓투구 쯤은
가소롭게 갯벌 속으로 쳐 넣을 수 있으리라

군학 앞바다
들끓는 분노
득량만 득량도
성재봉에 가득 쌓아놓았다
억새풀로 이엉엮어
군량미로 위장해놓았다

우리들은 네 놈들을 맞이할
충분한 준비가 되어있느니라
덤빌테면 덤벼봐라
군학마을 바닷가 백사장
송림에 둥지 튼 학들
갯바람 흔들흔들
먼 바다 목 빠지게 너희들을 기다리고 있다

조선백성 귀를 잘라갔던
이비야 귀무덤
섬나라 살모사들
다시 혓바닥 날름거리며 독을 품고 달려들면
기어코 용서하지 않으리라
긴 부리로 쪼아
갈기갈기 찢어놓으리라

너희들이 모두 사라져
이 땅을 넘보지 않는 날
조선수군의 깃발 펄럭거리며
아기 학과 함께
온종일
득량 만 남해 바다
창공을 날아오르리라

이어서 명량해전에서 승리를 거두고 이순신이 왜군을 무찌르기 위해 당나라 연합군과 전투를 대비한 연합군 사령부라 할 수 있는 고금도 묘당도를 향했다. 이순신 장군의 사당 충무사가 있고, 이순신이 노량해전에서 전사하여 고금도 충무사 앞에 바다가 감싸 안고 있는 월송대에 이순신장군의 유해가 임시로 80여일간 안장 되었던 곳에는 술 바람 소리와 파도소리만 그날의 슬픔을 대신하고 있었다.

고금도 묘당도
김관식

임진왜란 때 명나라 진린 제독과 충무공 이순신
휘하 조명연합군 수군들이
고금도 묘당도에 함께 모였다.

침략자들 몰아내기 위해

최후까지 싸워 물리쳐야 한다.
약산도를 향해 불끈 쥔 주먹 내밀고
굳게 다짐했었다.

수차례 왜군들과 맞서 싸우시다가
노량해전에서 충무공은 최후를 맞이하면서도
"내 죽음을 알리지 마라"
눈 감지 못하고 고금도 충무사 가묘터에
팔십여 일 동안 잠들지 못하다가
고향 아산으로 돌아가 영면했다.

동서고금 해전사상 위대한 승리
노량해전을 고금한 곳
명나라 진린 장군도
충무공을 애도하며 눈물 떨구었다.

충무사 참배하고 월송대에 오르면,
"신에게는 아직도 12척의 배가 있습니다."
지금도 충무공의 당당한 목소리
솔바람 소리에 실려 오고 있었다.

효의 현대적 의미

예로부터 효는 동서양을 막론하고 인간다움의 중요한 가치 덕목으로 여겨왔다. 서양이 기독교의 영향 아래 효의 덕목이 그 뿌리를 형성해왔다면, 동양의 경우는 불교와 유교의 근본을 두고 효를 인간 도리를 다하는 실천덕목으로 여겨왔다. 그러나 농본사회에서 산업사회, 그리고 제4차산업으로 사회가 급변함에 따라 효에 대한 가치의 비중과 그 의미가 변화되고 있다.

20세기에 이르러 전 세계가 과학, 의학, 등 각종 산업기술이 급속도로 발달 됨에 따라 인간의 평균수명이 길어졌고, 최근에는 출산율이 낮아지고 고령사회가 되어가고 있다. 그에 따라 노동할 수 있는 사람의 수가 줄어들고 있고, 젊은 세대들이 부양을 책임져야 할 노인 인구가 증가하면서 나라마다 여러 사회적 문제들이 속출하고 있다.

특히 동양에서는 인간의 기본적인 덕목 중 가장 으뜸이 되는 덕목을 효孝로 꼽았다. 그러나 물질문명이 발달하면서 인간들의 정신은 물질주의적인 가치관으로 변화되어 인간의 기본적인 도리를 저버리는 일들이 빈번하게 벌어지고 있다. 극도의 이기주의적인 행동으로 효의 가치나 의미가 퇴색되어가고 있다. 과학기술의 발달과 풍요로운 물질의 소유는 의식주 생활에 더욱 편리하고 안락한 생활을 보장해주었지만, 사람으로 해야 할 도리와 효를 중히 여기고 실천해나가려는 인간다운 마음과 행동이 따르지 못해 사회는 삭막해지고 있다. 그 단적인 예로 최근 사회를 떠들썩하게 하는 묻지 마 폭행 살인사건이 빈번하게 일어나고 있다. 이는 인간 정신이 물질에 오염되어 나의 불만을 다른 사람에게 전가하여 귀중한 생명조차 경시하는 사회병리적인 현상이 일어나고 있다.

급격한 사회변화는 현대를 살아가는 사람들에게 물질적 욕망의 달성만이 자신의 행복을 보장해주리라는 물신주의로 오염된 현대인의 정신적인 황폐화 현상을 보여주는 사례라고 할 수 있을 것이다. 모든 것이 물질로 환산되는 사회, 자신이 운전하는 차로 교통사고를 내 다른 사람의 신체를 다치게 하거나 심지어 사망하게 한 경우라도 생명의 가치를 물질로 보상하는 등 모든 것을 물질 가치로 평가하고 거래가 이루어지는 오늘날의 물질주의 우선의 사회규범에서 인간은 인간의 존엄성을 스스로가 무시하고, 가정의 기본 단위인 부모와 자식 간의 관계도 물질로 환산하려는 사고 때문일 것이다.

인간의 기장 기본적인 도리인 효의 가치가 물질로 환산되어 버린 것이다. 이런 사회에서 가정에서 효의 모범을 부모가 어렸을 때부터 실천하지 않으면 자식은 당연히 물질적인 사회병리적 가치를 우선할 수밖에 없다. 정치사회 등 방송뉴스에 보면 모든 뉴스가 엄밀히 따지고 보면 자신의 물질을 많이 차지하려다가 걸림돌이 되어 상대방을 비난하고 자기변명을 일관하는 것들 뿐이다. 이런 사회에서 아무리 가정에서 효 교육을 실천한들 사회 분위기에 따라갈 수밖에 없는 비정한 인간들이 복제될 수밖에 없을 것이다.

인간의 행복은 물질의 소유의 많고 적음에 있는 것이 아니다. 인간은 물질만으로 행복해지지 않는다. 물질은 많이 가질수록 더 많이 가지려는 욕망만 키운다. 인간의 고유한 정신의 가치를 우선하여 실천하는 사회가 되도록 노력해야 다 같이 잘 사는 사회가 되는 것이다. 서양사람들이 부모를 모시고 다복하게 살아가는 효를 중시한 우리나라 전통사회를 부러워했던 것은 그들이 우리나라보다 물질적인 풍요를 누리며 사는 선진국이지만 가족끼리 오순도순 살아가는 우리나라 전통사회의 모습이 부러웠던 것이다.

그런데 어떠한가? 가난했던 우리는 허리띠를 졸라매고 서양 전진국의 산업사회를 갈망하고 그 과학기술을 도입하여 그들처럼 물질적인 풍요를 누리려고 노력하여 그들과 같이 잘 사는 사회가 되었지만, 전통사회의 가치는 완전히 파괴되고 서양사람들보다 더 삭막하게 물질적인 가치를 우선하여 살아가고 있다. 이는 전통적인 우리의 효 가치가 완전히 무너지고 있다는 증거일 것이다.

이제 다시 정신적인 가치를 우선했던 우리 전통사회의 미풍양속의 효행을 되찾아 다 같이 행복하게 사는 사회를 만들어나가야 할 것이다.

그러기 위해 우선 효가 무언인지 알고 실천하는 것이 중요할 것이다. 효에 관한 유명한 책 『효경』과 『부모은중경』, 『효감동천孝感動天』 내용을 간략하게 소개한다.

『효경』은 주로 국가적·정치적으로 '효'의 당위성을 표방하는 유교의 경전이고, 『부모은중경』은 생활윤리로 전승됐던 불교 경전이다. 유교의 경전인 『효경』에서 강조한 효 사상은 인仁의 실천으로 생겨났다고 할 수 있는 인간의 착한 본성인 사랑과 공경의 마음인 인애仁愛를 가장 가까운 곳에서 실천을 생활화했다. 바로 사회형성의 기본이라 할 수 있는 가족 공간의 자신의 부모에게만 한정하지 않고 이웃 어른까지 사랑하고 공경하는 마음으로 확대된다고 보았다.

그리고 『부모은중경』은 불교의 경전으로 우리나라 전통사회에 효 사상에 크게 영향력을 미쳤는데, 이 책에서는 부모의 은혜를 10가지로 압축해서 설명하고 있다.

첫째, 이 몸을 잉태해 지키고 보호해주신 은혜다.

둘째, 출산하실 때 고통받는 은혜다.

셋째, 자식을 낳고 근심을 잊으시는 은혜이다.

넷째, 쓴 것은 어머니가 삼키고 단 것은 뱉어내서 주신 은혜이다.

다섯째, 아이는 마른 곳에 눕히고 어머니는 젖은 곳에 누우신 은혜이다.

여섯째, 젖을 먹여 길러 주신 은혜이다.

일곱째, 자식의 더러운 것을 빨고 씻어 주신 은혜이다.

여덟째, 자식이 멀리 가면 걱정해 주신 은혜이다.

아홉째, 자식을 위해 마음고생 하는 은혜이다.

열째, 끝없이 사랑하고 근심하시는 은혜이다.

그리고 불효하는 것으로 첫째, 자식이 독립하거나 가정을 이룬 다음 부모와 멀리하는 것, 다 자란 자식이 늙은 부모를 봉양하지 않는 것,

부모와 떨어져 사는 자식이 또는 다 큰 아이가 부모와 정서적 교류를 하지 않는 것을 들고 있다.

우리 조상들은 이렇게 부모의 은혜를 알고 보답하려는 실천윤리로 효를 들고 실천해왔다.

또한 『감동천孝感動天』은 중국 순 나라 임금의 효행록이다. 그 내용을 요약하면 다음과 같다.

옛날 순임금은 성격이 온순한 효자였는데 부모와 이복형제들의 학대에도 하늘이나 사람을 원망하지 않고 한결같은 마음으로 부모에게 효도하고 형제들과 우애하였다. 순의 관대한 마음과 효심에 하늘도 감동하여 순이 산을 갈아엎어 밭을 만들어 갈고 씨를 뿌릴 때 코끼리가 밭을 갈아주고 작은 새들도 밭에 날아와서 잡초를 뜯어주며 다른 동물들과 힘을 합하여 산을 밭으로 만들었다. 그래서 그 소문이 널리 퍼져 원근 각지 백성들이 순의 덕행에 공경심을 갖게 된 결과, 그의 효행과 명성에 요임금도 탄복하여 자신의 두 딸을 순에게 시집보낼 뿐만 아니라 왕위까지도 넘겨주었다고 한다.

맹자는 자녀를 두지 않는 것이 가장 큰 불효라고 했다. 효는 오랫동안 전통사회에서 모든 행실의 우선이 되고 역대의 형법인 율에도 들어 있는 불효는 최대의 죄로 간주하였다고 한다. 그래서 우리 조상들은 부모와 조상을 섬기는 자는 지위 고하를 막론하고 교만하거나 천륜의 질서를 어지럽히는 불효를 저지르는 일을 사람도리를 모르는 불효자식으로 취급되지 않기 위해 누구나 효를 중히 여기고 실천해왔다.

그렇다면 전통사회에서 불효자는 다음과 같다.

첫째, 자기 몸을 게을리하고 부모 봉양을 하지 않는 사람이다.

둘째, 도박하고 주색에 빠져 술 마시기를 좋아하여 부모를 돌보지 않는 사람이다.

셋째, 재화를 좋아하여 처자식만을 아끼면서 부모 봉양을 하지 않는 사람이다.

넷째, 이목의 욕심을 쫓아서 윤리 도덕을 위배하거나 위법으로 인한 죄를 지어 부모를 욕되게 하거나 싸움하기를 좋아하여 부모를 위태롭게 하는 사람이다.

이 중에서 앞의 세 가지는 모두 부모 봉양을 하지 않는 것이고, 나머지는 부모를 부끄럽게 하고 욕되게 하며 위태롭게 하는 사람이다.

이렇게 전통사회에서 불효자로 여기는 사람들을 현대사회에 적용한다면 오늘날 사람들은 모두 불효자에 해당한다. 그것은 모두 물질사회가 되어버린 현대사회의 구조는 전통사회 관점에서 보면 모두 불효자에 해당한다.

그렇지만 부모를 위해야 한다는 효의 가치는 변함이 없을 것이다. 아무리 사회가 변화되더라고 부모는 자식에게 조건이 없는 사랑을 베푸는 내리사랑의 전통은 변함이 없다, 그러나 부모가 재산이 많다고 하여 무조건 자식들에게 물질을 물려주며 흥청망청 쓰게 하면 자식을 물신주의 탕자로 만들어버린다.

일부 서울 부유층 자식들이 외제 승용차를 몰고 다니면서 명품들로 치장을 하고 날마다 친구들과 퇴폐적인 향락을 즐기며 물의를 빚는 뉴스들은 청년실업으로 일자리가 찾지 못해 부모에 의탁하여 자립하지 못하고 은둔해서 살아가는 청년들에게 빈부 차이로 인한 무기력과 위화감, 분노감을 조성하게 된다. 묻지 마 폭행 살인사건을 저지르는 사람들을 병들게 한 것은 물신주의 사회에 적응하지 못해 일어난 현상이지만, 어렸을 때부터 효의 가치관을 길러 주지 못한 가정, 사회가 원인이며, 빈부 차이에 의한 계층 간의 위화감에 대한 분노가 그 원인이 되었던 것일 수도 있을 것이다.

물질보다 정신적인 가치를 우선하는 사회로 나가야 모두 잘사는 사회가 되고 선진국의 국민이 되는 것이다. 정신적인 가치의 기본이 되는 효를 중시하면 가족이 화합하고 이웃들과 화목하게 다 같이 잘 사는 사회가 될 것이다. 효의 현대적인 의미는 바로 인간 본연의 인간성을 되찾아 인간다움을 잃지 않는 것일 것이다.

실종된 낚시터의 공중도덕

낚시방송국 서너군 데 있다는 사실은 낚시를 취미활동으로 하는 사람이 그 만큼 많다는 것을 의미한다. 어느 도시나 낚시점이 여러군 데 있고, 또 낚시터 주변에도 낚시도구를 파는 곳이 많은 것을 보면, 전문 낚시꾼도 많지만, 우연히 낚시터 주변을 산책 나왔거나 캠핑 왔다가 낚시체험에 참가하게 된 임시 낚시꾼, 낚시로 물고기를 잡아 생계를 유지하는 어부 낚시꾼 등 다양하다. 그러나 대부분은 취미활동으로 낚시를 하는 경우가 많을 것이다.

낚시는 남녀노소 누구나 즐길 수 있는 여가 활동이다. 인류가 낚시는 맨 처음 시작했던 원시시대 때에는 생존을 위해 먹거리를 찾아 산과 강, 바닷가를 떠돌아다니면서 수렵어로나 채취 생활을 하면서 살았다. 그러다가 한 곳에 정착하면서부터 농경생활이 시작했는데, 이때 농사일에서 밀려난 노인층, 어린이, 장애인 등이 자신이 가족들을 위해 할 수 있는 활동으로 주로 수렵 채취활동으로 조개를 채취하거나 낚시로 물고기를 잡는 일을 했을 것이다.

낚시는 우리 인간에게 가장 원초적인 동물적 본능을 자극한다. 다른 동물을 잡았을 때의 정복감과 승리감을 느끼게 하는 잠재적인 동물본능으로 심리적인 만족감을 제공한다.

우리 인간이 오늘날까지 유일하게 남아있는 원시적인 수렵 본능으로 심리적인 만족감을 제공하는 것은 낚시와 사냥일 것이다. 낚시와 사냥은 다른 생명을 해치고 죄책감을 느끼지 않는 취미활동이다. 오히려 생명을 해치는 진인함을 드러내면서 쾌감을 느끼는 동물적 본능이 되살아나는 여가 활동이 아닌가 싶다.

이처럼 우리 인간은 지구상에 존재하면서 자연에서 모든 것을 얻어 생존해왔다. 지금도 마찬가지다. 그 형태가 변했을 뿐 자연에서 필요한 것들을 구해 의식주를 해결하며 살아가고 있다.

그런데 인간의 생존을 자연을 지배해온 우리 인간은 자연으로부터 모든 것을 얻으면서도 고마워할 줄 모르고 행복추구의 무한한 욕망을 실현하기 위해 자연을 무분별하게 개발하고 다른 생명체들과 공존을 거부한 결과, 환경파괴, 생태계의 질서가 무너지고 있다.

낚시는 원시적인 심리적 쾌감을 맛보는 취미활동이다. 그런데 전국의 저수지, 강과 바다가 낚시꾼들이 남기곤 흔적이 때문에 문젯거리가 되고 있다. 낚시꾼들이 낚시하면서 버리고 간 각종 폐낚시도구, 미끼를 포장한 비닐, 플라스틱, 깡통, 음료수 캔, 소주병, 휴지, 비닐, 먹고 버린 음식물 찌꺼기 등등이 자연환경을 오염시키고 있다.

따라서 낚시터 인근에 살고 있는 주민들은 낚시꾼들을 반기지 않는다. 이들이 낚시를 하고 버리고 간 쓰레기 때문에 날마다 환경이 더럽

혀지고 보기 흉하게 변하고 있기 때문이다.

저수지의 경우 관리 주체는 농업용수를 관리하는 한국농어촌공사다. 그런데 이들은 낚시꾼들의 낚시활동으로 쓰레기를 버리고 가는 행위에 대해 전혀 관여하지 않는 것 같다. 오히려 낚시터가 있는 행정기관에서 상습적으로 쓰레기를 버리는 낚시터에 감시 카메라를 설치하는 곳도 있고, 형식적으로 쓰레기를 수거하는 곳도 있지만 별로 효과를 거두지 못하고 있다. 주민이 나서서 쓰레기를 자발적으로 치우는 곳도 있지만 역부족이다.

따라서 쓰레기를 버리고 가는 낚시꾼들을 강력히 단속해서라도 우리의 강과 바다가 더 이상 오염이 되지 않았으면 좋겠다. 낚시문화는 그 나라의 민주적인 공동체의식을 보여주는 척도일 것이다. 새마을 운동이 전개될 무렵 내 집 앞 청소, 우리 마을 미화 활동에 온국민이 적극적으로 솔선수범하였다. 그런 그 아름다운 정신과 행동은 도대체 어디로 사라진 것일까? 그때보다 잘 살게 되었으니 이제 그런 궂은일은 하지 않아도 된다고 자만하는 것일까?

잘 살든 못 살든 간에 자기가 청소하기 싫으면, 쓰레기를 생산하더라도 버리지 않으면 되는 것을 다른 사람들이 살고 있는 고장으로 낚시를 하려와 마구 쓰레기를 버리고 가는 낚시꾼들의 행동은 정말 이해가 되지 않는다.

우리 고장 전남은 물론 전국 어느 곳의 저수지, 농수로, 바닷가 등 낚시꾼들이 왔다간 곳에는 비닐, 플라스틱, 스치로폼, 종잇조각, 음료수 캔이나 병 등 각종 쓰레기들이 너부러져 보기가 흉하다. 언제까지 이대로 내버려 둘 것인가?

낚시꾼들이 아마 낚시터에 와서 물고기 잡는 원시적인 본능의 즐거움에 빠져 원시시대처럼 야만인으로 되돌아 가버린 것만 같다. 이들은 공공질서의식을 망각하고 낚시터에 이곳저곳에 쓰레기를 마구 버리고 간다. 이제 더 이상 이들의 야만행위를 방치해서는 안 될 것이다. 낚시터가 자리한 곳의 관련기관 및 언론기관에서 적극적으로 건전한 낚시문화가 조성될 때까지 캠페인을 벌리거나 주민감시원 및 주민관리원 제도를 두는 적극적인 방안을 강구하여서라도 버릇이 나쁜 낚시꾼들에에 더불어 살아가는 민주적인 낚시터 공공질서의식을 깨우쳐주는 것만이 더 이상의 야만행위를 방지하는 길일 것이다. 우리 모두 깨끗한 자연환경에서 아름다움을 가꾸며 살아갔으면 한다.

신춘문예제도의 역할

우리나라에만 있는 문인으로 공식적인 인정받는 등단제도는 문예지 추천이나 신인상제도, 문학단체에서 모집하는 신인추천제도, 자비출판으로 발간한 작품집, 그리고 각 지방자치단체나 유명문인의 업적과 정신을 기리는 추모사업회에서 현상 공모하여 뽑는 문학상제도, 그리고 연말이면 신문사에서 공모하는 신춘문예 제도가 있다. 이 중에 가장 권위있고 신인의 실력을 인정해주는 신인등단 창구는 신춘문예제도가 으뜸일 것이다. 초창기 문예지 추천제도는 공신력을 인정받게 운영되어 왔다. 이 무렵의 문예지 추천제도는 유명한 문인이 응모하는 신인들의 작품을 지도 첨삭를 해주면서 이제 문인으로서 자격이 충분하다는 확신이 들었을 때 시인을 추천하는 그야말로 도제식 추천 방식이었기 때문에 신춘문예 출신자들보다 문학적인 역량을 발휘하여 권위있는 문예지 추천 문인의 공신력을 인정해왔다. 그러나 최근 들어 문예지들이 우후죽순처럼 생겨나고 문예지들마다 이전 추천제도를 변형하여 시인상 제도로 유명문인의 지도는 받지 않고 그 이름만 빌려와 문예지 발행인이 임의적으로 심사평을 의뢰하여 뽑은 형식으로 변질되어 등단수준이 이르지 못한 작품까지도 무작위적으로 문인으로 내보낸 결과 문예출신의 문인들의 실력은 문예지에 따라 천차만별로 수준차이가 현저하다. 특히 허접한 문예지를 창간하여 발행인의 명리적 가치 수단이나 수익을 창출하는데 급급한 문예지들은 신인등단제도를 영구 고객으로 보고 마구잡이로 문학작품의 수준은 고려하지 않고 부조건 신인상제도로 뽑고 있고, 그나마 심사위원조차 수준에 미치지 못한 문인들이나 발행인 자신이 신인상제도로 신인을 뽑아 문단 등단이라고 부추기고 있다. 엄밀히 따지면 문단 등단이 아니라 해당 출신 문예지에서 작품을 실어주겠다는 고객일뿐 유사 문인이라고 할 수 있다. 이러한 허접한 문예지 추천제도나 신인상 제도를 통해 문인으로 활동하는 문인들이 많아졌다. 이들은 작품을 쓰는 창작 행위보다는 문인단체활동에 더 치중하고 문인 행세로 자신의 명리적 가치를 실현하는데 급급하다. 이들로 인해 문학의 본질적 기능보다는 문학이 취미 활동이나 명리적 가치 실현의 창구가 되었다고 할 수 있다.

그렇지만 신춘문예제도에 의해 배출된 문인들은 그나마 문인으로서의 기본 자격을 유지하며 작품활동을 해오고 있었지만, 일회용 행사로 끝난 신춘문예 출신 문인이 대중에게 알려지려면 유명 문예지의 도움이 없이는 불가능하기 때문에 그들이 지속적으로 활동할 수 있는 여건이 조성되지 못해 많은 수의 신춘문예출신 문인들이 문단미아가 되어 실종되고 있다. 그들 중에는 신춘문예 현상공모의 상금을 노리고 로또복권의 사행심리에서 당선된 문인들은 당선작이 마지막 작품으로 신문사의 일회용 행사로 창작활동을 마감하는 경우도 있을 것이다.

그렇지만 신춘문예제도는 오랫동안 우리 문학발전에 필요한 인재들을 발굴하는 창구의 기능을 해왔다.

오늘날 왕성한 창작욕으로 좋은 작품을 써서 한국문학의 중추적인 역할을 해오고 있는 많은 문인이 신춘문예 제도로 발굴되었거나 각종 현상공모를 통해 당선되어 그 역량을 발휘하여 한국문학의 중추적인 역할을 맡아왔다. 따라서 신춘문예나 현상공모를 통해 공식적으로 인정받은 문인은 그 실력을 누구나가 공인해주고 있다.

그러나 최근에 이르러서는 신문사들이 우후죽순처럼 불어났고, 신춘문예 제도를 운용하는 신문사도 늘어나 해마다 많은 문인이 신춘문예 제도를 통해 공인되고 있지만, 예전과 비교할 수 없을 정도로 현저하게 작품의 질적 수준은 떨어지고, 심지어는 모작, 표절까지 해서 당선되었다고 취소되는 등 오늘의 세태를 그대로 반영하고 있어 안타깝다.

신춘문예 공모 보도가 있는 11월에는 문학에 뜻을 둔 전 국민의 가슴을 설레게 한다. 초등학생에서부터 80, 90세 노인층까지, 우리나라뿐만 아니라 해외 여러 나라에서까지 신춘문예 공모 작품을 응모해오는 등 한 신문사만 해도 수천여 편의 작품이 응모해오니까 매년 전체 수만 편의 작품이 응모해온다. 그러나 장르별로 한 편만이 뽑히는 그야말로 어려운 관문이다. 그래서 문인의 등용문이라고 일컫는다. 등용문이라는 말이 나온 유래는 "황하黃河 상류의 하진河津을 일명 용문이라하는데, 흐름이 매우 빠른 폭포가 있어 고기들이 오를 수가 없다. 강과 바다의 큰 고기들이 용문 아래로 수없이 모여드나 오르지 못한다. 만일 오르면 용이 된다."라는 말에서 유래된 말인데, 수천 편의 작품 중에서 단 한 편, 한 사람만이 당선의 영광을 차지하기 때문이다. 이는 로또복권 확률보다야 더 낮은 확률이지만 등용문은 피와 땀의 결과이지만, 로또 복권은 그야말로 사행심에 의한 행운을 걸머쥔 것이기 때문에 확률을 따지기 전에 비교의 가치조차 없을 것이다. 그러나 최근에 신춘문예 제도가 로또복권의 행운으로 전락해가고 있는 것은 아닐까 하는 우려를 낳고 있다. 그것은 오늘날의 배금주의 가치관에 의해 응모자 수를 늘임으로써 자시 신문의 권위를 높이려는 것인지, 우수한 신인을 신춘문예 제도를 뽑고자 하는 경쟁의식에서 인지 거액 상금을 내걸고 신춘문예 작품을 공모하는 신문사가 늘고 있다. 그러나 고액의 상금을 내걸고 뽑힌 작품이 예전에 비교해 월등히 수준이 높아야 함에도 상금의 액수와는 관련이 없고 모두 그저 그렇다는 데에서 신문문예 제도가 사행심을 조장하는 로또복권을 닮아가고 있지나 않은지 염려가 된다는 말이다.

신춘문예 공모작품을 심사했던 심사위원의 심사평을 보면, 천편일률적으로 예전보다 작품 수준이 높았다거나 이리 이러한 경향이었다고 해마다 같은 말을 되풀이하고 있다. 이와 같은 현상은 장르별 편차가 심하게 나타나고 있는데, 어떤 장르에서는 작품과는 거리가 먼 엉뚱한 심사평이랄지, 모작과 표절작을 구분해내지 못하는 안목 등으로 독자들을 당혹하게 한 적이 종종 있었다.

신춘문예 제도 자체가 일제 강점기에 생겨난 제도로 신문사의 일회용 행사로 그쳐 신춘문예 당선자 중에서 문학 활동을 계속하는 사람보다는 등단작품만 남기고 실종되는 경우가 많은 점은 아무래도 문학 본연의 자세보다는 사행심을 조장할 개연성이 있는 것은 부인할 수 없을 것이다. 그것은 우수한 문예지 출신의 문인들이 꾸준히 작품활동을 하는 추세에 비추어볼 때 주최 측에서 당선자들이 지속해서 작품활동을 할 수 있도록 지면을 제공하는 등 신춘문예 제도의 보완책이 강구되면 아까운 인재들이 재능을 발휘하지도 못하는 일이 줄어들고, 이들의 활동으로 한국문학의 발전에 다소나마 활력소가 될 것이다.

신춘문예 제도로 나온 문학 인재들이 어려운 관문을 통해 신인으로 등장하여 문단에 새바람을 일으킬 수 있도록 문학단체나 문학 관련 문예지 등에서 이들이 지속해서 활동할 기회를 제공해주는 것도 신춘문예 지도의 단점을 보완하는 방법일 것이다.

이 밖에도 신춘문예 제도와 유사한 각 지방의 자치단체나 문인단체, 문학관 등 문학 관련 기관이나 여타의 사회 직능기관에서 운영하는 문학상 제도나 현상 공모제도를 통해 신인들을 배출하고 있는데, 대부분 신춘문예 제도와 똑같이 일회용 행사로 마무리하고 있고, 심지어는 졸속한 작품들을 뽑아 문학작품 공모를 통해 주최 측의 홍보 목적으로 이용하기 위해 특정 소재의 작품으로 한정하여 공모하는 등 문학을 도구화하고 있다. 따라서 문학의 본질인 인격도야나 정서적인 기능. 심미적 기능, 인식적인 기능, 윤리 도덕적 기능 등을 응모자들 자아실현의 욕구보다는 현상금을 취득을 위한 물질적 가치 추구를 동기부여 함에 따라 고귀한 정신적 산물을 물신주의로 가치 전도할 개연성이 있는 만큼 계속해서 작품을 쓸 수 있도록 상금을 주는 것보다는 작품집 한 권 분량의 원고를 모집하던지, 작품집 발간해주는 조건으로 응모자들의 사행 심리를 차단하고 좋은 작품을 지속으로 써서 자신의 역량을 발휘할 수 있도록 배려하는 등 현상 공모제도를 여행 체험권이나 작품집 발행권으로 보완해나가는 방법도 마련하는 것도 좋을 것이다. 그렇게 함으로써 누구나 인정하는 공정한 문학상으로 자리를 굳히게 될 것이고, 주최 측의 홍보 효과를 극대화할 수 있을 것이다. 그뿐만 아니라 현상공모 응모자들의 물신주의에 의한 사행심을 차단하여 자신의 문학적인 역량을 충분히 발휘할 수 있는 계기가 될 것이다.

해마다 연말이 되면 신춘문예 공모에 자신의 작품을 보내놓고 당선 소식을 기다리는 사람들이 신춘문예 열병에 시달리고 있다. 이들에게 사신의 실력은 생각하지도 않고 혹시나 하는 로또복권을 기다리는 사행심을 조장하는 각종 현상 공모제도는 반드시 시정되어야 옳을 것이다. 그리하여 창작표현기능을 익히기 위해 부단히 문학 관련 서적으로 공부하고 우수 작품들을 많이 읽는 등 작품을 보는 안목을 쌓고 꾸준히 습작하려는 건전한 문학풍토를 조성해나가야 한다. 그러려면 우선적으로 신춘문예나 문학상 제도의 공정한 운영과 전면적인 보완책을 마련해야 할 것이다.

제3부

꽃
향
기
를
찾
아
서

동서양의 세계관 비교

1. 동서양의 문화 비교

동양의 문화권은 중국을 중심으로 한국, 일본, 베트남으로 전개되었다면, 서양의 문화권은 영국, 프랑스. 독일, 스페인 등 유럽을 중심으로 형성되고 전개되었다. 동서양의 문화권 밖에는 인도나 이슬람 문화권이라 할 수 있는 2차 대전 후에 언급된 제3세계의 문화권을 들 수 있을 것이다.

이 세계의 문화권으로 분류했을 때 세계의 문화사, 문학사나 문화이론, 문학론은 모두 서양의 중심으로 서양의 시각에 의해 형성되고 전개되었다. 따라서 오늘날 세계문학이라는 말은 바로 서양의 문학이라고 할 수 있다. 우리의 문학은 서양의 문명이 유입되면서 뒤늦게 들어왔고, 한국문학은 중국의 영향권에서 독자적으로 발전해오다가 일제강점기 서양의 문화가 들어오면서 본격화되기 시작했다.

조동일 교수는 그의 저서 『한국문학과 세계문학』에서 문학의 실상을 비교했는데, 세계문학의 동질성을 확인하기 위해서는 거시적인 안목이 중요하다고 보고, 세계문학은 구비문학과 기록문학, 공동문어문학과 민족구어문학, 제국주의문학과 제3세계민족문학으로 나누어져 있다고 할 수 있다고 주장했다. 이 가운데 어디에도 해당되지 않는 문학은 없다고 전제하고, 각국 문학이 대개 몇 가지 복합체로 이우러져 내적 또는 내적 대립되는데, 이의 극복을 위해 대립의 원인·현황·장래를 철저하게 인식이 요구된다고 했다.

　동서양의 문화를 중국과 유럽을 대표적으로 비교한다면, 동양은 흙을 우주의 중심으로 한 철학이 발달한 대륙문화권으로 도교와 유교 사상을 바탕으로 한 닫힌 세계를 지향하고, 우리를 중심으로 관계를 중시한다. 반면에 서양은 물을 중심요소로 한 철학이 발달한 해양문화권으로 기독교와 그리스·로마 등 두개의 기둥을 축으로 열린 세계를 지향하며 '나'를 중요시해왔다.

　인간 주체의 자연환경에 대한 반응은 동양이 陰으로 인간과 자연의 관계를 인간은 자연의 일부로 조화를 이루는 것과 정신과 육체의 관계를 理氣的에 조화에 초점을 맞추고, 인간과 인간의 관계를 관계 중점에서 인간사회의 조화를 추구하였다면, 서양은 陽으로, 인간과 자연의 분리로 투쟁의 관계, 인간내부의 관계도 靈肉의 투쟁관계, 개인에 중점에서 대립, 투쟁 절대자에 의탁하는 관계를 설정하여 발달해왔다.

　사람들이 살아가는 행동의 원리로 동양은 남의 일에 간접하지 않는 소극적인 자세를 취했다면, 서양은 남의 일에 간섭하는 적극적인 행동을 보였다. 그리고 문화적인 특성으로 동양이 인간과 인간의 화합을 중심으로 한 철학을 바탕으로 했다면, 서양은 정신과 육체가 분리된 종교, 즉 형이상학, 그리고 인간과 자연의 투쟁에 의한 과학을 발전시켜 왔다.

사람들이 추구하는 가치를 중심으로 동서양의 철학적인 기반을 형성하고 있는데, 구분할 수 있는 비교 가치는 자연, 신, 사람이다. 서양 철학사에서 고대는 자연이 중심이었다면, 중세는 신, 근대는 사람이 중심이었다. 그러나 오늘날 서양 사람들의 관심은 사람에 있다. 이밖에 중동 사람의 관심은 신에 있고, 동양 사람의 관심은 자연에 있다고 할 수 있다. 따라서 서양인은 모든 미를 사람으로 표현한다. 그들이 믿는 신들도 사람으로 표현함은 물론 자연과 사람까지도 사람으로 표현한다. 그렇지만 동양인은 고대로부터 오늘날까지 모든 미의 가치를 모두 자연으로 표현한다. 신, 자연 사람 모두 자연으로 표현해왔다. 구체적인 예를 들면 서양인은 아름다움을 조각, 그림 등으로 표현할 때 모두 사람으로 표현하고, 동양인의 그림은 자연으로 표현되는 산수화로 표현되어 왔다.

중국과 서양의 미학을 비교한 중국의 장파 교수는 그의 저서 『동양과 서양, 그리고 미학』이라는 저서를 통해 동서양의 미학을 비교했는데, 문화정신, 미학의 총체적인 비교, 문화적 이상, 곤경, 초월 의지, 자유로움 등의 표현을 각각 화해, 비극, 숭고, 부조리와 소요로 비교했다.

그의 주장을 근거로 동서양의 세계관을 비교하면, 중국과 서양의 세계관은 고대로부터 전혀 상반된 세계관으로 오늘에 이르렀다. 따라서 중서의 세계관이 서로 융합될 수 없이 각각 독립적으로 오늘날까지 독자성을 유지해왔다. 서구인들은 이원론적인 세계관으로 실체의 세계가 필연적으로 형식 원칙으로 구체화되는 데 반해, 중국인들은 일원론적인 세계관으로 도와 기의 우주라는 정체 공능으로 구체화된다고 보았다.

따라서 서구의 세계관은 오랫동안 끊임없이 변화의 과정을 거쳐 오면서 다양한 문예사조를 형성해왔고 앞으로도 변화를 거듭할 것이 예측되나, 중국에서는 구체적인 사물의 정체성(기)이 우주 전체(천지의 기)와 분리 될 수 없고, 인체의 기는 지리·기후·시간 등 천지의 기와 밀접하게 연관되어 있다고 주장했다.

개인의 시공간에 따른 정서경험은 사실만이 존재하는 시인의 마음 속에 누적되고, 시인은 이 정서경험을 시로 창작하게 된다. 시는 마음으로 이해할 수 있을 뿐 말로는 표현할 수 없는 도의 경지를 표현하게 되는데 중국은 인격이 완성되어야 좋은 시를 쓸 수 있다고 보았다. 시는 곧 그 사람의 인품을 표현한다고 보았다. 그렇지만 서양은 인격과 시를 동일시 보지 않고 시인과 창작품을 분리해서 보는 경향이 있다. 그래서 시와 시인은 별개로 취급하여 문학작품 자체의 독립적인 가치를 부여해왔다.

우리나라는 오랫동안 중국의 영향권에 있어서 일원론적인 세계관으로 시와 시인을 구별하지 않고 인격이 완성되어야 좋은 시가 나온다고 보는 중국의 세계관, 서양의 문화를 수용하여 서구시 이론이 지배적인 상황에서 이원론적인 세계관에 의해 문학작품과 시인을 따로 보는 서양의 관점이 혼재되어 나타나고 있다.

중국의 세계관은 변함이 없이 고대로부터 오늘에 이르렀고, 서양의 세계관은 이원적인 세계관으로 인해 변증법적인 변화를 거듭하여 수많은 문예사조를 거듭해왔다. 동서양의 세계관이 근본적으로 다름으로 인해 서로 융합할 수 없지만, 미래문학은 서로의 장점을 취하여 융합을 모색해 나가야 온전한 세계문학으로서 자리매김할 수 있을 것이다.

2. 한국시의 현황과 나아가야 할 방향

한국시는 한국인의 정서를 담은 시이다. 오늘날 세계화가 진행되는 시점에서 한국의 경제성장과 문화자본이 확장은 세계의 상위권에 접어들고 있다. 그렇지만 문학, 예술 분야에서 그 진가를 발휘하지 못하고 있는 상황이다.

최근 들어 한류의 확산과 케이 팝이 세계를 석권하는 등 대중가요 부문과 영화예술부분에서 세계인들의 관심을 끌고 있지만 한국문학은 아직도 제자리걸음이다. 이는 한국문학이 세계문학으로 나아가는 데, 출판시장의 내수여선이 조성되지 못하고, 한국문학이 확고한 독자층을 확보하지 못한 원인, 국민들의 시적인 감수성을 교육시키지 못한 교육의 문제로 시를 비롯한 문학작품 향수능력의 결핍 및 독서기피 풍토, 인터넷의 발달로 출판시장의 위축, 향수자가 문인인 자격을 취득하고 문학적인 창작풍토보다는 향유하는 즐거움으로 문학을 대중문화로 격하시키는 허위적인 창작행위로 인한 문학작품의 질적 하락 등 깊은 사유나 투철한 문학정신이 없이 조잡한 작품을 창작하는 세속적인 작가의식이 문제이다.

시적인 감각을 익히려면 좋은 시가 많이 창작되어야 그 작품을 모태로 하여 더욱 좋은 작품이 창작되는 것인데, 모범 텍스트들이 모두 엉터리이고, 시를 잘 써보겠다는 노력을 하지 않으니 시를 보는 안목이 생기지 않게 되는 것이다. 이러한 상태에서 수백편의 시가 창작된다 해도 타인을 감동시키지 못하게 되니 결국 시집을 출판하여도 국내의 내수 시장에서 수지 타산이 맞지 않게 되고 따라서 좋은 시가 나올 수 없는 구조적인 문제를 안고 있는 것이다.

문학단체에서 이러한 문제를 해결하기 위해 노력하여야 하나 문학단체는 향유층 시인들이 대거 진출함으로써 한국문학 발전을 위해 그 어떠한 노력도 하지 않고 자신들의 명리적 가치 추구에만 급급하는데 몰두하니, 앞으로 우리나라에서 세계인들의 감동을 자아낼 수 있는 문학작품이 나오기란 요원하다. 그래서 우리나라 문학작품이 노벨상 수상작으로 거론조차 되지 못하고 있는 안타까운 현실 놓여있다. 한국문학이 세계적인 문학으로 거듭나기 위해서는 문학의 발전과는 아무런 상관이 없는 단체 유지비용에 소모되는 단체위주의 지원은 과감히 줄이고, 보다 능력 있는 작가들이 좋은 작품을 쓸 수 있는 여건을 조성하기 위한 대폭적인 지원 체제로 나가야할 것이다. 구체적인 방안으로 시적인 모범 텍스트가 될 수 있는 모델링 문학작품을 발표하는 우수한 문예지나 출판사에 대폭적으로 지원하는 정책적인 배려와 국어 교과서의 개선, 문학 감수성 신장을 위한 국어교육 정책의 개선이 우선되어야 할 것이다.

아무튼 동양과 서양이나 시인이 자기 세계관을 갖고 시를 펼칠 때 고도의 정신 집중과 사색은 시상을 전개하는데 관건이 되는 것이다. 동서양을 막론하고 시는 자연을 대상으로 하든 사람을 대상으로 하든 우리들의 경험의 이야기들이다. 시적 경험정서가 되는 시적 대상과 시인 자신이 일체화되어 표현된 시가 독자들의 사랑을 받게 되는 것이다. 시를 어떻게 형상화하여 구체적으로 보여주고 진술하느냐에 따라 공감을 얻고 못 얻고 하는 차이가 발생하게 되는 것이다. 그래서 시는 언어의 선택과 배열에 있다고 할 정도 자기 나라의 적절한 언어로 경험 상황의 정서를 생생하게 창조적으로 형상화해냈을 때 만인에게 사랑 받는 명시가 되는 것이다.

3. 마무리

이상에서 동서양의 세계관의 차이를 비교하기 위해 먼저 동서양의 문화를 비교했고, 이어서 한국시의 현황과 나아갈 방향을 제시했다

동서양의 상반된 세계관을 어떻게 조화롭게 융합하고, 민족 전통을 어떻게 살려 가느냐 하는 문제는 한국문학의 미래를 위해 반드시 필요한 철학적인 기반이다. 이러한 일원론적인 동양의 세계관과 이원론적인 서양의 세계관은 서로의 세계관이 다름으로 인해 서로 융합될 수 없다. 그러나 우리나라의 시창작의 입장은 두 세계관이 복합적으로 혼합되어 나타나고 있다고 할 수 있다. 다시 말해서 동양의 시관이 추구하는 이원론적인 세계관으로 인해 다소 관념적이고 주관적인 정서가 표출되고 있고, 모든 시의 소재를 자연을 대상으로 인간을 노래하고 있으며, '우리'라는 연대의식이 뿌리깊게 자리 잡고있다. 따라서 동양의 세계관에 입각하여 인격이 완성되어야 좋은 시를 창작할 수 있다

는 시창작론이 지배하고 있다. 즉 말로 설명이 불가한 도의 세계를 주로 노래는 경향이 나타나게 되는데, 도의 경지에 이르지 못한 범인들이 주관의 감정세계에 벗어나지 못할 때 서양의 시론과 정반대의 입장에 부딪히게 된다.

서양의 시론은 이원론적인 세계관을 근간으로 시와 시인을 따로 분리하여 생각하는 입장이고, 시를 창작할 때 주관적인 정서를 객관화하기 위해 정서로 도피하라는 엘리옷의 몰개성이론을 바탕으로 시 창작이 전개 되어왔다.

중국은 고대 초기에 시의 정의를 언급한 『모시·서』의 "시언지詩言志" 설은 『상서·요전』에 처음 나타나는데, 여기에서 "시는 뜻을 말하고, 노래는 말을 길게 읊는 것이며, 소리는 읊는 것에 의존하며, 율조는 소리를 조화시킨 것이다"라고 정의했고, 본격적인 시론은 한 대에 이르러 춘추 말엽부터 『시경』 시를 중심으로 한 시론이나 시해석이 나오기 시작했다. 따라서 사상과 감정을 표출이 예법의 내에서 허용되었고 주로 음악과 함께 이루어졌는데 반해 서양의 플라톤과 아리스토텔레스는 시를 우주의 모방으로 보았으며, 플라톤은 시의 무용론을. 아리스토텔레스는 시의 효용을 모방의 즐거움으로 보았다. 서양의 시론은 시의 효용성을 인정하는 예술지상주의적 서정시관은 동양의 시관이 그 원류였다. 서양이 보편적인 정서를 표현을 모토로 하는 것은 동양의 경우 도의 경지에 이르렀을 때 보편적인 정서와 개인정서의 경계가 없는 경지에 이르서 서양의 시론과 동일선상에 이르겠지만, 그것은 불가능하다. 그것은 인간 자체가 불완전한 존재이므로 자연과 일체화되는 도의 경지에 이르는 인격완성에 이르렀을 때에 가능하기 때문이다.

서양의 이원론적인 가치관에 의해 물질만능주의 시대가 도래한 오늘날, 인간의 존엄한 가치마저 물질로 환산되고 인간성이 해체되는 오늘날 문학의 문제 해법의 실마리는 동양의 세계관에 있다고 할 수 있다.

　따라서 시인은 인격완성을 위해 남보다 정신적인 가치를 지향하는 사람이라고 볼 때 물질적인 가치관에서 비롯된 오늘날의 비시적인 문학의 풍토의 정화를 위해서는 진정한 시인으로서의 가치관을 정립하는 것이 반드시 필요한 요건이라고 할 수 있다.

　좋은 시를 창작하기 위해서 무엇보다도 시인들의 인격완성이 우선시 되어야 할 것이며, 시와 시인이 일치한 삶을 살았던 시인들의 시를 통해 그분들의 정신과 그 정신을 표현하는 다양한 기법을 익혀 시를 보는 안목을 넓히는 일이 선행되어야 할 것이다. 물질보다 사람을 진정으로 사랑하는 사람이 시인로서의 인격을 완성해나가는 일이지 명리적인 가치를 실현하려고 시를 창작하는 세속적인 가치에 얽매인 시인은 허망한 위선적인 시를 남길 뿐이다. 따라서 그들로 인해 오늘날 한국시는 가치와 위상이 떨어지고 있는 상황인 만큼 시를 사랑하는 진정한 시인이 되려면, 안목을 키우기 위해 노력하는 자세부터 갖추어야 시인된 도리를 다 하는 일 것이다.

나라꽃 무궁화를 심고 가꾸자

　우리나라의 국화는 무궁화다. 각종 행사 때 애국가를 제창한다. 애국가의 후렴에 "무궁화 삼천리 화려강산 대한 사람 대한으로 길이 보전하세"라고 되어있다. 여기에서 무궁화는 대한민국을 상징하는 꽃으로 우리나라의 아름다운 자연환경을 노래하고 있지만, 정말 우리나라를 상징하는 국화인 무궁화가 삼천리강산에 어디를 가나 볼 수 없고 보이더라도 아무렇게나 내팽개쳐 놓고 있다면, 부끄러운 일이 아닐 수 없다.

　애국가의 가사 내용과 일치하게 우리나라 어느 지역을 가더라도 무궁화 꽃을 볼 수 있어야 할 것이다. 국기를 게양하는 꼭대기 국기봉도 무궁화의 꽃봉오리 모양이다. 그리고 경찰직, 소방직, 교정직 공무원과 관세청 출입국 관리 공무원, 철도 공안, 군인의 계급장에도 무궁화 문양을 사용한다. 무궁화 계급장 개수에 따라 직위의 높고 낮음을 표시한다. 그러함에도 이들 기관의 관청 정원에 만약 무궁화 꽃을 볼 수 없다면 국가를 위해 봉사한다는 무궁화 계급장의 상징의 의미를 망각하게 될 것이다.

70년대 무렵 초등학교에 애국심을 고취시키기 위해서 무궁화를 심었다. 주로 학교 통학로나 울타리에 무궁화를 심어놓은 학교가 더러 있었다. 해마다 무궁화 가지치기를 하면서 윗가지를 모두 잘라내어 앙상한 무궁화 가지만 들어나 무궁화 꽃은 드문드문 볼품없게 만들어놓은 곳이 더러 있었다. 그러나 산업화와 함께 도시화가 진행되면서 시골 인구가 일자리를 찾아 도시로 이주함에 따라 많은 학교들이 폐교되었다. 그나마 남아있는 1면 1학교도 전교생이 도시학교의 한 학급 수 인원 정도밖에 안 된다. 따라서 학교가 폐교됨에 따라 무궁화 울타리의 싹둑 잘린 앙상한 가지와 서너 개 피어있는 무궁화 꽃마저도 이제는 볼 수 없게 되었다.

그뿐만 아니라 도시의 공원에서도 화려한 외래종의 꽃나무들로 채워지고 무궁화 꽃을 볼 수 없는 곳도 많다.

세계 나라꽃 몇 가지만 든다면, 일본의 국화는 벚꽃, 중국은 모란, 인도와 베트남은 연꽃, 태국은 난초, 영국, 미국은 장미, 프랑스는 아이리스, 독일은 수레국화, 네덜란드는 튤립, 스페인은 오렌지 꽃, 우크라이나는 해바라기, 석류, 캄보디아는 수련 등이다.

충남 청양에 있는 고운 식물원 원장의 말에 따르면, 대체로 우리나라 꽃은 수수하고 독성이 적어 먹을 수 있는 꽃들이 많이 자라나고 있는 반면에 서양의 꽃들은 독성이 있는 꽃들이 많고 화려하다고 한다. 그래서 관광지마다 눈에 잘 띄는 외래종 꽃을 심고 있고, 지방자치제가 된 이후 관광객들을 유인하기 위해 외래종의 꽃을 심어 축제를 열고 있다. 다시 말해 다른 나라의 상징 꽃 축제를 우리나라에서 우리나라 사람들이 하고 있다.

봄이 되면 유채꽃, 벚꽃, 튤립, 아카시 꽃 등의 축제, 여름철에는 연꽃, 해바라기 축제, 가을이면 국화 축제를 개최하는 지역들이 생겨나 구경꾼들에게 러브 콜을 한다.

이런 꽃 축제를 통해 외래종 꽃을 감상하고 즐기는 것은 좋지만 나라꽃 무궁화 꽃의 아름다움을 비하하거나 경시하게 될까 염려가 된다.

일제 강점기 일본은 우리나라의 국화인 무궁화 꽃을 비하하여 무궁화 꽃에는 진딧물 등의 병충해가 많고, 눈병이 걸리는 "눈엣피꽃"이라 헛소문을 퍼뜨렸고, 자기네 나라의 국화인 벚꽃을 곳곳에 심었다. 일제 강점기 때 벚꽃을 심어 명소로 알려진 곳에는 오늘날에도 벚꽃 구경꾼들이 많이 찾아와 해마다 벚꽃 축제를 열리고 있는 것으로 알고 있다.

일본이 무궁화 꽃에 진딧물과 같은 병충해가 많다고 우리나라 꽃을 비하하려는 의도는 오히려 자신들의 침략행위를 자기 스스로가 고백한 자승자박自繩自縛이 되었다. 무궁화 꽃에 달라붙은 진딧물과 병해충은 바로 그 당시의 일본 군국주의자들 자신들이 아니겠는가?

비록 벚꽃 명소나 외래종 꽃 축제를 즐기는 것은 국민의 정서 순화에 도움이 되는 좋은 일지만, 이러한 꽃 축제가 봄철에 있는 만큼 무궁화 꽃은 7-10월 100일 동안 피기 때문에 벚꽃 명소나 외래종 꽃 축제장에 무궁화를 심어 연중 관광객들이 찾아오도록 히는 일석이조一石二鳥의 빙안을 제안해본다. 그리고 산림청에서 해마다 순회하면서 나라꽃 무궁화 꽃축제를 열고 있는데. 일회용 전시 행사로 그칠 것이 아니라 각 지방의 관공서 정원이나 학교에 무궁화를 심어 100일이라는 긴 동안 꽃을 볼 수 있도록 함으로써 우리 국민이 우리 꽃 무궁화를 사랑할 수 있도록 배려해야 할 것이다. 눈에서 멀어지면 마음도 멀어지게 된다는 말이 있다. 항상 우리 꽃 무궁화를 볼 수 있도록 정원에 무궁화 한그루를 심고 가꾸어보는 것도 좋을 것이다.

민주시민의식의 정착에 대한 기대

 가끔 텔레비전 방송을 통해 국산영화와 외화, 그리고 국내와 드라마를 볼 때 나는 화면에 나오는 여러 장소를 유심히 살펴보는 버릇이 있다. 자세히 살펴보면, 오늘날 버려지는 각종 쓰레기들을 볼 수 있다. 빼어난 자연환경에 비닐이나, 과자봉지, 종이, 플라스틱 컵, 캔, 유리병, 생활 쓰레기 등을 볼 수 있다.

 그런데 영화나 드라마의 성격에 따라 다르지만 현재 상황을 소재로 한 극일 경우 나라마다 쓰레기가 버려진 상황이 모두 다르게 나타난다. 잘 사는 선진국과 우리나라보다 경제적으로 못 산다고 생각한 개발도상국, 등 빈부의 차이는 쓰레기의 종류와 버려진 곳이 각각 달랐다.

 개발도상국은 우리나라에서 버려지는 중고 자동차, 쓰고 버린 의류나 신발 등 각종 대량생산 대량 소비로 이어지는 산업사회의 폐기물들을 수입해 다시 사용하고 버린다. 그런데 우리나라는 너무나도 산업사회의 풍요로 낳은 일회용품 쓰레기들이 산과 들, 길거리에 버려져있는 것을 볼 수 있었다.

영화나 드라마를 촬영하면서 일부러 이런 쓰레기가 없는 장소를 화면에 담으려고 했을 것이다. 그러나 미처 어쩔 수 없는 상황에서 어쩌지도 못하거나 카메라 감독이 인지를 못하고 넘어갔을 것이라고 추측이 되지만 종종 화면에 길거리에 버려진 알루미늄 캔, 소주병, 과자 껍질, 그나마 산과 들에 버려진 비닐, 페트병, 약병 등과 같은 플라스틱 종류의 용기들, 각종 생활 쓰레기들을 볼 수 있었다.

그런데 선진국도 오늘날 소비사회의 패턴이 우리와 별반 다를 바가 없지만, 화면에서 이런 쓰레기가 노출되는 경우는 극의 내용이 쓰레기 장면을 촬영한 경우를 제외하고 일반 영화나 드라마에서 마구 버려진 쓰레기들을 보는 경우가 극히 드물었다.

나는 사람들이 눈여겨보지 않으면 그 존재조차 모르고 넘어가지만 한 가지 관점에서 보면 오늘날 나라마다 대량생산 대량소비라는 현대사회 쓰레기를 아무데나 버리는 민주시민의 질서의식이나 생활습관이 다르다는 점을 화면을 통해 미루어 짐작할 수 있었다.

하물며 영화나 드라마에서도 아무렇게나 버려진 쓰레기가 노출되는데. 텔레비전 뉴스 방송이나 현장 르포 현식의 취재물에서는 각국마다 산과 들, 길거리 등에 쓰레기가 화면에 리얼하게 노출되어 있었다.

우리나라는 최근 소비사회의 일회용 쓰레기들이 산과 들, 길거리에 아무렇게 버려져 있는 것을 볼 수 있다. 시골의 풍속도가 옛날에 비해 너무 바뀌었다. 전국의 어디를 가나 추수가 끝난 들판에는 볏짚을 소먹이로 사용하기 위해 하얀 비닐로 칭칭 감아놓은 일명 공룡 알로 불리는 곤포 사일리지가 놓여있는 것을 볼 수 있다, 그리고 길거리의 밭에는 풀이 돋아나는 것을 막기 위해 흙 위에 덮어놓은 검은 색 농업용 폐비닐이 너저분하게 놓여 있는 것을 볼 수 있다. 그리고 도로변길섶에 차를 타고 가다가 버려놓은 비닐봉지, 과자봉지, 플라스틱 일회용 종이 컵, 과자봉지, 담뱃갑 등이 눈에 띤다.

70년대 우리나라는 새마을운동이 일어났다, 그 무렵 농촌이나 도시 할 것 없이 내 집 앞 쓸기 운동을 벌려 전국방방곡곡 자연환경이 항상 깨끗했다. 그땐 농촌마을은 물론 도시 길거리에서 버려진 쓰레기를 볼 수 없었다. 그런데 잘 살기 운동의 결과로 국민소득이 높이지게 되자 아무렇게나 쓰레기 버리고 있다. 새마을운동 이전의 못살 때의 행동으로 다시 되돌아간 것만 같다. 세살 버릇 못 버리고 가난했을 때의 버릇이 되살아난 쓰레기 유산들을 우리 강산 도처에서 볼 수 있다니, 이 얼마나 부끄러운 일인가? 영화나 드라마의 장면 속에서 숨길 수 없듯이 이러한 볼썽사나운 우리가 버린 쓰레기들이 나오는 장면을 우리는 안방극장에서 보고 즐기고 있는 것이다.

이제라도 우리 모두 각자가 함부로 아무데나 쓰레기를 버리는 버릇 때문에 여러 사람들이 눈살을 찌푸리게 하는 행동을 자제해나갔으면 좋겠다. 실종된 민주시민의식을 되살려 경제적인 풍요에 걸 맞는 품위 있는 민주시민의 행동으로 다시 거듭나기야 할 것이다.

뉴 노멀 시대, 아동문학의 향방

1

포스트모더니즘은 이성 중심주의에 대한 회의감으로 기존질서에 대한 저항적 양상을 띠며 탈중심적 다원적 사고, 탈이성적 사고 중심의 사상을 퍼뜨렸다. 21세기 세계인류를 공포로 몰아넣은 코로나 바이러스는 지구촌의 기존 질서를 흔들어놓았다. 이른바 포스트코로나 시대가 열린 것이다.

그동안 첨단과학문명으로 자연생태의 질서도 무시하며 무한한 물질적 욕망을 실현하면서 오만했던 사람들에게 사람은 어떻게 살아가야 하는가?하는 철학적 사색과 인간의 존재에 대한 깊은 성찰의 질문을 던졌다.

"인간은 사회적 동물이다"는 기본 명제를 바탕으로 사회를 구성하면 살아가던 인류에게 코로나 바이러스는 집단과 집단, 집단과 개인,

개인과 개인 간의 거리가 존재함을 실감하게 했다. 코로나 바이러스에 전염이 되지 않기 위해서는 적당한 사회적 거리를 유지해야 하고, 코로나 바이러스에 걸린 사람은 다른 사람에게 바이러스를 퍼뜨리지 않기 위해 소속 집단은 물론 다른 개인들과의 대면을 하지 않는 등의 사회적 거리를 스스로가 격리되어야 함을 실감했다.

포스트코로나 시대 이후 지구촌의 질서가 개편되고 있다. 지구촌을 자유롭게 왕래하는 인적 물적 교류가 활발했던 세계화가 폐지되기에 이르렀고, 다수의 인구가 밀집되어 살고 있는 도시화의 위험성은 불안감으로 인간의 자유를 제약하기에 이르렀다.

자본주의가 지향하는 물질 제일주의를 추종하여 모든 가치를 물질로 환산하는 인간의 경직된 사고에 제동이 걸린 것이다.

문학과 예술은 인간이 진선미의 가치를 추구하는 방법으로 예로부터 인간다움을 지향하는 정신적인 가치를 추구하는 방편이 되어왔다. 그동안 문학과 예술 분야에 포스트모더니즘의 바람이 불어온 것은 바로 기존의 질서에 대한 저항으로 새로운 질서를 추구하려는 진보적인 혁명이었다. 이와 때를 같이하여 물질지상주의 가치체계로 인간의 근본적인 가치를 도외시하고 살아왔던 인류에게 인간위주의 생태질서에 혁명적인 개편을 촉구하는 뉴 노멀 시대가 도래했다. 인간의 생명, 생존, 삶이 본질이지 인간의 생활을 위한 도구나 수단을 목적으로 살아가는 인간의 정신세계에 대한 경종을 울리는 코로나 시대를 맞이했다. 이는 새로운 질서의 개편을 추구하는 사상적인 움직임인 포스트모더니즘의 운동의 정신과 일치하는 포스트코로나 시대에 직면한 것이다. 과학기술로 모든 것을 제압할 수 있다는 인간의 오만은 코로나 바이러스의 세균에 의해 무참히 짓밟히고 말았다.

2

우리 아동문학계도 일제 강점기 시대에 나라를 빼앗긴 암울한 시대에 서양의 문물이 들어오면서 개화를 맞이하는 상황에서 오직 미래세대에게 희망을 걸고 아동문학을 문화운동으로 전개한 방정환 선생의 『어린이』지의 역할은 아동문학이 문학의 모태문학으로서의 긍지와 민족적인 자존심을 지킬 수 있는 보루를 마련해주었다.

암울한 시대적 상황에서 해방구의 역할을 수행한 방정환 선생의 업적은 문학사적인 입장에서 공과 실이 있었지만, 시대적 요구에 따라 아동문학의 본질적인 측면에서 선도적 발전이라는 명분아래 내실보다는 지체 현상을 초래했지만, 아동문학 하면 방정환을 떠올릴 정도로 오늘날까지 어린이들을 사랑하는 영웅의 인식이 굳혀져 왔다.

문학은 인간의 내면세계를 표현하는 언어예술이다. 따라서 작가 혼자 자기와의 치열한 싸움을 통해 좋은 작품이 탄생하는 것이다. 잡지의 창간은 문학인이 하는 것이 아니라 출판인이 작품을 독자에게 공급하는 사업이다. 그러나 오늘날 출판을 담당하는 문예지를 발간하는 출판인 겸 작가는 문학인들의 우위에서 문학권력을 가지게 된다.

일제 강점기에는 출판을 담당하려면 재력이 없이는 불가능했다. 오늘날 수많은 문예지들이 발간되고 있고, 아동문학계도 아동문학가들의 작품 발표기회를 제공한다는 명분으로 아동문학잡지가 발간되고 있으나 모두들 아동문학가들이 정기구독이나 후원을 받아 발행되고 있다. 그러나 이들 문예지들은 대부분 아동문학 단체의 헤게모니를 쥐고 문학권력을 독점할 우려를 낳고 있다.

오늘날 한국아동문학 단체는 아동문학가들의 친목단체의 역할을 하고 있을 뿐 아동문학의 본질을 외면하고 있는 것은 아닐까? 아동문학은 동심을 표방하고 어린이들의 정서에 도움이 되는 작품을 말한다. 그러나 어린이를 독자로 한다는 특수상황을 마치 문학성이 없는 습작기 수준의 작품이어도 된다는 그릇된 편견을 가질 개연성이 크다. 많은 수의 아동문학가들이 출판사의 상업적 요구에 따라 문학성과는 무관하게 어린이들에게 잘 팔릴 작품을 쓰고 엉뚱하게 우월의식을 갖을 개연성이 크다. 그런 출판 우위의식이 문학단체 운영을 좌지우지할 문학권력을 행사할 우려가 크다. 그뿐만 아니라 아동문학단체의 회원은 출판물을 산출하는 상업성의 희생물이 될 우려가 되고, 회원들 간에 우위서열을 정하는 비정상적인 구조로 운영될 소지가 많은 것이다. 따라서 작품을 잘 쓸 정보교환이나 연수활동 보다는 회의 운영을 위해 감투를 남발하여 감투노름으로 후원금을 충당하고 수많은 회원들은 몇몇 친분이 있는 문인의 띄어주기, 이권 몰아주기 행사의 희생물이 되어 오지나 않았나 걱정이 앞선다.

이제 구태의연한 작태와 문단등단이나 감투경력으로 서열을 매기는 단체 활동은 포스트모더니즘 시대를 역행하는 정치 집단화하는 후진국의 무질서한 행태를 반복해서는 안될 것이다. 이는 어린이들을 위해 문학작품을 잘 써보겠다는 문학의 본질을 도외시한 비민주적인 행태가 아닐 수 없다.

아동문학단체나 아동문학 잡지는 아동문학가들의 칭호를 부여하고 그들의 서열을 가리는 문학권력으로 작동하는 오늘의 현실은 동심을 표방하고 어린이를 위한다는 허울을 벗어던질 때이다.

아동문학단체나 아동문학 잡지가 어린이와는 거리가 먼 아동문학가들의 감투놀음과 여가활동 친목도모, 이권개입의 정치집단화 되는 상황이 전개되어서는 안 될 것이다. 이는 정말로 문학의 본질과는 거리가 먼 작태가 아닐 수 없다. 이제 어린이를 사랑한다는 위선적인 탈을 벗어던질 때이다. 문학은 혼자 하는 작업이다. 좋은 작품을 쓰면 출판사에서 출판의뢰가 오게 되는 것은 당연하고 작품수준이 미흡하면 아무도 출판하겠다는 출판사가 없을 것이다.

문학적 표현기능이 경지에 도달할 때 진실로 자신의 작품을 어린이에게 읽혀도 좋겠다는 확신과 유관단체의 검증이 있다면, 자신이 출판하거나 문예지원금 제도를 이용하여 출판하면 되는 것이다. 그러나 현실은 아무리 작품을 잘 써도 잘 썼다고 공신력을 공정하게 인정해주는 기관이 없다는 것이 문제이다. 문학 단체들의 감투 경력이 지원금을 지원하는 유관기관과의 깊은 인맥 형성에 유리한 역할을 하게 되고, 좋은 작품과는 무관하게 문학외적인 활동에 치중한 문인들이 특혜를 입기 때문에 감투를 쓰려고 안달을 하는 것은 아닐까?

한국, 세계라는 접두사가 들어가는 문학단체의 회원이라는 위장술로 자신의 존재를 타인에게 과시하려는 능력 없는 시인, 작가들이 어린이를 진정으로 사랑한다면, 벌거숭이 임금님 행세를 이제 그만 두어야 할 것이다. 진정으로 아동문학을 하려면 치열한 문학정신으로 꾸준하게 안목을 기르기 위해 연수하여, 성인문학을 능가하는 실력을 갖추었을 때 아동문학 작품을 써야 할 것이다. 능력 없으면서 아동문학활동 경력으로 원로 우대를 받고 문학단체 높은 감투를 쓰려고 온갖 추잡한 짓을 일삼는 문학정치꾼들은 자신이 걸어온 이제까지의 습성에 대해 부끄러움을 알 때이다.

부모가 자식에게 무조건적인 사랑을 실천하듯이 아동문학가, 나아가 양심 있는 진정한 문학인이라면, 어린이 사랑을 실천으로 보여야 어린이들이 문학작품을 못 쓰더라고 그러한 행동에서 깨달음을 얻게 될 것이다. "좋은동시재능기부사업회"는 평생을 어린이와 함께해온 아동문학가 한 개인이 사재를 털어 어린이들에게 읽을거리를 제공하기 위한 사업이다. 좋은동시를 재능기부해준 분들에게 감사의 말씀을 드린다. 앞으로 독지가들의 도움이 있다면 계속 이어갈 계획이다. 어린이들에게 순수한 마음으로 정서에 도움이 될 좋은 동시를 책으로 묶어 초등학교 도서실에 보내 사랑을 실천하려는 취지에서 전국의 아동문학 작품을 모았다. 어린이들은 아동문학가들의 감투에는 관심이 없으므로 모든 소속문학단체는 밝히지 않았고 등단여부도 따지지 않고 좋은 동시는 선정위원회의 심사를 거쳐 모두 수록했다.

3

포스트모더니즘의 뉴 노멀 시대 이제 아동문학은 인간진실을 지향하는 실천만이 어린이들에게 신뢰를 회복하는 길일 것이다. 벌거숭이 경력을 자랑할 것인가? 진정한 어린이 사랑을 실천할 것인가? 하는 것은 좋은 동시를 쓰려고 노력하느냐의 여부에 달려 있을 것이다.

시인은 시로 말해야 한다. 동화작가는 좋은 동화로 말해야 한다. 엉터리 작품을 화려한 장정, 칼라 인쇄로 포장하여 좋은 작품집이라고 내미는 아동문학가들이 있다면, 이들은 자신의 추악한 탐욕만을 앞세우고 동심을 추구한다고 거짓을 진실로 받아들이는 벌거숭이 임금님과 다를 바가 없을 것이다. 이제 벌거숭이 아동문학가들이 이제 코로나 바이러스에 걸리지 않고 마스크도 쓰고 옷을 입을 때이다.

동심을 실천하는 아름다운 사람들

코로나 바이러스가 전설 속에만 존재하는 흡혈귀 드라큐라백작을 출현시켜 놓았다. 마스크를 쓰고 다녀야 하고 어디를 출입하던지 자신의 행적을 남겨야 하는 불편, 사회적 거리 두기의 실천, 만남보다는 전화나 인터넷으로 소식을 주고받는 그야말로 첨단 과학 문명의 시대에 육안으로 볼 수 없는 바이러스에게 꼼짝 못하고 어쩔 줄 몰라 비상이 걸린 지구촌의 오늘, 이제까지 무분별하게 자연을 파괴하고 인간 위주의 생태관으로 행복을 추구해 왔던 인간의 탐욕적 행동에 대해 제동이 걸린 셈이다.

2020년 제1회 좋은동시재능기부 사업에 117인이 참여했다. 참여자의 동시 234편을 엮어 동시집 『별 밥』을 발간하여 226개 전국 지방자치단체 단위 학교 5개교를 선정하여 도서관에 배포했다. 출판 및 발송료 모두를 사비로 충당했다. 이번 제2회 좋은동시 재능기부 사업에 55분이 동참했다. 이번 사업부터 기초지방자치단체와 자매결연 방식으로 진행한다. 따라서 동참하는 분들의 기초지방 자치지역 자매결연 현황과 배송 희망 학교(1인 5개교) 지정 현황과 성금 구좌수를 책 속 내용에 투명하게 밝히고 동시집을 발송한다. 이번의 좋은 동시 재능기부 동시집 제2호『꿈나무 새싹 쑥쑥』은 그야말로 동심을 실천하는 아름다운 사람들의 순수한 마음이 담긴 동시집이다. 동심의 꽃향기는 널리 퍼져 모든 지속가능발전을 위한 미래세대에게 나누어 주는 아름다운 선물이 될 것이다. 좋은동시재능기부 동시집이 해마다 지속적으로 발행되어 미래의 대한민국을 이끌어나갈 어린이들의 정서 함양에 도움이 되고 꿈을 심어주기를 간절히 바랄 뿐이다. 부모가 자식을 위해 자신이 가진 것을 내어주듯 아무런 보상을 바라지 않고, 오직 순수한 마음으로 자신의 재능을 기부하는 문인들이야말로 진정한 문인다운 문인이며, 이런 분들이 숨어서 어린이들에게 동심의 꽃향기를 전할 때 건전한 미래 사회가 활짝 열릴 것이다. 제2회 좋은동시 재능기부 사업에 동참해 주신 분들에게 고마움을 전한다. 그 순수한 꽃향기는 미래 세대들이 영원히 기억해 줄 것이다.

두레정신으로 꽃피운 동심의 향기

2020년 제1회 좋은동시재능기부 사업은 117명, 234편 동시를 모아 『별 밥』으로 묶었고, 2021년 제2회는 55명, 110편의 동시를 모아 『꿈나무 새싹 쑥쑥』을 발간하여 226개 전국 지방자치단체 단위학교 5개교를 선정하여 도서관에 배포했다. 제2회부터 지속가능발전을 위한 미래 꿈나무 가꾸기 1인 1지역 및 5개교 선정 자매결연운동을 전개하여 19분이 동참하여, 이분들의 20구좌(1구좌 10만원)의 성금을 발간비 일부로 충당하여 전국 초등학교 100개교에 자매결연자의 이름으로 동시집을 보내는 등 좋은동시 재능기부 실천 운동을 본격적으로 전개하였다, 이번 제3회 '좋은동시재능기부사업'은 자매결연 사업에 동참자를 우선하여 작품을 수록했고, 어린이들의 정서에 도움이 될 동시만을 기부 받아 48분의 동시, 96편, 24지역, 25구좌, 115개교의 자매결연학교를 선정하여 기증할 동시집을 『두레동시 한 다발』로 엮었다.

본회가 추진하는 '좋은동시재능기부사업'은 추진자 혼자만의 사업이 아니라 뜻을 같이한 분들이 함께 우리나라 어린이들의 정서에 도움을 주고자 하는 미래지향적인 사업이다. 그런데 이 사업을 잘못 이해하여 자신의 작품을 널리 알리고자 하는 명리적 가치에 우선순위를 둔 분들이 많았다. 수준 미달의 동시를 보내놓고 자매 결연 성금을 함께 보내오신 분들도 많았다. 이분들은 문예지 등에 자신의 작품을 내밀고 구독료를 보내는 관습적 행동으로 자신의 작품발표 목적을 달성하기 위한 천박한 짓으로 본 사업을 왜곡시켰다. 그런 분들의 성금은 모두 돌려 드리고 수준 미달의 작품도 게재하지 않았다. 제1회에서는 종종 수준이 미달한 일반 시인들의 원고는 주최측 '좋은동시' 선정 위원회에서 일부 첨삭을 가해 소록 동의를 얻어 수록했다. 이는 어린이를 위한 동시는 성인들의 시보다 더 어렵고 노력하지 않으면 안 된다는 메시지를 전하기 위해서였다.

이번 호에서는 어린이 사랑의 실천은 딴전이고 명리적 가치 실현만을 고집하는 분들의 수준 미달 작품은 게재하지 않는 것을 원칙으로 했고, 앞으로도 높은 감투 경력을 내밀고 어린이들의 정서에 도움이 되지 않는 작품은 엄격하게 선정 위원회의 심의를 거쳐 게재하지 않도록 할 방침이다. 우리 민족의 두레 전통을 동시사랑 운동으로 전개하여 제3회 '좋은동시재능기부사업'으로 발간한 『두레동시 한 다발』이 앞으로 점점 확산되어 두레동시 꽃밭이 되었으면 한다. 그리고 이번 제3호부터서는 기존의 동시들이 진술 위주의 생활동시의 고정된 틀에서 벗어나지 못하고, 매너리즘에서 빠져서 답보 상태인 동시단에 새바람을 일으키고자 특집을 기획했다. 최근에 유행하는 디카시가 어린이들의 직관적 사고력을 키워주는데 의의가 있다고 판단되어 처음으로 시도한 정성수 시인의 디카동시의 의의와 시세계에 대한 평론을 실었다. 이제 우리 동시도 다양한 현대시의 흐름에 알맞게 변화해야 한다. 언제까지 성인의 어린이 노릇을 하며 어린이 독자는 내버려두고 혼자 만족하고 아동문학가 역할 놀이하는 구태의연한 동시가 대세를 이루는 웃지 못 할 상황극을 전개하면서도 부끄러운 줄 모르는 철면피한 문학활동의 관행이 문화 재생산되어서는 안 될 것이다.

우리 주변에는 이러한 현대동시의 발전과는 무관하게 등단경력과 문학단체 감투만을 쫓아가는 벌거숭이 임금님 같은 엉터리 동시인들이 너무도 많다. 이들은 자신의 명리적 가치만을 쫓아 철새들처럼 문학놀이꾼을 자처하고 허명의식의 구린내를 쫓아다니며 부끄러운 명함을 내밀고 있다. 이러한 문학놀이꾼들의 문학 활동이 미래세대에게 문화 재생산되지 않기를 바라는 마음에서 좋은동시 재능기부사업은 점차 양적보다는 질적인 내실을 기해 정말 어린이들의 정서가 바르게 자라도록 새벽마다 사기그릇에 정화수를 떠놓고 기도했던 이 땅의 어머니들의 진정성 있는 정성을 쏟아 튼실한 열매를 맺어나갈 방침이다.

동심의 꽃향기는 널리 퍼져 모든 지속가능발전을 위한 미래 세대에게 나누어 주는 아름다운 선물이 될 것이다. 좋은동시 재능기부동시집이 해마다 지속적으로 발행되어 미래의 대한민국을 이끌어나갈 어린이들의 정서 함양에 도움이 되고 꿈을 심어주기를 간절히 바랄 뿐이다. 이제까지 참여해주신 분들의 두레정신은 미래세대가 기억해줄 것이다. '좋은동시재능기부사업'에 동참해 주신 분들에게 고마움을 진한다. 모기는 피를 빨기 위해 그 대상을 찾아가고, 파리 떼들은 구린내를 찾아가지만, 벌과 나비는 꽃향기를 찾아간다. 진정한 문인은 벌과 나비와 같은 존재다. 모기나 파리는 꽃을 찾아가지 않는다. 꽃을 찾아갈 때는 꽃을 찾아온 벌레가 죽어서 썩을 때 그 냄새를 맡고 찾아오는 경우일 것이다. 따라서 오직 자신만, 명리적 가치만을 추구하고 어린이 정서를 도외시한 기부자들의 작품은 실지 않았다. 이번 재능기부에 참여한 48분들은 바로 미래세대들을 위해 두레정신으로 동심의 꽃을 피우신 분들이다. 동심의 정화수와 같은 이분들이 기부하신 두레동시의 꽃향기는 미래 세대들의 지양분이 될 것이다.

벌거숭이 심마니 정신으로 캐낸 천종산삼

2020년 제1회 좋은동시재능기부 사업은 117명, 234편 동시를 모아 『별 밥』으로 묶었고, 2021년 제2회는 55명, 110편의 동시를 모아『꿈나무 새싹 쑥쑥』을 발간하였으며. 제3회『두레동시 한 다발』을 발간 230개 전국 지방자치단체 단위 학교 5개교를 선정하여 도서관에 배포했다. 제2회 때부터 미래 꿈나무 가꾸기 1인 1지역 및 5개교 선정, 자매결연 운동 동참하는 회원이 점점 늘어나고 있다. 회원들의 이름으로 자매결연 초등학교에 재능기부동시집을 보내드리고 있다. 이번 호에는 동시를 재능기부하신 회원이 아니라 자매결연성금만 보내오신 고마운 분들이 늘어나 이 사업이 확산되고 있다.

이번 제4회 좋은동시 재능기부 사업은 자매결연 사업에 동참자를 우선하여 작품을 수록했고, 어린이들의 정서에 도움이 될 동시만을 기부받아『벌거숭이 심마니』로 묶었다.

그동안 참여해주신 분들께 고마움을 전하며, 어린이 사랑에 쏟는 경제적 부담을 회피하려는 주는 기쁨을 모르는 재능기부자들의 동참을 인내심으로 기다려주었다. 그러나 끝까지 동참하지 않고 어쭙잖은 동시를 재능 기부하면서 마치 자신이 좋은 동시를 잘 쓰는 시인인 것처럼 오만함으로 가득 찬 사람은 어린이 사랑이 없는 껍데기 동시인이라고 판단하여 재능기부사업에서 제외했다.

명약이 되는 산삼을 캐는 심마니는 하늘이 도와야 천종산삼이 눈이 보이게 된다고 한다. 우리는 태어날 때 벌거숭이로 태어나 벌거숭이로 돌아간다. 어린이같이 순수한 마음은 벌거숭이일 때이다. 여러 가지 허울은 자신을 남보다 돋보이기 위한 거짓된 동시는 어린이들에게 해가 될 것이다. 때 묻지 않는 깨끗한 마음. 욕심 없는 천사와 같은 동심이 온 세상을 어머니의 품처럼 안아주는 것처럼 좋은동시재능기부사업은 미래의 우리나라를 이끌어갈 어린이들을 위한 사랑 실천 운동이다.

현재 우리나라 동시인들은 진술 위주의 생활동시의 고정된 틀에서 벗어나지 못하고 있다. 동시단에 새바람을 일으키고자 특집을 기획했다. 어린이들에게 도움이 되는 모범동시라고 생각되는 한 분을 선정하여 그 분의 동시 세계를 소개한다. 이제 우리 동시도 다양한 현대시의 흐름에 알맞게 변화해야 한다. 어른이 자신의 어린 시절 구더기 실은 된장 이야기, 머릿니 이야기가 동심인 줄 착각하는 시대착오적인 벌거숭이 임금님같은 문학놀이꾼의 문화는 이제 청산할 때이다.

우리 주변에는 이러한 현대동시의 발전과는 무관하게 등단경력과 문학단체 감투만을 쫓아가는 된장 항아리 파리같은 사람들이 너무도 많다. 이들은 자신의 명리적 가치만을 쫓아 철새들처럼 문학놀이를 문학하는 것으로 착각하고, 허명의식이나 관계기관의 지원금을 탐내는 등 어린이를 내세우며 꼴뚜기 먹물을 품어내듯이 부끄러운 명함을 내밀고 있다, 이러한 문학놀이꾼들의 문학 활동이 미래세대에게 문화 재생산되지 않기를 바라는 마음에서 좋은동시 재능기부사업은 점차 양적보다는 질적인 내실을 기해 정말 어린이들의 정서가 바르게 자라도록 새벽마다 뒤뜰에 정화수를 떠 놓고 기도했던 이 땅의 어머니들처럼 어린이 사랑을 실천함으로써 우리나라의 미래를 열어갈 어린이들의 앞길을 환하게 밝힐 것이다.

이제까지 참여해주신 분들의 어린이 사랑 실천은 미래세대가 기억해줄 것이다. 좋은동시 재능기부 사업에 동참해 주신 분들에게 고마움을 전한다. 모기는 피를 빨기 위해 그 대상을 찾아가고, 똥파리 떼들은 구린내를 찾아가지만, 벌과 나비는 꽃향기를 찾아간다. 진정한 문인은 벌과 나비와 같은 존재다.

여기 재능기부에 참여한 분들은 바로 미래세대들을 위해 벌거숭이 심마니 정신으로 동심의 꽃을 피우신 분들의 정성이 담긴 질그릇에 떠 놓은 동심의 정화수 한 사발이다. 이분들의 향기는 미래세대들이 영원히 기억해 줄 것이다. 끝으로 음으로 양으로 도움을 주신 분들께 감사 말씀을 올린다.

좋은동시재능기부사업 5주년 맞이

꽃향기 널리 멀리

2020년 제1회 좋은동시재능기부 사업을 출발한 이후 올해로 5회째를 맞이했다. 올해는 이상기후로 뜨거운 여름이었다. 구린내를 찾아가는 파리들과 피를 빨기 위해 동분서주하는 모기들이 극성이었다.

올해 처음으로 텃밭에 금화규 꽃을 심었다. 금화규 꽃은 신사임당의 '초충도'에도 나오는 꽃으로 노란 꽃이 예쁘게 피었다. 식물성 콜라겐이라고 일컫는 금화꽃은 아침에 해가 뜨면 피어나 해가 지면 지는 해바라기성 꽃이었다.

꽃을 심었으나 벌, 나비들을 보기 어려웠다. 사상유례가 없는 기상이변 때문이었다. 인간의 무한한 욕망을 추구한 결과, 자연환경을 파괴한 대가를 톡톡히 치르고 있는 것이다.

문학하는 사람들은 이러한 자연의 이변에 대해 우리가 어떻게 살아가야 하는가하는 철학적인 사색과 지속가능한 발전을 위한 미래 세대의 앞날을 걱정하는 자세를 갖는 것이 인간적인 도리일 것이다. 특히 아동문학을 하는 사람들은 자신의 명리적 가치만을 탐하는 속물성에서 벗어나 동심으로 사랑을 실천하는 자세가 요구되는 것이다. 그럼에도 불구하고 아동문학을 하는 사람들은 날로 늘어나고 있다. 출산율이 낮아 시골 초등학교는 1면 1학교가 되고 그 마저 없어질 지경에 이르렀는데도 아동문학을 하겠다고 나서는 아동문학가들은 많아지고, 이들의 수준낮은 동시, 동화집들이 넘쳐나고 있는 세태를 어떻게 해석해야 할지 난감하다.

제2회 때부터 미래 꿈나무 가꾸기 1인 1지역 및 5개교 선정, 자매결연 운동을 펼쳐나가고 있다. 어린이들의 정서에 도움이 될 좋은 동시를 재능 기부하는 것만도 너무 고마운 일이다. 그러나 문학 경력이나 문학상 경력을 앞세워 오만하게 어린이 정서에 도움이 되지 않는 수준낮은 작품을 보내오는 지킬박사와 하이드 같은 분들이 있어 안타까움을 금치 못했다.

좋은동시재능기부동시집의 뒷부분에 좋은동시재능기부 사항과 자매결연학교 기부에 동참자를 모두 공개하고 있으므로 대한민국 어린이들이 기부자들의 고마움을 기억할 아동문학의 산 증거가 되고, 동참자들의 순수한 마음을 영구히 기록하는 아동문학의 역사 자료가 될 것이다.

장자의 「호접지몽」처럼 장자 꿈에 나비가 되었는데, 장자가 나비가 되었는지. 나비가 장자인지 모르겠다는 물아일체 사상, 꽃을 찾아 가는 나비의 순수한 동심은 자신의 명리적 가치를 먼저 생각하지 않는다. 여기 참여한 재능동시 기부자들은 바로 과거, 현재, 미래 통시적인 관점으로 사랑을 실천하는 분들의 재능기부로 어린이들에게 꽃향기와 꿀을 선물하신 분들이다. 미래세대가 이 분들의 정신을 본받게 되고, 나아가 문화재생산되어 선진 대한민국의 앞날을 밝혀줄 등대불이 될 것을 의심치 않는다.

똥파리 떼들은 생존을 위해 구린내를 찾아가고, 벌과 나비는 꽃을 찾아 열매를 맺도록 가루받이에 도움을 주고 꿀을 선물로 받아 간다. 진정한 문인은 벌과 나비와 같은 존재가 되어야 할 것이다.

여기 재능기부에 참여한 분들은 바로 미래세대들을 위해 꽃향기를 찾아가는 나비와 같은 분들이다. 이분들의 향기는 미래세대들이 영원히 기억해 줄 것이다.

한국문학 중심지 운동의 본질과 의의

1. 프롤로그

　광주전남은 예로부터 훌륭한 문인들이 많이 나온 고장이다. 이황과 사단칠정과 이기 논쟁을 벌려 성리학의 수준을 끌여 올린 기대승 선생을 비롯하여 하서 김인후 선생, 중앙의 선비들의 유배지로 윤선도, 조광조, 정약용 등이 이곳에 머물면서 학문과 시문학을 꽃 피웠던 고장이다. 담양에 소쇄원을 짓고 은거한 양산보, 송강 정철이 송강 정철이 담양의 경치를 노래한 송산별곡, 강호가도의 선구자 면앙정 송순 등이 가사문학을 꽃 피운 고장이다. 그뿐만 아니라 근현대문학의 이행기 시기 박용철이 『시문학』를 창간하여 김영랑 등 시문학파 동인들과 함께 순수시운동을 펼쳐 실질적인 한국의 현대시로의 분수령을 마련했던 고장으로 근현대 한국문학의 메카임은 누구나 수긍하는 고장이다.

　구슬이 서 말이라고 꿰어야 보배가 되듯이 대한민국중심지운동을 버리고 있는 단체가 있으나 이 단체가 중심 역할을 올바르게 하기 위한 방향을 제시하고자 한다. 문학 메카라고 하는 말은 종교적인 이국적 용어라 거부감이 있다는 필자의 생각에 중심지로 바꿨다.

문학은 혼자 하는 작업이나 지역문학의 발전과 홍보를 위한 행사는 애향정신과 사명감이 없이는 불가능한 일일 것이다. 광주전남에서 추진하고 있는 한국문학 중심지 운동의 본질과 의의에 대해 피력해보기로 한다.

2. 한국문학의 본질적 발전을 위한 문학운동

문학은 운동이 아니다. 그러나 문학이 한 시대의 정신적인 가치의 방향을 선도한다는 점에서 계도적 기능으로 운동은 가능하다. 실례를 들면, 일제 강점기 나라를 빼앗긴 암울한 상황에서 민족적인 울분을 삭힐 돌파구의 역할을 문학이 수행해왔다는 사실을 들 수 있다. 그 당시 문학작품이 암울한 현실에서 괴로워하는 많은 사람들에게 꿈과 희망을 주는 촛불의 역할을 수행한다는 사실을 우리는 잘 알고 있다. 어느 시대이건 간에 그 시대의 문제는 갑자기 돌출된 문제라기보다는 인과법칙에 의해 생겨난 것들이다. 발생한 문제는 그 나라, 그 지역만이 갖는 특유한 생활양상으로 나타나기 마련이다.

오늘날 한국문학은 문학의 본질을 벗어나 세계적으로 볼 수 없는 세속적인 문학의 열풍이 불고 있다. 글로 표현하는 정신문화의 양식인 문학작품을 향수하는데 그치지 않고, 많은 사람들이 불필요하게 자신이 직접 작품을 쓰는 시인, 작가가 되겠다고 나서는 문학인구가 늘어나고 있고 이들의 활동이 끊임없는 잡을 일으키고 있다.

문학을 향수하는 인구가 많아짐은 정신문화를 존중하는 인간다움을 지향하겠는 사람이 많다는 반가운 일이다. 따라서 선진 문화시민문화가 자리 잡아갈 수 있는 좋은 기회가 될 수도 있는 순기능도 있겠지만, 문학적인 표현 기능을 익히지도 않고 문학인이 되겠다고 나서는 사람들에게 시인, 작가라는 칭호를 주는 문단등단이라는 허울을 씌우는 일이 빈번해지는 역기능이 문제이다. 이들 부실한 문예지들을 통해 배출한 자격미달의 문인들은 대부분 좋은 문학작품을 쓰기 위해 노력하는 데는 관심이 없고 자신이 문인임을 알리기 위한 요란한 문학 활동에 열중한다. 그럼으로써 문학의 본질까지 대중들에게 왜곡되게 인식을 심어줄 개연성이 커지고 있는 것이다.

문학인은 좋은 작품을 써서 공인받는 것이 무엇보다 중요하다. 좋은 작품은 많은 사람들의 정신적 식량이 되고 기쁨을 주며, 사랑을 받게 되는 것은 당연한 이치이다. 따라서 시인과 작가들은 모름지기 좋은 작품을 쓰기 위해 꾸준히 노력하는 일에 몰두해야 만이 좋은 결과를 얻게 되는 것이다. 그러함에도 불구하고 얼렁뚱땅 습작기 수준의 작품으로 문예잡지 발행자가 문단등단이라는 칭호를 부여하여 등단한 사이비 시인, 작가들은 "나도 문인이다", 그러니까 나를 문인으로 대접해 달라는 시화전, 낭독회, 문학발표회, 문학상 주고받기 등 과시형 행사 등 문학 활동에 치중한다. 이들은 문인들이 열심히 문학 활동을 하는 것이 당연한 일로 여기고, 문학단체에 소속이 되어 끼리끼리 친목을 명분으로 엉뚱한 일로 소일하기도 하며, 이들은 시인, 작가 칭호에 만족하지 않고 회장, 이사, 감사 등 단체 감투 명함으로 자신을 과시하고 있다. 그나마 엉터리 작품으로 문학상을 받겠다고 과욕을 부리는가 하면, 문예지 운영자들은 이들을 상대로 찬조금 형식으로 찬조금을 받고 문학상을 주는 문학상 장사까지 등장할 정도이니 한심하기 짝이 없는 행동을 일삼는다.

참으로 부끄러운 일이 아닐 수 없지만 이들은 부끄러운 줄도 모르고 문학행사로 자신의 명리적 가치를 획득하고 이들을 수단화하여 경제적인 부를 창출하려는 속물적인 행태로 변질되고 있는 현실에서 한국문학의 메카 운동은 훌륭한 선배 문인들의 정신을 이어받아 지역문학의 자긍심과 애향심을 갖는 문인으로 거듭나기 위한 의식 개혁운동이라고 할 수 있다. 중앙 중심의 문화에서 지방자치제에 걸 맞는 훌륭한 선배문인들의 문학 정신을 이어받아 참 문인으로서 올바른 길을 걷자는 일종의 지역문학의 정신적 혁명운동이 대한민국 메카운동이 전개된 본질과 의의라고 할 수 있다.

문학인은 문학작품으로 말해야 한다. 등단이라는 형식적인 절차가 무슨 필요가 있겠는가? 좋은 작품을 잘 쓰는 시인, 작가가 많은 사람에게 인정받고 사랑을 받는 것이지, 문학단체의 높은 감투를 차고 앉아 제왕처럼 군림하며 문단정치나 하는 속물적인 가짜문인의 엉터리 작품을 누가 인정하겠는가? 그냥 쓰레기 인쇄물에 불과할 것이다.

시가 무엇인지도 모르고 유행가 가사 같은 유치한 시를 쓰고, 일기와 수필을 구별하지 못하고 일기 같은 수필을 발표하고 엉터리 작품집을 발간하여 자신의 이름을 알리기 위해 홍보한들 독자들에게 벌거숭이 임금님으로 지탄을 받기 마련이다. 자신이 벌거숭이 임금님이 된 것도 모르고 벌거숭이 임금님 감투로 각종 행사에 부끄러운 줄도 모르고 얼굴을 내미는 철면피나 속물들을 누가 문학인이라고 대접해주겠는가 말이다.

한국문학의 역사적 중심지 운동의 핵심은 바로 중앙 중심의 문학이 아니라 광주전남이 예로부터 한국문학의 역사를 창조해온 고장임을 전국에 널리 알리고, 지역문인들이 올바른 문학정신과 가치관을 가지고 좋은 문학작품을 쓰는데 서로 격려하고 노력하자는 다짐과 동시에 희망과 용기를 북돋아주는 한국문학의 본질적 발전을 위한 문학운동이라고 할 수 있다.

3. 에필로그

광주, 전남은 역사적으로 훌륭한 문인을 많이 배출한 고장이다. 명실공이 자타가 일제강점기 시대부터 항일운동에 앞장 선 고장이요, 광주학생의 시발점 된 고장이며, 민주화에 앞장선 고장이다. 문학의 메카답게 한국전력 본사와 한국문화예술위원회, 대한민국문학의 중심지 문학관이 광주, 전남에 자리 잡아 문학의 밝은 불을 활짝 밝히고 있다.

해마다 광주에서 열리는 한국문학의 중심지 운동은 문학의 본질을 망각하고 개인의 명리적 가치 추구를 일삼는 속물적인 문단모리배들이 부끄러운 문인 허깨비노릇을 청산하고 후손들에게 떳떳한 문인이었음을 각성하자는 문인들의 의식개혁 운동이다.

문학인은 예로부터 우리 조상들의 선비정신을 모토로 한다. 정신문화를 선도하는 문학인으로 거듭나자는 한국문학의 역사적 중심지 운동은 지속가능한 발전을 위한 생명운동일 것이다.

정신적인 가치를 숭상하는 사람이 속물적인 가치로 문학의 본질을 왜곡시키는 일은 더 이상 없어져야 한국문학이 세계 속의 문학으로 자리 잡을 것이다. 한류바람을 일으킨 한국의 대중문화의 세계적인 K-pop 열풍, 최근 BTS가 미국의 빌보드차트 1위를 차지하는 등 우리나라의 대중음악이 세계의 바람을 일으키고 있다. 뒤이어 문학 분야에서는 우리나라 최초로 2024년 광주전남 출신인 소설가 한강이 노벨문학상을 수상해 대한민국의 위상을 높였고, 광주전남이 문학의 역사적 중심지라는 사실을 증명해보였다.

한국문학의 역사적 중심지 운동의 본질과 의의는 한국문학의 본질적 발전을 위한 문학운동이요, 문인들의 정신 혁명운동이다.

이제 한국문학 역사적 중심지 운동은 문인들의 의식을 개혁하는 운동으로 자리 잡아서 문학은 시인이나 작가들의 명리적 가치를 실현하는 도구가 아니라 한 시대의 정신적 가치의 총체적인 산물임을 깨닫는 도화선이 되기를 바랄뿐이다.

문학인의 지조

1. 프롤로그

예술의 영역이 사회발달과 더불어 프랑스의 헤겔 미학에서 다루었던 건축, 조각, 회화, 음악, 문학 등 5개의 기본예술에서 무용, 연극의 공연예술, 그리고 영화. 사진, 만화, 게임 등으로 그 영역이 점차 확대되고 있다. '기술'이라는 의미에서 출발한 예술이 '표현'으로 예술의 기능을 강조한 의미에서 순수한 예술을 지칭하는 의미로 바뀌었다.

우리는 예술은 예술가 개인이 하는 것이라고 생각한다. 본질적으로는 그러하다. 따라서 공연자와 관람자, 예술가와 관람자간의 상호작용도 예술의 한 부분으로 인정하는 서양적 사고로 볼 때 본질적으로 개인이 하는 것이지만 예술은 수단이 아니라 예술 그 자체에 있다는 점에서 혼선이 빚어진다. 문학의 경우 작가와 독자의 상호작용은 서로간의 소통을 원활하기 위한 문학인의 문학활동과 감상자의 참여활동도

예술의 영역에 포함할 수 있지만 서로의 소통을 위한 수단에 불과할뿐 문학의 본질을 벗어났을 때는 문학이 아닌 것이다.

오늘날 우리나라는 예술은 예술 그 자체보다는 수단화되고 있다. 문학인은 문학작품을 창작하는 예술적 행위보다는 문학작품을 통해 물질을 획득하려는 수단으로 변질되었다. 따라서 문학의 향수자, 즉 감상자(독자)로 문학인의 이러한 행동을 보고 향수자의 영역을 뛰어넘어 문학인과 같이 활동함으로써 문학인들의 수자가 늘어나게 된 것이다. 여기에 출판업자들이 끼어들어 자신들의 경제적 이득을 획득하기 위한 수단으로 가짜문인의 자격을 부여하는 문예지 등단제도를 통해 문학향수자들을 문학인들로 만들어 문학을 수단화하고 있는 것이다.

그런 결과, 문학의 고유한 예술은 퇴색되어 버리고 말았다. 문학이 물질을 획득하는 수단이 되거나 명예를 추구하는 도구화로 전락되고 말았다. 따라서 문학정신은 없는 빈 껍데기 문학만 있고, 문학인들의 문학활동만 넘쳐나는 그야말로 시장바닥을 방불캐하는 상황이 벌어지고만 것이다.

따라서 한국문학이 수단화되어버린 오늘의 문단 상황에 대해 진단해보고, 그 해결방안에 대해 탐색해보고자 한다.

2. 문학인의 지조

조지훈 시인은 「지조론」이라는 글을 통해 1950년대 말 정치적으로 혼란한 사회를 통렬하게 다음과 같이 비판했다.

지조는 선비의 것이요, 교양인의 것이다. 장사꾼에게 지조를 바라거나 창녀에게 정조를 바란다는 것은 옛날에도 없었던 일이지만, 선비와 교양인과 지도자에게 지조가 없다면 그가 인격적으로 장사꾼과 창녀와 가릴 바가 무엇이 있겠는가. 식견識見은 기술자와 장사꾼에게도 있을 수 있지 않은가 말이다. 물론 지사志士와 정치가가 완전히 같은 것은 아니다. 독립운동을 할 때의 혁명가와 정치인은 모두 다 지사였고 또 지사라야 했지만, 정당운동의 단계에 들어간 오늘의 정치가들에게 선비의 삼엄한 지조를 요구하는 것은 지나친 일인 줄은 안다.

오늘날 문학인은 지조가 있는가? 문학인으로서의 인격과 교양을 갖춘 문학인들이 얼마나 될까? 문학을 수단화하여 자신의 명리적 가치를 획득하고 돈벌이 수단으로 이용하려는 장사꾼들의 상행위과 같은 문학활동만을 문학이라는 예술 장르를 내걸고 광고하고 있는 것은 아닐까?

문학단체는 정치집단화 되어버렸다. 누가 문학인이고 누가 정치인인지 구별이 모호하다. 모두가 정치집단화되어 자신의 경제적 이권과 명예를 획득하기 위한 수단으로 문학이 변질되었다.

문학은 개인이 하는 예술활동이지만, 문학활동은 개인과 개인이 서로 공동의 이익을 창출하기 위한 수단으로 변질된 세속적 가치 획득을 위한 방편으로 모두들 문학활동만을 치중하고 있는 바람에 누가 문학인이고, 누가 향수자인지, 또는 누가 출판인지 변별하기조차 어렵게 되었다. 문학은 없고 오직 문학인늘만이 존재할 뿐이다. 우수한 문학 작품은 찾아보기가 힘들고 동호인 중심으로 문학활동만 요란할 뿐이다.

즉, 시화전이니 시낭송회니 문학비건립 운동 등 자신의 명리적 가치를 영속화하려는 문학 외적인 요란한 활동만 난무하고 있는 실정다.

따라서 다수의 문학인들이 이러한 본질을 벗어난 문학활동을 문학하는 것으로 잘못 알고 문학활동의 실적만 쌓아놓고 남에게 자신의 왕성한 문학활동 뽐내는 자기 과시형 문인들의 활동이 요란할 뿐이다. 이들의 문학활동은 자신을 널리 홍보하여 또다른 명리적 가치 실현과 이익을 창출하기 위한 경영전략에 해당할뿐 문학활동이 아니라 문학을 빙자한 상거래 활동에 불과할 것이다.

오죽 했으면 문학에 대해 전혀 모르는 문외한이 자신 명의나 연고가 없는 작고문인의 이름을 내세워 문학상을 만들어 문학상 받을 만한 경제력 있는 문인을 물색하고, 그 사람에게 수상을 부추겨서 찬조금을 받아 문학상을 주는 문학상 장사꾼 노릇을 하는 해프닝이 여기저기서 벌어지고 있다. 그런가 하면, 상금있는 문학상은 독차지 하기 위한 계략으로 문학단체의 힘을 빌려 문학상 상금을 돌려가며 나눠먹는 식의 체제를 구축한다. 그것은 주최측이 문학이나 문학인들의 생태에 대해 전혀 모르는 것을 이용하여 소수 문인의 지명도를 이용하여 운영위원들이 횡포를 자행하는 체제를 구축하여 문인으로서는 정말할 수 없는 온갖 악행을 일삼는 일에 앞장서기도 하는 상행위 활동이 난무하고 있는 실정이다. 또한 이들 문학인 중에는 그 계략이 뛰어난 문인이나 출판업자들은 동인지 성격의 문예잡지를 창간하여 동인들이나 문학인들의 호주머니를 털기 위해 경영전략을 짜내거나 관계기관의 지원금을 타낼 궁리를 짜내기도 한다. 우수한 문예지는 눈감고 아웅식으로 몇푼의 원고를 주면서 지원금을 타내는 계략에 집중하고 등외 문예지들은 아예 지원금을 타내지 못한다는 사실을 인지하고 독자적으로 수요자 경영체제로 방향을 전환하여 작품을 실어주는 조건으로 자신이 발행하는 문예지 정기구독비 명목으로 운영비를 챙기는가 하면, 신인 등단 제도를 두어 그들에게 찬조금을 받아들여 출판비로 충당하는 상거래가 일반화되고 있는 상황이다.

그런가 하면 이들 문예지를 통해 신인으로 등단한 사람들을 주축으로 문학단체를 만들어 감투장사와 해마다 발행되는 문학단체의 출판물을 독점하는 출판권을 누리고, 단체 소속의 회원들이 발간하는 책들의 출판권을 독점하기도 한다. 이들은 자신이 문학권력을 영구하게 누릴 독점 체재를 구축하여 문학단체의 출판권은 물론 소속문학인들의 출판권까지 독점하고 중앙 단체의 우두머리를 선출할 때 막대한 영향력을 행사하는 그야말로 무소불위의 문학권력을 휘두르는 독재자로 군림하고 있는 실정이다.

바로 문학을 문단정치활동으로 수단화하여 새로운 문인 집단 왕국을 건설한 문학단체 제왕들이 곳곳에서 독버섯처럼 군림하고 있다. 이들의 갖은 횡포는 문학의 본래적인 가치를 변질시키고 오염시키고 땅에 떨어뜨려 놓는 결과를 가져왔다. 따라서 문학은 본질을 벗어난 상거래 문학활동으로 변질되고 문학인과 문학 향수자의 소통을 목적으로 하는 문학활동이 돈벌이를 위한 몇몇 소수 문인이나 출판업자의 용돈이나 가계부 수입원으로 변질되어 이들에게서는 문학인으로의 교양과 지성은 물론 지조는 찾아볼 수 없는 것이다.

이들은 제왕의 지시에 따라 떼거리 지어 자신들의 기득권을 유지하기 위한 권모술수 악행만을 일삼아 주위 사람들의 비난의 대상이 되고 있고, 따라서 이들에 의해 좌지우지되는 문학단체는 비민주적인 단체운영을 일삼는 문단정치의 온상이요. 비리의 온상이 되고 있는 것이다.

　문학인은 많으나 참으로 독자들에게 감동을 주고 정서적인 감응을 줄 만한 문학작품이 없다. 이들은 문학작품 창작에는 관심이 없다. 오직 경제적인 부의 창출과 허명의식으로 세간의 관심을 끄는 문학활동에 충실할 뿐이다. 이러한 문학인들이 해마다 문화재생산되는 영세적인 출판업자와 문인들의 결탁은 문학단체의 민주적인 운영은 딴전이고 파행적인 운영으로 그들만의 왕국을 건설하게 되는 것이다.

　많은 문예지들이 비정상적인 운영으로 문학단체를 그들의 발판으로 이용하여 회원들이나 자사 출신문인들을 영구고객으로 문학작품을 발표해주고 이익을 챙기는 독립체산제의 문예잡지를 운영하는 사례가 많다. 따라서 이들 문예지들을 통해 발표되는 문학작품은 많으나 국민정서에 도움이 될 만한 문학작품이 없는 한국의 피폐된 문단상황은 미래세대에게 얼굴을 들 수 없는 부끄러운 상황이다. 그래도 이들 문예지들 중에서 건실하게 운영되고 있다고 인정하는 문예지를 관계기관에서 원고로 출판비 명목으로 지원하고 있고, 해마다 책을 발간하겠다고 신청하는 문인들의 몇편의 작품만을 가지고 심사하여 심사위원의 결정에 따라 출판비 전액을 정부의 관계기관에서 지원해주지만 정말로 국민정서에 도움이 되는 문학작품이 그 중에 얼마나 될까 의문스럽다.

　처음부터 이들은 좋은 작품을 창작하겠다는 투철한 작가의식이 없는 문인들이기 때문에 어떻게 해서든 관계기관의 수혜를 받아내어 작품집을 출간하겠다는 탐욕만 있을 뿐이다. 그리고 이들의 작품집을 출판하여 이익을 챙기겠다는 출판업자들의 경영전략에 따라 문학단체가 움직이기 때문에 관계기관의 지원이 엇박자의 쳇바퀴만 돌리고 있는 것은 아닐까? 이런 상황에서 관계기관의 건전하게 운영될 수밖에 없는 문학인집필활동 프라구축이 없이는 한국문학의 질적 수준의 향상은 요원하고 암담한 미래가 예견되는 것이다.

양식있는 출판업자는 소외되고 있다. 문학인들을 다수 거느리고 영구적인 발간체제를 구축한 출판업자에 그늘에 가려져 빛을 볼 수조차 없다. 경쟁을 해볼 엄두도 못낸다. 이런 불합리한 출판구조에서 좋은 책을 만들어 낼 수가 없고 대중들에게 인기를 모을 책하나 발간하여 대박을 터뜨릴 꼼수를 찾는다거나 로또복권의 당첨의 요행을 가다리는 사행적인 행동밖에 없을 것이다. 문학작품의 경쟁체제의 불합리성과 특정 출판사의 비정상적인 독점체제 구조는 자유시장 경쟁의 원리가 작동하지 못하게 원천적으로 봉쇄된 구조다. 그들의 역할이 자기 문예지에서 배출한 문인들이 많고 적음에 따라 시장독점체제의 완벽성이 갖추지게 된다. 이러한 불합리하고 비민주적인 문학분야 출판산업의 인프라는 후진사회의 전형을 그대로 답습하고 있다. 때문에 진정한 문예부흥의 발걸음을 한 발자국도 앞으로 나아갈 수 없는 것이다.

우리나라가 급격하게 경제발전을 이룩하여 경제적인 풍요를 누리게 되었지만 가장 선봉장에 서서 국민의 정신적인 향방을 리드해서 존경을 받아야 할 문학인들과 예술인들이 국민의 정서는 고사하고 시정잡배같은 행동 일삼고 있다면 문제는 심각할 것이다. 정신적인 지도자라고 자처할 수 있는 문학인들이 문학을 정치집단화, 경제적 이익 창출의 창구로 이용하는 등 문학단체나 문예지에 종속되어 수단화되고 도구화되어버린 문인들에게 문인으로서 자주독립권을 기대하기란 어려울 것이다. 따라서 물신화된 문학예술 사회는, 문학의 가치는 물론 문학인의 위상까지 추락하게 되는 암담한 상황이 예견될 수 밖에 없다. 이러한 난맥상의 현실은 천민자본주의로 변질된 물질주의가 극에 달한 한국사회의 자화상을 그대로 보여주는 한 단면일 것이다.

문학이 본래의 위상을 찾아가는 길은 문학인들이 지조를 지키는 일이다. 작품을 쓰지 않는 문학향수형 문인들이 문인으로 가장하여 상행위를 문학활동으로 알고 버젓이 활개를 치도록 만들어내는 것도 모두 우리들의 부끄러운 뒷모습이다. 물질적으로는 풍요를 누리지만 정신적으로 빈곤하고 천박한 행동을 서슴없이 자행하는 문인사회는 바로 우리들의 자화상일 것이다. 허례허식의 문화, 물질적인 가치만을 추구하는 우리 사회의 병든 생활문화를 청산하지 못한 후진사회의 유산일 것이다. 이제라도 후손들에게 부끄럽지 않으려면 문학인 각자가 제자리를 찾아가 서로 탐욕을 접고 훌륭한 선배문인들의 정신을 본받아 문인으로서 인격을 갖추기 노력하는 문학의 본질을 추구하려는 의식개혁이 선행되어야 할 것이다.

3. 에필로그

한국문학은 본질적 가치를 멀리하고 문학이 수단화되어 그 본래 방향을 상실했다. 문학정신 없는 문학향수자들이 대거 문학인으로 유별난 문학의 수단화 활동으로 문학의 본래 가치를 추락하여 자정작용을

상실하고 말았다. 오죽했으면 단체무용론이 등장하겠는가? 문학단체
는 문학인들의 이익을 대변하는 단체가 아니라 몇몇 단체의 기득권 세
력들의 이익을 챙기는 영구독재체제의 기능적 역할을 수행할 뿐이다.
다수의 회원들의 권익을 보호하지 못하는 문학단체는 그 존속의 의미
가 없을 것이다. 그럼에도 많은 문학인들이 그 소속 단체를 떠나지 못
하는 것은 모두 스스로 일어설 수 없는 정상적인 문학인이라고 할 수
없는 문학작품 창작능력이 없는 향수자이거나 명리적 가치 획득이나
경제적 이익을 노리는 비정상적인 문인들이기 때문이다. 이들은 어떠
한 방법으로 기득권 세력에 끼어들어 기회를 노리기 때문에 문학인들
로 부끄러운 행태로 운영되는 비정상적인 문학단체의 울타리를 벗어나
지 못하는 것이다.

자정작용을 잃어버린 문학단체의 일원이 되었다고 해서 누가 그를
문학인으로 인정해주고 존경해주겠는가? 그 소속 단체만 인정하고, 그
소속 출판사만 인정하는 문인에 불과할 뿐이다.

그리고 문학단체의 자주권은 출판권이다. 출판권이 독립되지 못한
단체는 비정상적인 문학단체이고 비리의 온상이 되어버릴 개연성이
우려된다. 문학인들의 투철한 문학정신은 문학인들의 생명이고 자존심
이다. 문학정신이 바로선 문인만이 작품을 통해 그 자신의 인격적 가치
는 물론 존재의 정당성을 인정받게 된다. 문학의 본질적인 가치를 숭상
하고 그것을 지키려는 자주독립의지가 강하기 때문에 그 문인의 개성
을 비난하지 않고 많은 사람의 존중을 받는 것이다. 이와 마찬가지로
문학단체의 출판권은 그 단체가 민주적이고 건전하게 독립적이고 사
주적으로 운영되고 있다는 증표이다. 그러니까 출판권은 문학단체의

자주권에 해당한 셈이다. 그렇치 못하고 문학단체가 자주권을 상실한 채 소수 몇 사람의 술수전략으로 움직이거나 문학단체의 출판권을 특정 출판사에 위임하고 그들이 독점하게 내버려두는 것은 해방후 신탁통치 상황과 같은 이치다. 문학단체가 자주독립권인 출판권을 출판사에 위임하는 것은 신탁통치를 출판사에 위임하여 출판사가 마음대로 문학권력을 휘둘 수 있는 권한을 그들에게 위임한 것이다. 이렇게 되었을 때 문학단체의 회장은 출판사의 꼭두각시 노릇을 하게 되는 주객전도의 불합리한 상황이 벌어질 개연성이 뻔하게 연출될 것은 당연한 귀결일 것이다.

만약 문학단체의 출판권을 독점하거나 문학단체의 기득권의 영구 체제를 구축하고 제왕처럼 군림하는 것을 그대로 내버려두고 그 밑에서 자신의 이익을 챙기려하는 어리석은 이가 있다면, 이는 일제강점기 민족을 배신한 친일앞잡이와 같은 처신으로 변절자의 오명이 평생동안 그를 괴롭히게 될 것이다. 이제 문인들은 문인로서의 위상을 재정립하기 위해서, 또는 문인으로서의 자신의 정당성을 인정받기 위해서라도 문학작품을 창작하는데 최선을 다해 노력하는 마음가짐과 최소한의 양심을 지켜나가야 할 것이다. 그러한 길만이 문인으로서의 마지막 자존심과 지조를 지키는 길일 것이다. 문인은 장사꾼이 아니기 때문이다. 일제 강점기 글로써 당당하게 저항했던 선배문인의 선비정신은 우리 모든 문학인의 모델링일 것이다. 문학인으로서의 지조를 지키는 고귀한 나라사랑의 정신은 우리 한국문학의 전통을 이어나가는 길이고, 세계적인 문학으로 영역을 넓힐 수 있는 길일 것이다. 정신적인 가치를 숭상하는 문인이 문인답지 않게 시정잡배들의 몰지각한 행동만을 일삼는 일은 문학의 본질적 가치를 추락하는 일일 것이다.

문학인이 지조를 지키는 일은 문학인이 무엇을 하는 사람인지를 스스로가 깨닫는 일일 것이다. 문학인은 문학작품을 창작하는 일을 하는 사람이고, 문학 단체는 이들이 서로 만나 좋은 작품을 더 잘 쓸 수 있는 정보를 교환하고 친분을 나누는 문인들의 친교단체이다. 문학인과 문학단체가 문학작품을 잘 쓰려는 목적이라는 문학인의 본질적인 자세를 망각했고, 문학단체는 그 방향을 상실했기 때문에 지조 문제가 빚어진 것이다. 문학인으로 지조를 망각한 문학인들의 질적 수준의 하락은 문학인들의 목적이나 목표 상실로 이어지고 결국 문학 이외의 문제를 가지고 왈부왈부하는 비생산적인 일로 에너지를 소모하게 되어 있는 것이다. 문학인이 문학 본연의 목적을 인식하고 문학단체가 본질적인 목적과 목표로 다시 되돌아가서 모두가 좋은 작품을 창작하는데 심혈을 기울일 때 문학인의 위상이 회복되고, 문학인의 지조는 지켜질 것이다.

나의 문학하는 자세와 방향

컴퓨터가 상용화 되면서 정보화 사회을 표방한 제3차 산업시대에 이어서 오늘날 지능정보기술이 지배하는 지능화 사회을 표방하는 4차 산업혁명의 시대가 도래했다. 그러나 급속한 사회의 발전은 정신적인 가치의 쇠락과 함께 사람이 사람다워지는 인간성을 도외시하고 지극히 물질적 이기주의로 자신만의 행복을 추구하고 있다.

문학인을 비롯한 예술인들은 무엇보다도 이러한 시대 조류에서 인간성을 회복하고 자신의 존재의 정당성과 의의를 찾아가는 사람들이다. 문학과 예술 작업으로 밥벌이가 가능한 사람은 극소수이다. 대부분 우리나라 문학인들은 밥벌이하고는 관련이 없이 여가활동, 취미활동으로 문학작품을 창작하고 예술활동에 종사하고 있다. 그나마 문학인은 진실해야 한다는 기본적인 명제를 망각하고 문학을 통한 자기 존재의 확인이 아니라 현실적인 명리적 가치 실현을 위해 문학을 하는 사람이 많은 실정이다. 따라서 문학의 본질과는 전혀 다른 방향으로 흘러가고 있다. 어떻게 하면 문학작품 활동을 통해 자신을 돋보일 수가 있을까하는 허명의식으로 문학을 하는 사람들이 많아졌다. 문학인은 좋은 작품을 쓰는 것이 생명이며 작품을 쓰는 기쁨으로 살아가는 사람이다. 그러나 오늘의 현실은 작품 쓰는 것은 딴전이고 요란한 문학활동으로 자신을 어떻게 돋보일 것인가 하기 때문에 문학단체의 감투를 차지하거나 문학상을 타서 남에게 과시하려는 문학인 많아 잡음이 많다.

이런 현실은 진실한 문인보다 허위적인 문인이 더 많아져 실망감을 주고, 이들의 현란한 문학활동은 문학인 전체의 가치 하락으로 이어지고 있어 문학활동에 대한 혐오감을 느끼게 하고 나를 슬프게 한다. 그러나 나는 문학활동을 통한 명리적 가치 획득을 위해 살지 않겠다. 비록 오늘의 현실에서 인정받지 않는 문학작품이라도 통시적으로 가슴을 울릴 명작을 창작하기 위해 노력할 것이다. 오늘의 현실을 바로 보고 미력한 힘이나마 한국문학이 본질적인 가치 지향으로 변화를 가져오도록 최선을 다하는 자세로 진실을 말할 것이다. 어려움이 많을지라도 멀리 내다보는 대아적인 자세로 삶의 진실을 문학의 본질을 추구하는 문학작품을 쓸 작정이다.

한국어 속의 일본어

　1910년 한일합방에서 1945년 8월 15일 광복이 되기까지 근 35년간의 나라를 빼앗기고 일본제국주의 지배하에 있었던 우리나라는 우리 생활 속에서 일본어가 우리 말처럼 지금까지 사용하는 말들이 많다. 일본어인지도 의심하지 않고 사용하고 있는 일본어를 우리 말인 줄 알고 무심결에 사용하다가 나중에 일본어인 것을 알고 부끄러워지는 경험을 누구나 했을 것이다. 문제는 우리 말을 아끼고 사랑해야할 시인들이 일본어를 시어로 사용하는 경우도 있어 사전을 찾아보지 않고 시를 쓴 실수가 많은 사람들에게 영향을 미친다는 점에서 그 책임을 통감해야 할 것이다.

　이 밖에도 문인들의 글에서 일제강점기 때 우리말로 굳어져 일반인들이 무심코 쓰는 일본말을 우리말로 알고 쓰고 있다면 참 문제가 아닐 수 없다. 아직도 무심코 쓰는 음식과 관련된 일본말로는 쯔끼다시, 오도리, 정종, 이시가리, 미주구리, 샤부샤부, 오뎅, 덴뿌라, 다찌노미, 로 바다야끼와 와리깡, 스끼야끼, 곤야꾸, 스시, 사시미, 다데기, 다깡, 와사비, 닭도리탕, 요지, 와리바시 등이 있다. 그리고 에리, 나시, 스봉, 가다마이, 나와바리, 가라오케, 십팔번, 기스, 쇼부, 가쿠목, 구르마, 너러시, 노가다, 뻥끼, 단도리, 빠루, 함바, 가오, 빠께스, 쓰메끼리 등등 너무나 많다.

시인이 무심코 시에 일본어를 우리말로 알고 오용한 사례가 종종 있는데, 그 사례하나를 들면, 전남 신안의 임자도 전장포라는 곳에 있는 시비 속 "산마이 그물"이라는 일본말 시어의 오용 사례를 손꼽을 수 있다. 그밖에도 일본말을 우리말로 알고 시어로 오용하여 쓴 시들을 종종 발견되곤 한다.

그런데 이 시가 고등학교 국어교과서에 버젓이 실려 있다는 사실이다.

아리랑 전장포 앞바다에
웬 눈물방울 이리 많은지
각이도 송이도 지나 안마도 가면서
반짝이는 반짝이는 우리나라 눈물 보았네
보았네 보았네 우리나라 사랑 보았네
재원도 부남도 지나 낙월도 흐르면서
한 오천 년 떠밀려 이 바다에 쫓기운
자그맣고 슬픈 우리나라 사랑들 보았네
꼬막껍질 속 누운 초록 하늘
못나고 뒤엉긴 보리밭길 보았네
보았네 보았네 멸치 덤장 산마이 그물 너머

바람만 불어도 징징 울음 나고

손가락만 스쳐도 울음이 배어나올

서러운 우리나라 앉은뱅이 섬들 보았네

아리랑 전장포 앞바다에

웬 설움 이리 많은지

아리랑 아리랑 나리꽃 꺾어 섬그늘에 띄우면서

-곽재구의 「전장포 아리랑」 전문

위의 시에서 '산마이 그물'은 우리말의 일자형 삼중그물을 말한다. "산마이"는 분명히 일본어 3을 의미한다. 그런데 일본어 시어가 들어있는 시가 고등학교 교과서에 실려 있다는 사실부터 놀라운 일이다. 그리고 이 시를 전라남도 신안군 임자도 전장포에 새우상 밑에 시비로 새겨놓는 어이없는 일이 벌어졌다. 전장포는 본래 새우가 많이 잡히는 고장이다. 그런데도 새우상 밑에 새우이야기는 한 마디도 없고 멸치 이야기가 등장하는 등 엉뚱한데도 불구하고 새우조각상 아래에다 「전장포 아리랑」이라는 시를 새겨놓는 웃지 못 할 상황이 벌어진 것이다. 그리고 이 시의 구절에 "서러운 우리나라 앉은뱅이 섬들"이라고 그 지역 섬사람을 비방하고 무시하고 있는데도 분개하지 않는 것이 이상했다. 그래서 관계당국에 다른 시로 교체하는 것이 좋겠다는 의견을 제시했지만 관계 당국은 예산 타령을 들먹이며 묵살했다.

이처럼 우리 말 속에 일본어는 시인들조차 의식하지 못하고 사용하고 있고, 교과서 편찬자까지도 의식하지 못하고 교과서에 실어놓고 아무도 이의를 제기하지 않고 있을뿐더러 EBS 교육방송 수능출제 대비하기 위해 강의를 지속하고 있다는 점에서 놀라움을 금치 못했다.

우리말 속의 일본어를 그대로 인정하고 사용하라는 의미인지 도저히 이해할 수가 없다.

문학작품의 창작과 문학활동

　문학작품을 창작하는 사람을 문인이라고 한다. 문인의 창작활동으로 생산된 문학작품을 낭송한다거나 토론회를 갖는다거나 이를 각색하여 연극무대에 올리거나 영화로 제작한 것을 2차 저작물이라고 한다. 이처럼 다양한 방법으로 감상하고 향유하는 사람을 문학작품의 향유자라고 한다. 문학작품의 향유자는 문인일수도 있지만 독자라고 한다. 그렇지만 우리나라에서는 문학작품의 창작활동을 하는 사람, 즉 문인과 문학작품을 독자에게 알리기 위해 활동하는 사람, 문학작품을 출판하여 독자에게 제공하는 출판인, 문학작품을 향유하는 독자 등이 경계를 두지않고 모두 문인으로 간주하는 후진국가의 문화풍토가 형성되었다.

　이는 후진된 정치적인 논리에 의해 위정자가 장기집권을 위해 사회단체나 문화예술단체를 관변단체로 이용한 체제를 그대로 유지하고 있는 셈이다. 따라서 문학단체는 문인뿐만 아니라 문학과 관련된 활동을 하는 사람까지 경계를 두지 않고 문인단체로 포함하는 정치 관변 단체의 관습에서 벗어나지 못하고 있는 것이다.

문학작품을 창작하는 활동과 문학활동은 엄밀하게 다르다. 다시 말해 문인과 문학작품과 관련된 산업에 종사하는 출판인, 문학작품을 유통 판매하는 서점, 도서관, 문인단체 회원, 독자 등 문학관련된 모든 활동을 순수하게 문학작품을 창작하는 문학활동으로 보는 혼탁한 광의의 개념이 일반화되고 있다.

이런 상황에서 문학작품의 독자가 문인의 영역에 끼어들어 문인단체 활동을 함으로써 문학을 정치적인 생활문화의 수단으로 변질시켜 놓은 이상한 문학풍토가 형성되었다. 이는 우후죽순처럼 동호인 성격의 문예지들이 생겨나 신인상이나 문인추천제를 두어 형편없는 작품을 쓰는 가짜 문인을 문인이라는 칭호를 부여하여 문학을 좋아하는 문학향유자들을 대거 문인단체에 가입시켜 문인단체는 가짜문인들의 취미활동의 생활문화의 진원지가 되고 있다.

자본주의 시장경제원리를 적용한다면, 문인은 문학작품을 창작하는 생산자이고, 소비자는 독자이다. 생산자와 소비자 사이에서 필요한 문학작품을 출판하여 공급해주는 역할을 하는 사람이 출판인이다.

출판인은 문인의 창작한 문학작품을 저작권료를 지불하는 조건으로 책으로 출판하여 서점에 판매하여 이윤을 추구한다. 문학작품을 출판한 책이 많이 팔리는 문인을 베스트 셀러 작가라고 한다. 그런데 우리나라는 문학작품의 출판시장이 시장경제가 원활하게 작동되지 않는다.

정상적인 문인이라는 이러한 시장논리에 의해 원고료나 인세로 생활이 가능해져야 문인들의 창작동기가 활성화되지만 문학작품이 팔리지 않는 상황에서 문인은 자비 출판에 의해 자신의 문학작품을 출판하는 상황이다. 그러니까 시장경제 원리를 전혀 무시하고 손해를 감수하고 문학작품을 출판하는 구조이다. 따라서 우리나라에서 문학작품을 창작하여 생계를 유지하는 전업작가가 생존할 수 없는 구조가 형성되었다. 이러한 구조는 문학작품 소비자들이 원하지 않는 작품을 자신의 명리적 가치를 실현하기 위해 출판하는 문인들이 많아졌기 때문에 이러한 시장경제원리를 무시한 출판풍토가 고착화된 것이다.

문예지들이 고객유치 차원에서 신인상제도로 문학향유자를 소비자 없는 문학작품을 창작하는 문인들을 양산했기 때문이다. 이들은 취미활동으로 문학작품을 창작하여 출판하고 자가 소비함으로써 만족감을 느끼는 유사문인들이다. 따라서 이들은 소비자가 전혀없는 자신의 문학작품을 창작하여 자비로 출판하는 등 취미활동에 만족한다. 한국의 문학단체에 소속되어 있는 대부분의 문인들이 자가 문학작품을 출판하여 자신이 문인임을 알아달라고 홍보하는데 열을 올리는 상황이 펼쳐지고 있는 것이다.

그리하여 출판사는 시장경제원리를 고려하지 않은 체, 자사 문예지로 배출한 유사문인 고객의 취미오락활동을 조장하는 역할을 해왔다. 따라서 이들이 창작한 수준낮은 문학작품을 출판해주면서 이윤을 추구하는 비정상적인 관행이 일반화되었다. 출판사가 문학작품집을 발간하려면 해당 문인에게 저작권료를 지불하는 것이 원칙이다. 그런데 정상적인 출판절차를 무시하고 엉터리 문인을 문예지 신인상으로 유사문인를 배출하여 이들의 문학작품을 원고료를 지불하지 않고 오히려 게재료 받는 격으로 문예지 정기구독료를 받고 작품을 게재하고, 이들의 작품을 자비출판하여 이윤을 추구하는 등 문학향유자들의 취미오락활동을 조장하여 자가소비를 통해 이윤을 추구하는 비정상적인 체제가 형성된 것이다.

정부나 지방자치단체에서 해마다 발간하는 각지방 문학단체의 기관지 발간기금을 지원해주거나 문예지 지원, 문인들의 작품집 발간 지원하고 있는 실정이다. 그러니까 근본적인 정상문인들이 활동할 수 있는 근본적인 인프라구축하기 보다는 가짜문인들의 작품을 지원하고 이들의 명리적 가치를 달성하는데 도움을 주는 구습을 되풀이하고 있는 상황이다.

가짜문인들은 좋은 문학작품을 창작하기 위해 노력하는 일보다는 자신의 엉터리작품집을 문화재단의 지원금으로 발간하는 일, 문인단체에서 문학놀이활동으로 명리적 가치 실현에 몰두하거나 각종 문학상 받기, 출판업무 등 문학 외적인 일을 문인의 활동으로 알고 문화재 생산하고 있는 것이다. 따라서 자신이 문인임을 알아달라고 구걸하는 시낭송, 시화전 등 표현활동의 혈세를 낭비하여 출판으로 인한 종이, 인쇄, 유통 등 관련 산업의 경제활동에 기여하고 있는 것이다.

이는 마치 농부가 좋은 농산물을 생산하는데 심혈을 기울이는 것이 아니라 농사는 내팽개치고 판매가 불가한 농산물을 생산하여 이를 팔겠다고 돌아다니는 꼴로 농부인지 상인인지 분간이 어려운 비생산적인 활동과 유사하다고 할 수 있을 것이다.

이번에 우리나라 최초로 소설가 한강이 노벨문학상을 수상한 계기로 가짜문인들이 스스로가 자신을 되돌아보는 계기가 되었으면 한다.

이와 함께 우리나라의 문학상이 문학작품 창작과는 무관한 문학놀이 실적이나 문학상 주최측이나 심사위원의 이해관계로 문단 정치꾼의 명리적 가치 실현 실적이나 문학놀이 활동실적으로 평가하여 주는 떳떳치 못한 문학상이 아니라 노벨문학상처럼 우수한 문학작품을 창작한 문인에게 주는 공정한 문학상으로 거듭나는 계기가 되었으면 한다.

단체 활동으로 자신의 명리적 가치를 실현하는 속물적인 행동을 일삼는 문인, 문학예술지원금으로 엉터리 작품집을 발간하는 철면피한 속물성 가짜문인, 문학단체 감투를 차지하여 남에게 자신의 위상을 과시하려는 문인정치꾼 같은 문인이 활개를 치는 등 우리나라의 앗사리판 문단풍토에서 한강의 노벨상 수상 소식은 혁신의 봉화불을 붙였다. 선진문학 풍토로 패러다임을 전면적으로 바꾸지 않으면 한류바람으로 지구촌의 대중문화를 퍼뜨리고 한국문학이 세계문학의 선봉자로서의 문화선진국이라는 이미지가 하루아침에 추락할 수 있다는 위기에 직면했다. 따라서 좋은 작품을 쓰기 위해 노력하는 진정한 문인들이 인정받고 그들이 한국문학을 이끌어가는 문인사회로의 혁신적인 패러다임의 전환이 절실해진 것이다.

소설가 한강은 문인단체활동을 연연하지 않고 오직 소설쓰고 생계를 위해 서점을 운영했다. 한강의 노벨상 수상소식을 듣고 온 국민이 축하하는데 반해 일부 내용의 비교육성을 문제삼아 헐뜯고 비방하는 사람은 바로 내가 문인정신이 없는 가짜문인입니다라고 스스로 자백하고 있는 것이다. 안데르센 동화나 많은 세계명작들이 폭력성이 내포되는 등 비교육적인 내용이 포함되어있으나 전체적인 맥락으로 명작이 되었다는 사실을 알고 있는지 모르겠다. 국민적인 자존심과 국가의 위상을 높인 노벨문학상을 매도하는 꼴불견은 속물적인 문화습성을 버리지 못한 시기 질투의 산물이다.

한강의 노벨상 수상은 세계적으로 공인된 문학상이다. 우리나라 문학상은 우수한 문학작품에 주는 상이라기 보다는 문인의 정치적인 활동에 주는 부끄러운 문학상이 대부분이다. 문학상을 받는 것 자체가 문인으로 떳떳하지 못한 문학상이 너무나 많다. 이번 한강의 노벨상 수상은 우리나라 문인들에게 경종을 울리는 계기가 되었다. 문인은 문학 외적인 활동으로 자신을 드러내는 것이 아니라 어떻게 하면 좋은 작품을 쓸 것인가 창작방법을 연구하고 스스로 터득할 때까지 노력하여 좋은 작품을 창작하는 기쁨으로 살아가는 사람, 치열한 작가의식으로 자기와의 싸움으로 문학작품 창작에 심혈을 기울이는 사람임을 깨닫는 계기가 되기를 바랄뿐이다.

동시의 상상력과 적용의 실제

사물, 관념, 생활 동시의 상상력

1. 프롤로그

우리나라 동시는 흔히 상상력이 부족하다고 한다. 그뿐만 아니라 시적 정서, 상상력, 시적 미감이 전혀 공감되지 않는 관념적인 동심이나 피상적인 어린이들의 생활 진술에 집착하는 경향으로 흐르고 있다. 그원인은 시를 보는 안목이 없이 동시는 시보다 쉽게 쓸 수 있겠다고 무작정 뛰어든 사람들이 습작기 수준에도 못 미치는 작품으로 문예지들을 통해 시인 칭호를 임의적으로 부여받고, 활동하기 때문이다.

이번 호 계평에서는 동시의 상상력은 어떻게 표현되고 있는가 하는 관점으로 비평대상을 선정했다.

상상력은 시인이 경험한 것들이 기억 속에 저장되어 숨겨져 있다가 재구성되어 나타나는 능력을 말하는데, 경험이 재구성할 때 경험한 것들과 관련이 있는 다른 이미지가 결합하여 새로운 이미지로 재구성되게 된다. 과거에 경험한 것을 그대로 감각적으로 그대로 재현해냈다면, 이를 재현적 상상력이라 한다. 그리고 이 재현적 상상력에다가 다른 유사한 이미지와 결합하여 새로운 이미지를 만들어낼 때 이를 연상적 상상력, 또는 연합적 상상력, 조작적 상상력이라고 한다. 더 나아가 형태와 의미의 동질성으로 결합한 은유적인 유사연상, 그리고, 이미지들 사이 시공간적 근접성을 축으로 진행되는 인접 연상, 이미지 간의 대립 쌍을 나열한 대조 연상, 그 밖에 연상의 종합작용으로서 대상이 환기하는 다양한 이미지들을 한 편의 시에 총체적으로 결집해놓은 복합연상, 등등을 활성화할 때 연합적 상상력이 전개된다. 그런데 이를 확장하면 여러 이질적인 이미지가 결합하여 다시 새롭게 탄생 되고, 이러한 이미지를 질서 있게 결합하여 실재하지 않는 새로운 이미지를 통합해 창조해내게 되는데, 이것을 지칭하여 창조적 상상력이라고 한다.

현대시의 깊은 맛은 창조적 상상력으로 빚어낸 시들에서 일어나게 되는데, 동시의 경우 어린이들의 사고력을 확장 시키는데, 지대한 역할과 기능을 수행하게 된다. 바슐라르는 그의 저서 『공기와 꿈』에서 지각된 이미지와 창조된 이미지를 명확하게 구분하여 "사람들은 상상력이 이미지를 형성하는 능력이라고 파악한다. 그런데 상상력은 오히려 지각에 의해 제공된 이미지들을 변형하는 능력이다. 그것은 무엇보다도 최초의 이미지들로부터 우릴 해방하고, 이미지들을 변화하는 능력이다."라고 말하고 있다.

시란 이미지를 통해 사물을 인식하는 이미지의 사고 인식체계에 의해 보여주는 것이라 할 수 있다. 어떤 대상을 가장 객관적으로 묘사하는 방법은 구체적이고 감각적으로 형상화하여서 묘사하는 것이며, 그것은 이미지를 통해서 독자의 인식체계와 일치시키게 된다. 그것은 이미지를 통해 사물을 인식할 수 있는 것은 상상력이 있기 때문이다. 따라서 현대시는 이미지로 표현되는 언어로 표현된 그림이라고 할 수 있다. 오늘날 우리나라 동시도 과거의 동요적인 구태의연한 발상에서 벗어나 본격적인 현대 동시로서의 전환되어야 한다는 당위성에도 불구하고 아직도 많은 동시인들이 어린이들의 생활 경험을 진술하는 수준에 머물고 있다. 따라서 어린이들에게 경험을 재구성하여 상상력을 확장시켜 주어야 함에도 시적인 기본기능조차 익히지 못한 채 어린이 생활을 동심으로 인식하고 어린이의 생활을 그대로 재생하거나 말놀이 수준의 동시 아닌 동시들이 대세를 이루고 있다.

그렇다면 동시에서 상상력은 사물, 관념, 생활 동시 등에서 시인의 개성에 따라 다양한 이미지로 형상화되어 전개되는데, 자세하게 부연하면 다음과 같다.

2. 사물 동시와 관념 동시에서의 상상력

1) 사물 동시와 상상력

시창작은 경험한 체험에서 비롯된 이미지를 상상하여 다른 이미지와 결합하여 새로운 세계를 창조하는 일련의 언어 예술이라고 할 수 있다. 언어 예술이란 언어적인 행위로 시적 심미감을 시청각화 하는 행위로서 화자가 의도적으로 말하고자 하는 내용을 시를 통하여 전달하게 되는데, 말하려는 내용은 동심의 세계에 대한 인식과 관심이다.

그런데 세계에 대한 인식이나 관심은 크게 두 개의 차원으로 압축된다. 하나는 물질적인 존재의 차원이요, 다른 하나는 그 존재에 대한 가치를 헤아리는 차원이다.[01]

즉 전자가 물질적인 세계라면, 후자는 관념의 세계를 의미한다. 우리가 의식하고 경험한다는 것은 물질의 세계와 관념의 세계이다. 현상적으로 감각기관을 통해 인식할 수 있는 사물들을 인식하는 물질의 세계와 현상으로 존재하는 사물을 보고 자신의 견해나 생각 등의 추상적이고 공상적인 표상, 마음의 내용, 의식의 내용 등을 의미하는 관념의 세계로 구분된다.

인간은 자신의 경험을 물질이나 관념으로 인식하고 상호간에 의사소통을 하게 된다. 현상학적으로 눈에 보이는 물질적인 세계를 상상하여 표현하는 시를 흔히 사물시라고 한다. 우리가 사물을 보고 어떤 생각이나 느낌을 표현하는 시는 대부분이 사물시라고 할 수 있다. 그러나 사물을 통해서 사물이 주는 의미를 표현하는 추상적인 관념을 시로 표현할 때 관념시라고 한다.

우리는 현상적으로 드러나는 사물의 존재가 진실한가? 이러한 사물이 주는 의미가 진실한가? 하는 진실성의 여부는 사람에 따라 인생관이나 세계관에 의해 달라질 수 있을 것이다. 원시시대 원시인들은 현상학적으로 보이는 큰 바위 자체를 인식하고 두려움을 느꼈을 것이다. 그래서 그 대상을 숭배하고 자신의 소원을 빌면 자신이 바라는 바를 성

---

01   홍문표, 『시창작 원리』, 창조문화사, 2002, p.74.

취할 수 있다는 믿음이 생겨났다. 이를 토템사상이라 한다. 이때 현상적으로 큰 바위의 실체와 그것을 보고 느낀 정서를 표현한다면 사물시의 영역이라고 할 수 있을 것이다. 예를 들어 바위가 두렵다. 신비스럽다라는 누구나 공감할 수 있는 공통된 정서를 표현했을 때 사물시로서의 기능을 발휘할 것이다.

반면에 큰 바위를 숭배하고 신성시하여 자신에게 일어난 모든 사건을 바위와 관련지어 바위를 숭배하고 지극정성으로 돌보며 숭배의 정도에 따라 자신의 행과 불행이 생긴다는 믿음을 종족집단 모두 갖고 있었는데, 이때 자신의 한 일과 바위가 주는 의미가 모두 공감할 수 있는 내용을 시로 표현한다면 관념시라고 할 수 있다. 그러지만 자신의 일이 큰 바위와는 전혀 관련이 없는 다른 일과 관련이 되는 사건이나 생각들을 바위와 관련지어 의미를 부여하여 시로 표현했을 때 이는 공감할 수 없는 주관적인 공상에 불과하게 된다.

어린이는 미분화된 사고를 지니고 있기 때문에 고대 시대의 사람들과 같이 물활론적인 사고를 한다. 따라서 아동문학은 이러한 사유에 의한 발상과 표현으로 작품을 창작하고 있는 것이다.

이미지즘 시인들은 특정한 이념이나 관념을 모두 배격하고 사물의 존재 자체의 있는 그대로 순수하게 재현하고자 한다. 이미지를 중시하는 사물시도 사실은 관념시와 크게 다르지 않다고 할 수 있다.

순수라는 원초적 상태, 그대로의 사물의 모습을 그려낼 수 있다는 생각은 환상에 불과하다. 관념 없는 인식은 처음부터 불가하다는 관념

론자들의 주장도 타당성이 있다고 랜섬[02] 은 보았다. 사물의 관념적 대응물인 이미지에 특별한 지위나 종류가 있어서 특정한 이미지만이 놀랍거나 시적인 것은 아니기 때문이다. 랜섬은 어떤 특정한 속성에 있어서는 비범하지 않은 이미지도 여러 속성들과 결합할 때 새로운 놀랄 만한 이미지를 창출할 수 있다고 생각했다. 즉 어떤 이미지를 보여주느냐? 하는 것보다 이미지를 어떤 체계 속에 어떻게 배열하고 보여 주느냐?가 더 중요하다는 의미이다.

따라서 사물시는 모든 시의 기본적 요소이다. 사물시는 사물의 존재성을 사물의 이미지를 통하여 그 진실을 형상화하여 표현하는 시이다. 물질의 이미지를 드러내기 때문에 물질시, 즉물시라고 한다.

사물시는 사물을 관조하기 때문에 후설의 현상학과 매우 깊게 관련을 맺고 있다. 후설은 대상을 이데아적으로 보는 방식과 선험적으로 보는 방식 전자의 경우에서는 세계 존재(대상)는 자연적으로 보는 방식에 있어서 감성적 직관과 과학적 인식, 보편 정립의 작용. 즉, 의식의 작용을 거치는 '현상학적 판단'에 의해 대상(사물)과 교섭하게 된다. 후자는 대상을 감성적 직관으로 보게 되는데, 보편 정립의 작용을 작용시키지 않는 곧 '에포케'(현상학적 판단중지) 시켰을 때, 세계의 존재는 존재 성격을 탈취당하여 현상학적 잔여로 남는데 이를, '잔여'의 세계가 있다는 것이지요. 현상학에서는 이를 '순수 즉물성', '초월적 대상'이

---

02 미국의 시인·비평가. 그의 저서 〈신비평 The New Criticism〉(1941)은 20세기 중반의 중요한 비평학파의 이름이 되었으며, 처음으로 시를 "사물시", "관념시", 그리고 "형이상학적 시"로 나누어 정의했는데, 그가 말하는 사물시는 어떤 의미에서 이미지즘적인 순수시를 가리킨다.

라고 하고, 이는 헤겔은 '즉자', 하이덱거는 '사물 존재'의 개념과 일맥 상통한 말로 동양적인 관조의 세계와 연결된다. 바로 사물시는 "있는 바 있는 그대로의 존재"를 드러낸다.

2) 관념 동시와 상상력

사물시가 세계를 인식할 때 사물 존재 자체로 현상학적으로 인식하고, 그 존재를 있는 그대로 이미지로 드러내는 시가 사물시라면, 이를 가치나 윤리 등 관념으로 인식하고 사물의 존재보다는 사물이 주는 의미라는 관념적 세계를 표현하는 시가 관념시라고 할 수 있다. 따라서 관념시는 지극히 주관적 사고, 사상, 이념적인 것과 밀접한 관련을 맺고 추상적인 면이 강조된다. 독자들은 시를 통해 시인의 의지나 사고의 형태를 유추하여 짐작하며, 실체가 없는 시인이 제시한 주관적인 관념을 시를 통해 추정하게 된다. 따라서 시인의 의도와는 전혀 다른 의미로 독자들이 받아들일 개연성이 상존한다.

관념시를 쓰는 까닭은 관념을 전달하기 위해서다. 따라서 관념시는 시를 표방한 과학, 윤리도덕, 법률, 사상, 종교 등의 추상적인 영역이다. 그러기 때문에 미국의 시인인 알렌 테이트[03] 는 관념시는 알레고리에 지나지 않으며, 수사학에 지나지 않는다고 했다.

---

03 신비평의 주창자로서 비평과 시를 통해 작가에게는 고수해야 될 전통이 필요함을 강조했다. 그의 시 〈죽은 남부연합 지지자에게 부치는 송시 Ode to the Confederate Dead〉(1926)에서 죽은 사람들은 그가 더 이상 느낄 수 없는 감정들을 상징하는 것으로 제시했으며, 1930~39년에 쓴 시에서는 이러한 해체라는 주제를 더욱 폭넓게 다루어 〈지중해 The Mediterranean〉(1932)같이 아이러니가 깔린 시에서는 해체가 사회에 끼친 영향을 보여주기도 했다.

관념 동시에 대한 비판적인 견해를 가진 시인들은 관념 동시란 사물 동시를 모방할 뿐 참된 시가 못 된다고 비판하고 있다. 참된 시는 사물의 해설이 아니라 사물의 진실을 보여주는 것인데, 관념이 지나친 경우, 지극히 주관적인 윤리적 분개, 정치적 제스추어, 넋두리에 빠질 경우가 허다하다는 것을 지적하고 있다.

그러지만 사물시라고 관념적 요소 완전히 배제된 것은 아니다. 사물시도 언제나 관념적인 요소와 함께 존재하게 마련이다. 따라서 문제는 이 관념적 요소와 특수한 시적 특성 요소가 어떤 관계 하에서 연결되느냐 하는 문제와 매우 관련이 깊다. 시의 참된 특성은 언제나 언어사용의 특수성에서 발견되며, 관념시나 형이상시[04]의 개념이 드러날 수 있는 계기 또한 이 언어사용의 특수성에서 찾아지고 있다.

관념 동시는 자아 중심 지향하며, 사물시가 해석적 진술로 표현된다면, 관념시는 독백적 진술로 내면 의식을 표현한다.

관념 동시는 주관이 개입되는, 관념화된 세계, 곧 "무엇에 대하여 있는 존재"를 드러낸다. 관념 동시의 경우는 사물 인식에서 시인의 주관이 강하게 작용하기 때문에 관념이 우위가 되어 내용은 물론 제목까

---

04 형이상시는 일차적으로 형이상성, 곧 신이나 절대자의 존재 인식과 철학적인 것과 관련이 있는 시다,이런 점에서 형이상시는 철학적·종교적 경향을 지니고 있다. 상상력에 의하려 형이상적인 인식을 구체적으로 표현한 시라고 할 수 있다. 다시 말해 형이상시는 형식을 떠난 무형적인 것을 말하기도 하고 시간과 공간 속에 경험적인 현상으로 존재하는 것이 아니라, 다만 이성적 사유나 독특한 직관에 의해서만이 인식될 수 있는 초자연적, 초월적인 것을 의미한다. 김현승의 「절대신앙」, 「마음의 집」, 김춘수의 「모자를 쓰고」, 김종삼의 「나의 본적」, 빅남수의 「손」, 문덕수의 「꽃과 언어」, 박진환의 「가을 이미지」, 허영자의 「얼음과 불꽃」 등이 이에 해당한다.

지도 관념으로 처리되는 경우 많고, 대부분 관념시는 독백적 진술로 표현되는 특징이 있다. 종래 우리 시는 대부분 관념시가 많았고, 일부 초보 시인들에 의해 시를 형상화할 줄 몰라서 관념시의 영역으로 표현하는 시적 미숙성을 드러내기도 해왔다. 그러나 선시禪詩[05]나 종교시는 대부분 관념시로 표현되는데, 관념시는 철저하게 이미지를 배제하고 추상적 관념만을 담아 심오한 사상을 추상적 관념은 상상력으로 표현한다. 동시에서는 관념 동시를 철저하게 배제하고 있는 것이 일반적인 추세다. 어린이의 사고는 미분화되어 있기 때문에 뜻이 넓은 관념어나 추상어보다 구체적인 생활 경험 장면을 통해 감각적으로 진술하여야 동시다운 맛과 재미성, 효용성 등이 증대될 것이다.

3) 생활 동시와 상상력

우리나라 동시의 경우 대부분이 생활 동시이다. 생활 동시는 사물 동시와 관념 동시를 포괄한다고 할 수 있다. 어린이 생활 속의 사물로 동심을 진술하거나 생활 속에서 화자의 관념을 진술하는 형식으로 표현하고 있다. 그런데 이상하게도 이미지로 형상화하여 시각적으로 보여주지 않고 생활 속의 어린이 정서 경험을 진술하고 관념적인 해석을 내리고 있는 것이 우리나라 동시단의 실태이다. 자칫 관념적인 생각들을 진술하여 교육성을 노출한다. 따라서 어린이 눈높이가 어긋나있거

---

05 불교의 선사상禪思想을 바탕으로 하여 오도적悟道的 세계나 과정, 체험을 읊은 시

나 시적인 미감, 또는 상상력의 깊이를 전혀 감지할 수 없는 직관적인 사물 인식의 동시가 대부분인 실정이다.

어린이의 생활은 오늘날 어린이들의 생활 모습으로 형상화되어야 한다. 그렇지 않으면 성인의 어린 시절 문화를 재생산하는 시대착오적인 구태의연한 생활 동시가 창작되게 된다. 문화적인 격차와 어린이의 생활 모습이 달라져 성인 독자를 위한 동시이지 오늘날 어린이들에게는 공감이 되지 않게 된다. 시대변화에 따라 문화적인 격차 있음을 염두에 두고 옛 소재의 동시일 경우 재현적 상상력을 뛰어넘어 오늘의 동심과의 연합적 상상력으로 확장하거나 동시인의 독창적인 창조적 상상력으로 동심적인 형상화가 이루어져야 전통의 맥락을 이어가는 현대 동시가 될 것이다.

그렇지만 우리나라 동시는 전통을 시의 외형율에 집착하였던 동요적 전통을 전통 의식의 표현방식으로 잘못 이해하고, 동요적인 외형율에 집착하여 의성어, 의태어를 남발하는 등 구태의연한 동시 작시법을 고수하는 시인들은 대부분 현대 동시 작시법의 변화를 받아들이지 않는다. 어린이 독자들을 볼모로 삼아 오직 자신의 명리적 가치 추구하고, 아동문학가 노릇으로 자신을 돋보이려는 지킬박사와 하이드와 같은 속물적 이중성을 은폐하고 있을 뿐이다.

3. 에필로그

어린이 관련 문예 잡지들이 어린이들과 따로국밥의 현실에서 문예지는 동시인들의 명리적 가치와 발표욕구를 만족시키고 동시인으로서의 자기 과시하는 장이 되고 있는 것이 아닌지 의문스럽다. 아동문학이라는 장르가 어린이 독자를 대상으로 하는 독자층의 제한이 따르고 시적인 기능을 완전히 숙지하고 동심으로 표현되어야 좋은 동시로 어린이들에게 도움을 줄 수 있을 것이다. 동시는 어린이들의 정서에 유익하고 상상력을 화장시키고 인간다운 삶을 살아가는 세상의 눈을 뜨게 하는 지혜의 보물창고여야 한다.

따라서 동시인들은 동시 창작활동에 있어서 어린이들의 정서에 도움을 주는 사회적인 책임의식과 사명감을 가지고, 항상 동시에서 상상력을 어떻게 시적 심미감이 넘치고 흥미로운 동시를 창작하기 위해 부단히 연구하는 진지한 작시 태도를 갖어야 할 것이다.

그러함에도 어린이들의 정서와는 무관하게 문예잡지에 엉터리 동시들이 꾸준히 발표되는 것은 그저 동시인들의 문학 놀이 취미활동으로 자기 만족감을 충족시키고, 문학 권력이 없음에도 문예지의 사명감을 저버리고 허세를 부리며 자기를 과시하거나 우열을 가리는 창구로서의 기능을 충실히 수행하고 있기 때문일 것이다. 이는 동시 장르와 문예지들이 본래의 취지를 망각하고 비생산적인 기능을 수행하고 있고, 동시인들은 이들에 종속되어 맹종하는 것은 아닐른지 의문이 제기된다.

왜 동시를 쓰는가? 하는 진지한 물음과 이에 대한 답변을 자신 있게 할 수 없는 까닭은 무엇일까? 벙어리 냉가슴 앓듯이 아동문학 관련 문예지들을 중심으로 동시인들이 모두 발표자가 되고, 독자 겸 구독자가 되어 특정 아동문학단체 회원으로서 소속감에 만족하고 있다면, 동시인들이 자신도 모르는 사이 단체 이데올로기의 희생양으로 길들여져

꼭두각시 춤을 추고 있는지, 또는 몇몇 어른들의 추악한 이권의 희생
양이 되어 감투 노름의 온상 역할을 묵인하고 있는지, 동시인 모두가
냉철한 자기반성이 뒤따라야 할 것이다. 독자가 없는 아동문학 작품을
쓰고, 어린이들이 읽지도 않는 작품집을 발간하고 어린이를 사랑한다
는 명분을 앞세우며 우쭐거리는 상황이라면, 이미 벌거숭이 임금님 노
릇과 같은 어리석은 활동을 하는 것이 분명하기 때문이다.

　동시는 동심의 시이다. 동심은 추악한 이물질을 제거한 증류수와 같
다. 그런데 동심이라고 할 수 없는 똥(?)심으로 동시를 쓰고 문학 활동
하는 등, 허명 의식의 노예 노릇을 부러워하거나 자랑스럽게 여기며, 지
킬박사 근엄한 가면을 쓰고 살고 있는 것은 아닌지 각자가 뒤돌아보아
야 할 것이다.

동시 창작 과정에서 묘사와 진술의 원리

동시 창작 표현의 올바른 적용을 위하여

1. 프롤로그

시창작 과정에서 시적 정서를 효과적으로 표현하기 위해서는 시적 대상이 되는 사물과 소통이 이루어져야 한다. 동시를 쓰는 사람들은 동심의 순수한 감성 눈으로 사물의 새로운 모습을 발견해내야 한다. 그러려면 자신의 경험을 바탕으로 사물의 보이지 않는 내면까지 들여다보는 관찰력이 요구된다. 그렇게 함으로써 시적 대상이 되는 사물의 새로움을 발견하여 융합하고, 재해석하고, 역발상으로 발상을 전환하여 시적 정서를 환기시킬 수 있는 유사 사물과 융합하여 사물의 형태, 정서, 상징, 행동, 언어의 유사점을 찾아 비유하게 된다.

이때 시적 대상을 효과적인 표현을 위해 감각적인 묘사와 경험상황의 진술로 시적인 정서를 이미지로 구체화시켜 명확하게 드러낸다. 따라서 시 창작에서 표현은 묘사와 진술이 창조적일 때 문학성이 우수한 시작품이 되는 것이다. 그러나 우리나라 동시인들은 대부분 이러한 시의 기본원리를 도외시한 채 어린이들의 생활 경험에 자신의 생각을 덧붙여 진술하는 방식의 동화적인 발상으로 시상을 전개함으로써 주관을 객관화시키지 못하고 주관적인 정서의 진술에 머물러 독자의 공감이 없는 동시 창작을 하고있는 실정이다. 묘사가 정서 경험을 이미지로 구체화시켜서 보여주는 것이라면, 진술은 정서 경험을 말하는 것이다. 따라서 말하는 것은 감각적으로 보여주고 느끼게 하는 것보다 공감력이 떨어지고, 시적인 미감을 감소시켜 어린이 독자들을 시에서 멀어지게 하는 요인으로 작용한다.

시를 빚을 때는 시적 대상의 새로운 발상, 유사 이미지를 활용한 연상 작용, 주제를 드러내기 위한 시적인 형상화 작업이 전제되어야 한다. 구체적으로 이미지화를 위해 사물을 감성 눈으로 관찰하여 경험과의 융합하여 일체화하고, 변용하고, 유사 사물과의 비유하며, 감각적 표현과 적합한 상징적인 표현과 시어 찾아 묘사와 진술로 표현하게 되는 일련의 시 창작 과정으로 한 편의 시가 완성되게 된다.

그런데 형상화 과정을 거치지 않고 직관적인 경험을 진술하는 방식의 작시법으로 일관하는 많은 동시인들을 위해 다소 도움이 되었으면 하는 바램으로 시창작 과정에 핵심이라고 할 수 있는 묘사와 진술의 원리에 대해 자세하게 설명을 곁들이고자 한다.

2. 동시 창작 과정에서 묘사와 진술의 원리

묘사란 사물을 있는 그대로 그려 내는 시의 표현 방법으로 시적 대상의 시각적인 현상이나 고유한 성질, 중심적인 인상 등을 감각적이고 구체적으로 그려 내는 것이 목적이다. 시 표현에서 묘사가 시적인 정서를 가장 효과적으로 드러내는 창작 방식이다. 대부분 설명과 묘사를 구분하지 못하고 혼돈하게 되는데 설명은 시의 문학성을 이완시키는 역할을 하지만, 묘사는 시의 문학성을 극대화시키는 기능을 하는 만큼 좋은 동시의 비결은 시적 대상을 어떻게 잘 묘사하느냐에 달려 있다고 해도 과언은 아니다. 현대시가 음악성보다는 회화성을 바탕으로 하고 있다는 점에서 묘사는 현대시의 가장 두드러진 특징이다. 따라서 현대시는 이미지와 묘사가 생명이 될 수밖에 없는 것은 필연적인 현상이며 당연한 귀결이다.

시 표현의 핵심이라고 볼 수 있는 묘사는 시적 대상의 어느 부분, 즉 외형에 초점을 맞추어 묘사하느냐 화자의 내면세계에 초점이 맞추어지느냐 또는 시적 대상의 시간적인 연속성에 초점이 맞추어지느냐 하는 화자의 시적 대상의 표현 관점에 따라 서경적 묘사, 심상적 묘사, 서사적 묘사로 구분이 된다. 이러한 세 가지의 관점과 구조로 시가 형상화되고 묘사가 되기도 하는데 이를 각각 외부의 경치를 중심으로 풍경화를 그리는 듯이 묘사하는 서경적 구조, 화자의 심리적인 내면 정서와 보이지 않는 심리적 공간에 초점을 맞추어 묘사하는 심상적 구조, 그리고 시간의 연속적인 흐름을 이야기로 구성하는 서사적 구성으로 시적인 대상의 관점과 짜임으로 여러 각도에서 형상화되고 표현된다.

또한 시적 대상을 어떤 방법으로 또는 어떤 목적으로 묘사하느냐에 따라 정보전달을 위주로 한 설명적 묘사와 암시적 묘사로 나누어지며,

암시적 묘사는 다시, 시적 대상에 화자의 심리가 어떻게 투영되어 나타내느냐에 따라서 객관적 묘사와 주관적 묘사로 구분하고 있다.

반면에 묘사로 드러낼 수 없는 정서를 구체적으로 드러내기 위한 또 하나의 표현 방법이 진술이다. 진술은 대상의 현상이나 성질, 인식 등을 직접 묘사하지 않고 상대방에게 들려주듯 드러내는 것을 말하는데, 오규원은 『현대시 작법』에서 시적 진술은 '독백적 진술', '권유적 진술', '해석적 진술'로 대별할 수 있으며, 묘사와 달리 정서적 등가물의 유무와 관계없이 느낌 또는 깨달음, 그 자체를 고백적 선언적으로 가청화可聽化하는 것이라고 설명하고 있다.

그의 주장에 따르면, "묘사는 사물이나 현상이 지닌 성질, 인상을 감각적으로 표현하는 언술 형식이다. 시는 사물이나 현상에 대한 느낌을 직접 제시하는, 즉 감정이나 설명을 배제하고 대상의 지배적인 인상을 구체적으로(이미지로) 표현하는 양식이라는 것을 생각할 때 묘사는 시의 가장 기본이 되는 자질이라고 할 수 있다. 따라서 필연적으로 묘사에 대한 인식 부족이 비시적 표현의 근간이 된다."라고 주장하고 있다.

표현력이 미숙한 많은 시인들이 시창작 과정에서 표현하는 일반적인 특징은 묘사보다는 독백적인 진술에 의존하는 경향으로 흐르고 있다. 동시를 쓰는 많은 사람들이 거의 진술에 의존하여 시를 빚고 있는 것은 오랫동안 외형률을 고수하는 동요적 작시 발상이 관습화되어 버린 탓도 있지만, 동시가 성인 시 쓰는 것보다 어렵지 않을 것이라고 여기고, 자신의 어린 시절 경험을 동심으로 재현하는 것으로 명리적 가치의 실현을 도모하려는 허위의식의 타성 때문일 것이다. 따라서 이런 분들은 자기만 알고 남은 전혀 알 수 없는 주관적인 관념 속에서 헤어

나오지 못하고 시어의 의미를 머릿속으로 떠올리고 떠오른 생각들을 이미지로 오인하여 설명하려 든다. 그리고 이러한 관념 자체를 이미지로 착각하여 자신의 어린 시절의 경험과 관련지어 장황하게 동심을 진술하고 있다.

이러한 진술에 의존하여 감정을 그대로 표현하려는 시인들은 대부분은 낭만주의적인 미화된 시관을 기본으로 한다. 시적 대상에 자신의 감정 이입하여 운율에 맞추어 자신의 어린 시절의 정서 경험을 진술하는 것을 동시로 알고 있는 전근대적인 시관을 가지고 있는 사람들이다. 이들은 마음속에 떠오르는 시상을 따라 서경적인 동심의 공간에 안주하여 직접적인 화자의 감정을 주관적으로 드러내는 낭만주의적인 심미감에 자신이 도취 되기도 하고, 시적 대상을 관조하여 가청화하여 진술함으로써 어린이 독자들에게 친절하게 설명하려고 한다. 일반적으로 자신의 감정을 독자에게 고백하는 즉흥시나, 낭송시들은 관념적인 시상을 따라 독백적 진술로 시를 창작하는 것이 특징다.

오늘날 대중과의 소통을 목적으로 대중에게 시를 친근하게 접근하기 위한 수단으로 낭송시가 유행처럼 번지고 있는 현상은 시가 묘사에 의존하여 고도의 정신적인 집중을 요구하는 은유와 상징으로 보이지 않는 세계를 가시화함으로써 독자들과의 관계가 멀어진 현대시의 경향과 밀접한 관련이 있다.

대중적인 접근은 유행가 가사와 같은 진술에 의존하여 시적 대상에 대한 화자의 감정을 가청화함으로써 대중의 일시적인 관심을 촉발하려는 의도로 보인다. 다분히 말초적인 심리적 자극을 줌으로써 대중들의 눈물샘을 자극하거나 가슴 뭉클한 동조 감정을 유발함으로써 대중과의 친절한 접촉을 시도하고 있다. 다소 직접적인 반응과 시적인 관심을 유발할 수는 있겠지만 현대시의 본질을 왜곡시킬 우려가 있다는 점에서 많은 반성의 여지를 남겨놓고 있다.

현대시의 본질을 왜곡시키지 않는 범주에서 묘사와 진술이 융합된 낭송시로 독자들에게 상상력을 촉발시키는 바람직한 방향으로 낭송시의 발전 방향이 설정되어야 할 것이다. 문제는 시적인 재능과 표현능력과 부족한 시인들이 습작을 게을리하고 시의 본질을 왜곡하는 고정관념의 틀에 갇혀 시를 취미활동이나 자기 과시의 표현이라는 명리적 가치를 추구에만 관심을 쏟고, 진술적인 표현의 늪에서 벗어나려고 하지 않는 타성 때문에 낭송시는 답보상태에 있으며, 시와 음악과 무용이 새롭게 결합하여 화려한 낭송시의 유행을 창조해내고 있다.

무당의 푸닥거리 같은 퍼포먼스, 낭송 시인의 화려한 의상과 웅장한 음악, 눈물샘을 자극하는 구성진 음성 등 점점 화려한 대중문화로 진화되어가고 있는데, 현대시의 난해성을 극복하고 시를 대중적인 문화로 확산하기 위해서는 그에 걸맞는 현대시가 묘사와 진술을 결합하고, 디지털 시청각 매체와 결합하는 새로운 시도가 이루어져 환상적인 분위기를 연출함으로써 시를 잃지 않고 대중과 함께하는 전통적인 낭송시의 새로운 창조적인 문화로 거듭나야 할 것이다.

고대의 전통시가가 음악과 함께하는 궁중 가악으로 발전해왔으며, 가사, 시조 등의 음수율에 의존하는 정형시로 전통을 이어왔으나 현대에 와서 노래에서 회화로, 가청화에서 가시화로 전환됨에 따라 시의 전통이 단절되었다는 점과 우리나라의 언어인 한글이 중국의 한사와 달리 표의문자가 아니라 표음문자로서 가청화에 적합한 언어라는 점에서 한국의 전통 시는 현재 유일하게 남아있는 시조의 전통과 아울러 가시화와 가청화가 융합하여 조화를 이루는 독창적인 시로 대중들과 호흡할 수 있도록 발전되어 나가야 하는 과제를 안고 있는 셈이다.

우리나라 동시의 경우 일제강점기에 서구 문예사조를 받아들였고, 국권 상실에서 어린이들에게 독립의 희망을 걸고 동요를 보급 운동을 펼친 결과, 동요가 주축을 이루어 자유시적인 동시다운 동시의 발전이 늦어졌고, 어린이 생활을 바탕으로 한 동화적인 서사성을 중시하는 진술 동시 전통이 오늘날까지 이어져 왔다고 할 수 있다. 좋은 동시는 묘사와 진술이 융합하여 조화를 이룰 때 시적인 완성도가 높아진다. 묘사가 주된 묘사형의 동시도 묘사가 불가능한 체험을 시상으로 전개해 나가려면 진술이 들어가야 하고, 진술을 위주로 하는 동시에도 반드시 서경적이거나 서사적인 요소, 심상적인 요소가 들어가야 완성도가 높은 좋은 시가 된다. 이는 음식을 요리할 때 우수한 재료와 적절한 양념이 섞여 들어가고 그것을 맛있게 요리하는 일류요리사가 명품의 요리를 만들어내는 법과 유사하다고 할 수 있을 것이다. 묘사만으로 구성된 시도 없으며, 진술만으로 구성되는 시도 없는 것이다. 만약 묘사나 진술만으로 짜여진 시가 있다면 음식 재료, 그 자체의 맛일 것이다.

3. 에필로그

"동시 창작 과정에서 묘사와 진술의 원리"로 우리나라 동시의 흐름을 짚어보았다. 시창작 과정에서 시적 미감을 표출해내기 위해 형상화 과정을 거치고 동심의 구체적인 정서 체험을 이미지로 보여주기 위해 묘사적인 표현을 구사하게 되는데. 우리나라 동시의 경우는 어린이들의 생활 현장을 스케치하거나 동심천사주의적인 발상으로 동심을 미화시키는 진술에 의존한 생활 동시가 동시의 주류를 형성하고 있다. 따라서 이에 대한 모델링으로 성인적 기법에 익숙한 시인들이 어린이 독자 눈높이를 고려하지 않는 채 자신의 문학 세계만을 고수한 나머지 어른의 눈높이 동심으로 동시를 창작하여 우수한 동시로 평가받아왔다. 그러한 원인은 동시를 쓰는 분들이 동심에 대한 개념을 왜곡하거나 어린이 독자를 의식하지 않고 피상적인 어린이 생활 진술이나 동심으로 미화한 아동문학 작품을 창작하여 자신의 명리적 가치 실현에만 신경을 쏟고 있기 때문에 일어난 이미 예견된 구조적인 현상이다. 동시의 질적인 발전을 위해 동시를 쓰는 분들에게 다소 도움이 되고자 필자 나름대로 고심하였다.

오늘날 우리가 미래세대에게 할 일은 그들이 지속 가능한 발전을 할 수 있고, 행복한 생활을 할 수 있는 터전과 문화를 물려주는 것일 것이다. 그런데 부정적이고 탐욕스러운 어른들의 치부까지 드러내면서 어린이를 위한다는 명분을 내걸고 요란을 떠는 사람들이나 아동문학 작품 창작하는데, 정열과 노력을 쏟기보다는 아동문학 놀이꾼으로 전락하여 영리적 타산이나 명리적 가치 실현만 급급한 위선적인 지킬박사와 하이드, 또는 벌거숭이 임금님의 동화를 연출하는 아동문학가들은 냉철하게 자신을 뒤돌아야 할 때이다.

촌철살인의 사족을 붙이면, "감투와 놀이는 순간이고 좋은 동시는 영원하다." "하회탈이나 봉산 탈을 쓰고 언제까지 춤만 출 수는 없다."

"탈을 쓰면 광대가 되지만, 탈을 벗으면 관객이 될 수 있다."는 말의 숨은 뜻을 되새길 줄 알아야 할 것이다.

동시의 개념, 그리고 동심과 서정적 자아

1. 들어가며

동시는 어린이가 독자 대상이 되는 시이다. 따라서 동심을 담아야 한다는 제약이 뒤따른다. 그래서 시 쓰기보다는 동시 쓰기가 더 어렵다. 그런데 시를 모르고도 동시는 쉽게 쓸 수 있다는 생각으로 어린이 시 같은 동시를 쓰는 뻔뻔한 아동문학가들이 많은 실정이다. 이들은 주위의 어린이들의 행동을 피상적으로 본 것을 그리거나 어릴 때 경험을 환기하여 어른 아이가 된다. 자신이 어른 아이가 된 마음을 주관적인 동심으로 착각한다.

이들은 아예 시 공부를 하지 않고서도 동시를 쓸 수 있다는 그릇된 생각을 가지고 있으며, 동심은 어린이 마음이니까 자신이 어릴 때 생각을 떠올리거나 자녀들을 키웠던 경험을 환기하여 시를 쓰면 된다고 무턱대고 뛰어든 사람들이다. 자신을 돋보이려는 아동문학가, 또는 동시인 페르소나로 자신의 명리적 가치를 실현을 우위에 두고 어린이들의 정서에 미치는 사회적인 영향에 대해서는 무감각하다.

따라서 이들은 자아와 세계의 동일성을 구현하는 시의 근원적 모습을 아동문학가 페르소나로 위장하고 동일시함으로써 심리적인 보상을 받으려고 한다. 때문에 어린이들의 정서공감과는 유리된 유치한 말장난을 동시로 착각하고 자기 만족할 수밖에 없는 것이다. 따라서 내적 세계와 외적 세계를 연결하는 서정시의 특성을 살려 미적 체험을 동심적인 체험과 상상력으로 동심을 구현해나가야 어린이들은 물론 누구나가 공감하는 동시가 창출될 것이다. 자아와 세계가 동심 속에서 만나 동일성을 추구하는, 다시 말해서, 주체와 객체의 공시적인 동일성을 찾아 어린이들의 미적체험을 형상화하는 시창작의 본래적인 기능을 되찾아갈 수 있도록 안내하고 방향을 제시하고자 한다. 따라서 기존의 감상적 비평과는 달리 동심과 서정적 자아의 구현과 시창작 방법의 기능 신장에 초점을 두는 계평을 쓸 작정이다. 아무튼 계평을 통해 우리 모두가 자성하는 계기가 되고, 좋은 동시를 쓰기 위해 최선을 다하는 자세와 자아와 세계의 동일성을 추구하는 시창작 본래적인 기능을 회복하고, 동심과 서정적 자아를 찾아가는 계기가 되었으면 한다.

2. 동시의 개념, 그리고 동심과 서정적 자아

동시의 개념은 동시 창작에 가장 중요하다. 동시는 시 쓰기에다가 동심을 담아야한다는 제약이 있는 만큼 어린이의 심리를 이해하고, 그들의 정서 체험과 상상력에 밀접한 구체적인 표현의 시여야 한다. 따라서 소재나 시어 등의 제약이 따른다.

이원수는 "그것은 성인시에서 느끼기 어려운 동심-즉 어린이들의 마음이 스며 있다는 것이다. 동시는 이런 어린이들의 마음이 깃들어 있기에 특히 동시인 것이다."[01]라고 동시와 시의 차이점을 분명히 규명했으며, "동시는 동심의 시"라고 말한다. 그리고 그 '동심'은 "천진무구한 것, 죄 없는 것, 소박 순진한 것, 세파에 더러워지지 않은 마음"이라 한다. 이런 마음으로 "아동의 심정을 노래하고, 혹은 아동의 심정으로 세계를 보고 노래"한다면, 그 시는 틀림없이 "아동을 위한 시"가 될 수밖에 없다고 한다. 다시 말해, 동시는 '동심의 시'고, '아동을 위한 시'인 것이다."[02], 그리고, "동시란 무엇인가에 대해서 대충 간추려 본다면, (1) 아동의 감정과 생각이 나타나 있는 시, (2) 아동이 느낄 수 있는 시, (3) 동심으로 씌어진 시, 이런 것들을 동시라고 할 수 있지 않을까 한다. 정의를 내리고 있다."[03] 라고 정의를 내렸다. 또한, "동심이란 이름의 호신부護身符를 가슴에 달고 문학적 미숙을 호도하며 행세"[04] 하는 아동문학가 페르소나 문제를 경계해야 한다고 지적한 바 있다.

또한 동시는 동심을 담아야 한다는 전제를 두고 동심에 대한 정의를 "동심은 유치한 어린이의 심리상태를 의미하는 것이 아니라 분열과

---

01 이원수, 『동시동화 작법』, 웅진출판주식회사, 1989, p.126.
02 이원수, 「동시론─약론略論」, 『아동문학 입문』, 웅진출판주식회사, 1989, p.320.
03 이원수, 『동시동화 작법』, 웅진출판주식회사, 1989, p.113.
04 이원수, 앞의 책, p.362.

갈등의 세계를 화해와 조화를 통해서 사물과 의식 세계와 자아의 통합을 시도함으로써 전인격적인 실체를 이루는 인간 본연의 심성[05]이라며, 자아와 세계의 동일성을 실현하는 시의 본래적인 모습으로서의 서정적인 자아로서의 동심을 담은 시여야 한다고 정의했다.

우리가 동시를 쓰는 창작행위도 어찌 보면 동심, 즉 서정적 자아라는 본연지성을 찾아가는 것이며, 동심을 통해 미셸 푸코(Michel Foucault, 1926~1984)가 주장하는 구체적으로 존재하는 장소, 실제로 자리매김한 장소로서 존재하는 유토피아(utopia)라 할 수 있는 헤테로토피아를 찾아가는 것이라고 할 수 있다.

현실적인 공간이 심리적이고 정신적인 공간이라면 이에 상응하는 공간으로서 현실 사회 안에 존재하면서 유토피아적인 기능을 수행하는 장소로서 헤테로토피아를 창작행위를 통해 실현한다. 따라서 시인이 시상을 전개하면서 동심과 서정적 자아를 발현하여 자아와 세계의 동일화를 지향하는 것이다. 즉, 시인은 사회 안에 존재하면서 유토피아적인 기능을 수행하는 공간이라 할 수 있는, 실제 현실화된 유토피아와 같은 공간으로서 장소의 바깥에 있는 장소들과의 동일화를 지향하는 것이다. 헤테로토피아는 보통 서로 양립 불가능한 양립 불가능할 수밖에 없는 여러 공간을 실제의 한 장소에 겹쳐놓는다. 다시 말해서 시창작 행위는 내면의 세계와 외부 세계와의 화해를 모색하기 위한 공시적인 동일성[06], 즉 본연지성을 찾아가는 행위라고 할 수 있다.

---

05 황정현, 「동심과 자연의 역설적 진리」, 『한국아동문학연구』 한국아동문학학회, 2001. p.139.

06 김준오, 『시론』, 문장사, 1982, p.18.

서정적 자아는 주관과 객관, 이성과 감정의 구분이 일어나지 않은 상태의 것이라고 보아야 문제가 해결된다. 또한 서정적 자아는 세계와 접촉해서 세계를 자아화하고 있는 작용을 지칭한 것이 아니고 세계와의 접촉 없이도 존재하는 자아라고 보아야만, 주관과 객관, 이성과 감정의 구분이 일어나지 않은 상태가 인정될 수 있다.[07]

인간은 자연과 동심을 그리워하는 존재라고 할 수 있다. 언젠가 자연으로 돌아가는 점에서 자연은 인간의 본래적 고향이며 동심은 인간의 심리적 고향이기 때문이다. 인간의 의식과 육체가 분리될 수 없는 것처럼 자연과 인간 자연과 동심은 인접해 있다. 인간이 자연과 분리되어 있다면 그것은 오로지 의미 차원에서뿐이지 존재 차원에서 볼 때에는 인간도 자연의 일부에 지나지 않는다.[08] 그래서 많은 동시인들이 자연 소재의 동시로 동심을 표현해왔다. 오늘날 산업화 도시화로 많은 어린이들이 자연과 멀어져가고 있으며, 컴퓨터의 발달로 가상공간 속에서 동심이 관념화 되어가고 있다. 이런 상황에서 어린이들에게 간접 체험을 실제의 정서체험으로 공감하도록 형상화하여 구체적으로 표현한 동시여야만이 정서적인 공감대가 형성될 것이다. 따라서 동심과 서정적인 자아의 일체화하고, 정서체험을 형상화시켜 구체적으로 묘사하고 진술해야할 것이다.

07 조동일, 「시조의 이론, 그 가능성과 방향설정」, 『고전문학을 찾아서』, 문학과 지성사, p.190.
08 배귀선. 「신춘문예 당선동시 연구」, 원광대 박사학위논문. 2018, p.75.

3. 나오며

　동시는 동심의 눈으로 사물을 자세히 관찰하고 상상력을 펼쳐야 좋은 동시가 된다. 동시도 시이기 때문에 자아와 세계의 동일성을 지향한다. 시인은 자신의 현실을 내면으로 끌고 와서 동심과 서정적인 자아로 변용시켜 표출하고, 시적 소재를 통해 내면세계와 외부세계와의 동화나 투사로 헤테로토피아를 지향한다고 할 수 있을 것이다.

　필립 아리에스의 『아동의 탄생』에서 어린이를 인격적인 존재로 인정하기 시작한 것은 동서양을 막론하고 20세기 이후의 일이다. 16-17세기 이전에는 서양의 지배계층 조차도 아동기를 특별하게 취급하지 않았고, 20세기에 들어서도 하층민들에게는 아동에 대한 의식은 없었다. 근대에 이르러서 아동에 대한 인식이 인격적인 존재로 보았고, 우리나라의 경우는 일제 강점기 방정환이 『어린이』지를 창간하면서부터 아동의 존재를 인격적인 존재로 탄생되었다고 할 수 있다.

　그러나 아동문학의 경우 아동을 인격적인 존재보다는 동심으로 미화시켜 자신의 명리적 가치를 실현하고 있지나 않았나. 뒤돌아보아야 할 것이다. 어린이를 인격적인 존재로 인식하는 양심 있는 동시인 이라면 시적 표현 기능 신장을 위해 꾸준히 노력하는 자세를 보여야 당연할 것이다. 그런데도 불구하고, 자신의 명리적 가치 실현하기 위해 동시인, 아동문학에 뛰어든 사람이 있다면, 이는 어린이를 존재를 이용하여 자신의 허명의식을 채우려는 하이드일 것이다. 이는 어린이를 인격체로 존중하지 않고, 명리적 가치 실현의 도구로 이용하려는 비굴한 행동일 것이며, 미래 성인의 축소판 문화를 확대 재생산하는 일에 동참할 개연성이 상존하게 된다.

오늘날 마음껏 뛰어놀 수 없는 사회현실 속 멍든 동심을 동시로 치유하고 인간다움의 정서를 환기 시켜 위안을 주는 시 한 편을 떳떳하게 선물할 수 있는 어린이 사랑을 실천할 때다.

피상적으로 동심의 겉모습만을 보고 어린이 세계를 미화하는 동시로는 어린이들의 정서에 전혀 도움을 주지 못한다. 동심과 동시의 개념을 바로 알고, 동시 창작만에 힘쓰기보다는 그에 앞에서 시창작 기법 익히기를 병행함으로써 전문적인 동시인으로 거듭나는 피나는 노력이 뒤따라야 할 것이다.

창의적인 발상과 형상화

1. 들어가며

동시가 쉬운 문학이 아님에도 많은 이들이 쉬운 문학으로 착각하고 있다. 동시는 어린이들을 독자로 하는 시이니까 쉬울 것이라는 선입감을 가지고, 그저 적당히 써도 된다고 뛰어든 아동문학가들이 의외로 많다. 바로 이런 마음가짐으로 동시를 쓰는 동시인들이 많기 때문에 성인 문학하는 사람들에게 업신여김을 받는 이유 중의 하나일 것이다. 이런 분들은 시를 써보다가 시가 써지지 않아 그저 적당히 동시를 써서 시인이 되어서 명리적 가치를 실현하고자 하는 분들이다. 따라서 이런 동기에서 출발한 동시인들은 대부분 시 공부는 나몰라하고 무작정 아무렇게나 동시를 발표하는 등 넘치는 허욕을 채우려고만 애쓰기 때문에 동시문학이 제자리걸음을 하고 있는 것일 것이다. 따라서 이들의 작품을 주로 게재하고 있는 아동문학 전문 잡지들의 수준 역시, 부끄러운 작품들이 발표하고 있는 실정이다. 아동문학 전문지들이 이들을 상대로 정기구독자를 확보하여 도움을 받고 있는 상황이라 엉터리 동시도 어쩔 수 없이 게재하고, 이들을 상대로 자비출판 동시집을 발간하여 발간비를 충당해야하기 때문에 동시문학의 질적 저하의 악순환이 되풀이 되고 있는 것이다. 이런 상황에서 『열린 아동문학』지는 그래도 여타의 아동문학 전문지보다 더 우수한 작품이 게재되는 까닭은 아동문학가들의 도움을 받아 발행되는 것이 아니라 아동문학을 사랑하는 독지가의 도움으로 발간되고 있기 때문일 것이다. 2022년 봄, 성인문학지에 실린 동시작품이 아동문학전문지와 비교우위의 우수한 작품들이 게재되는 까닭은 위의 열악한 현실 때문일 것이다. 이제부터서라도 동시인들의 허명의식에 따른 단체 감투놀음이나 문학놀이꾼 역할을 각성하고 치열한 문학정신으로 좋은 동시를 창작하기 위해 최선을 다하려는 어린이 사랑의 실천이 시급한 현실이다.

따라서 동시를 잘 쓰려면 우선 동시의 개념을 잘 이해하고 동시를 보는 안목을 길러야 한다. 그런 후 사물을 창의적인 발상으로 형상화하는 방법을 익혀야 어린이들의 정서에 도움이 되는 좋은 동시를 창작할 수 있는 것이다. 올 봄에 발표된 아동문학지와 여타의 문학지에 발표된 작품을 총망라하여 발상이 우수한 동시에 대해 언급하고자 한다.

2. 창의적 발상과 형상화의 개념

오늘날 동시인들은 매너리즘에 빠져 어린이 생활경험을 재현하거나

동시인 자신의 어린 시절을 회상하는 시대착오적인 동시를 동시라고
발표하고 있다. 시적 기초기능이 미숙하여 시적인 미감이 없는 동시,
유치한 어린이 흉내를 내는가 하면 말놀이나 어린이들의 에피소드를
나열한 동시, 사물의 외형만을 그려내는 구태의연한 동시 등 참신한 창
의적인 발상이라고는 찾아보기 힘든 그저 그런 동시들뿐이다. 그러니
어린이들의 호기심을 자극하지 못해 어린이들이 외면하고 있는 현실
이 안타까울 뿐이다. 동시다운 동시의 선결조건은 시적인 탄탄한 기본
이 된 상태에서 참신한 창의적인 발상과 형상화의 과정을 걸친 동시여
야 한다.

　창의적인 발상이란 고정관념에서 벗어나 동심의 내면에 숨어있는
문학적 감수성을 형상화하여 표출해내는 것이다. 그러려면 사물을 보
는 시각을 달리해야 한다. 다시 말해 고정된 관습에서 탈피하고 새로
운 것을 찾아내기 위해 새로운 눈으로 관찰하려는 자세와 노력이 뒤
따라야 기발한 창의적인 아이디어가 나오게 되는 것이다. 이러한 창의
적인 아이디어는 모든 사람이 선천적으로 가지고 타고났으나 학습을
통해 더 개발될 수 있다고 한다. 주로 창의적인 발상기법으로는 두 가
지 이상의 사물을 표현 대상으로 하여 특정부분을 의도적으로 감추
어 다른 사물의 형상이 나타내거나 두 특정 부분끼리의 결합, 또는 동
일한 크기로 배치, 이동하는 은둔이미지 발상기법, 집단사고의 과정을
거치는 브레인스토밍, 사물을 보거나 듣고 관련된 경험을 떠올려 유추
하는 연상기법, 익살스러운 표현을 위해 생략, 과장, 미스매치(부적당한
짝짓기), 결합, 변신, 의인화하여 표현하는 유머러스 발상기법, 사실왜
곡, 역설, 이색적인 결합, 이나 변신, 무모한 행동 등과 같은 모순적 발

상으로 이숙해진 사물을 둘 이상을 한 곳에 두거나 동시 배치하여 어색하고 낯설게 해서 꿈이나 환상적인 이미지로 형상화해내는 초현실적 발상기법, 중심 이지지를 중심으로 생각의 주된 가지, 부가지, 세부 가지 순으로 생각의 그물(지도)을 만드는 마인드 맵 등이 있다고 한다.

형상화란 어린이들의 경험을 환기시키는 것에 그치지 않고 재창조하는 과정으로 사람이나 사물의 '꼴'로 재창조, 언어를 이용하여 현실 세계를 더욱 실감나게 글로 바꾸어 놓는 것으로 주로 경험과 이미지를 의도적으로 배치하여 감각적으로 표현하는 것을 말한다.

우리나라 동시인들은 동시를 이미지로 형상화하지 않고 어린이 생활 경험을 주관적인 생각을 개입하여 진술하는 방식에 의존하여 동시를 쓰기 때문에 시적인 감흥이 없는 것이다. 시는 묘사와 진술로 이루어지는데 묘사는 주로 유사 경험과 이미지로 형상화 과정을 거쳐 구체적인 표현을 위해 감각적으로 표현하는 방식인데 반해 진술은 경험을 직접적으로 진술하려 환기시키는 방식이다. 따라서 묘사는 보여주는 방식이라면 진술은 말하는 방식이다. 주관을 객관화하여 경험을 선명하게 환기시키고 감동을 유발하기 위해서는 묘사와 진술의 표현을 적절하게 배합하여 표현해야 하는 것이다. 창의적인 발상의 표현은 묘사로 이루어진다. 진술로는 주관이 개입될 여지가 많아 공감을 유발하기 어렵다. 좋은 동시를 잘 지으려면 시 공부를 하지 않고서는 불가능하다. 시를 보는 안목이 생겨나야 만이 좋은 동시를 쓸 수 있는 것이다. 그러지 않고 어린이 생활을 재현하거나 자신이 바라 본 어린이들의 생활 장면을 그대로 진술하는 동시는 어린이들의 정서는 물론 창의력을 신장하는데 도움이 될 수 없을 것이다.

3. 나오며

동시가 독자들의 관심을 끌기 위해서는 참신한 창의적인 발상 기법과 형상화가 잘 되어야 한다. 그렇지 않고 평이한 소재와 평이한 발상으로 창작된 동시는 어린이들의 정서 함양에 별로 도움이 되지 않는다. 어린이들의 호기심과 관심을 끄는 동시를 창작하려면 발상에 참신하고 창의적이어야 한다. 창의적인 발상의 동시를 창작하려면 우선 사물을 새롭게 보는 눈을 기르는 것이 선행되어야 한다. 그렇게 하려면 세밀한 관찰력, 상상력으로 사물을 여러 관점에서 바라보아야 한다. 따라서 시적 대상이 되는 사물을 소재로 할 때 세심한 관찰력이 요구된다. 그리고 관찰자가 시적 대상을 바라보는 위치에 따라 시적인 진술은 달라진다. 따라서 다양한 위치에서 사물을 바라보고 시인의 세계관을 펼칠기에 가장 적합한 관점을 선택하는 것이 중요하다. 시적 화자가 사물을 바라보는 관점, 즉, 앉아서, 서서, 옆에서, 가까운 곳에서, 먼 곳에서 색안경을 끼고도 보고. 망원경으로도 보는 등, 시공간을 다른 곳에서 새롭게 바라보는 눈과 경험을 통한 사회적 상상력을 펼쳐 시를 형상화하여야 독자들의 관심을 끌 수 있을 것이다. 사물을 바라보는 장소나 위치, 거리, 시간대에 따라 사물의 모양이 다르게 보이는 것은 창의적인 발상과 형상화가 잘된 동시를 창작하는 선결조건임을 알고, 이를 십분 활용하려는 자세와 노력이 필요할 것이다.

한국고대시가와 동심 개념

1. 동심의 개념

맹자는 동심을 어린 아이의 마음을 순일하고 거짓 없는 마음이며, 또한 인간의 착한 마음을 어린 아이와 같은 자연 성품 그대로의 인내심이라고 하였고, 노자는 인간의 본성을 어린아이에 비유하여 설명하였는데 『도덕경』에서 최고의 덕을 지닌 인간이 곧 본래 모습의 인간이라고 할 수 있으며, 그 사람은 어린아이와 흡사하다고 하였다. 원초적 인간은 평등한 관계일 뿐 아니라 이기적이지 않고, 양보하며 겸손하다고 하고, "최고의 덕을 가진 사람은 의식적으로 덕을 얻으려고 애쓰지 않는다. 높은 덕은 오히려 골짜기처럼 낮아 보이고, 넓은 덕은 부족해 보이고, 꾸준한 덕은 불건전한 것 같아 보이고, 진실한 덕은 변질되기 쉬워 보인다. 진정으로 덕을 지닌 사람은 갓난아이와 흡사한데 갓난아

이는 자연과의 조화가 최고로 유지되고 있기 때문이다."라고 말한다.[01]

또한 독일의 철학자 쇼펜하우어(Arthur Schopenhauer)는 "모든 어린이는 일정한 의미에서 천재라고 할 수 있다. 일생동안 계속 커다란 어린이로 남아있지 않는, 진지하고 냉정하며 철두철미 신중하고 이성적인 사람은 이 세계의 유용하고 유능한 시민이 될 수는 있을지언정 결코 천재가 될 수 없다."라고 말했다. 여기서 '어린이'는 사전적 의미의 '어린이'를 의미하지 않는다. 숫자상의 나이보다는 관습과 편견에 매이지 않는 자유로운 사고력과 인간다운 순진함과 세계 대한 경이와 즐거움을 잃지 않는 순수한 정신을 가졌느냐가 더 중요하다. 즉 '어린이'는 유아에서 지금도 자기 속에 '어린이'를 간직하고 있는 '어른'을 말한다.[02]

명나라의 사상가, 이지는 사람이 태어날 때부터 가졌던 본마음으로 거짓 없는 진실한 마음을 동심이라 하였고, 진실한 인간성과 통한다고 보았다. 사람이 살아가면서 견문으로 눈을 흐리고, 명예와 욕망이 사로잡히면 본마음을 잃고 동심을 저버리게 된다는 동심의 엔트로피 법칙을 주장했다.

대저 동심이란 진실한 마음이다. 만약 동심으로 돌아 갈 수 없다면, 이는 진실한 마음을 가질 수 없다는 말이 된다. 무릇 동심이란 거짓을 끊어 버린 순진함으로 사람이 태어나서 가장 처음 갖게 되는 본심을 말한다. 동심을 잃게 되면 진심이 없어지게 되고, 진심이 없어지면 진

---

01 노자, 『도덕경』, 현암사, 1995, 28장.
02 우에노 료.『현대 어린이 문학』, 서울 : 사계절, 2003. p.22.

실한 인간성도 잃어버리게 된다. 진실하지 않으면 최초의 본마음을 다시는 회복할 수 없는 것이다.

어린 아이는 사람의 처음 모습이요, 동심은 마음의 처음 모습이다. 그런데 도대체 최초의 마음이 어찌하여 없어질 수 있는 것이며, 동심은 왜 느닷없이 사라지고 마는 것일까? 그것은 견문이 귀와 눈으로부터 들어와 안에서 주인노릇을 하게 됨으로 말미암은 것이다. 아이가 자람에 따라 소위 도리(관념, 선입견, 인습적 유교 가치관을 의미함)와 견문이 들어 와 내면을 주재하게 되면 어느덧 동심도 사라지고 마는 것이다.

시간이 흘러 도리와 견문이 나날이 쌓이고 아는 바와 느낌이 나날이 넓어지게 되고, 또 미명이 좋은 줄을 알아 이름을 날리려고 애쓰다 보면 동심을 잃어버리게 되며, 또 좋지 못한 평판이 추한 줄을 알게 되면 그것을 가리려고 애쓰다 동심을 잃게 된다.

동심은 한자의 뜻을 풀이 하면, "童心"으로 "어린이의 마음"이라는 추상어다. 어린이 마음처럼 순수한 마음이다. 때 묻지 않는 어린이의 순수성을 상징하는 말로 어린이다움, 어린이만의 고유한 세계, 어린이의 심성을 의미한다. 이러한 어린이의 마음이 어른이 되면서 사회적인 관습이나 환경적인 요인, 인간관계에 의해 순수성과 꿈을 잃어버리고 오염되어 무질서해지는 엔트로피의 법칙으로 상실된다는 것이다.

"동심은 아이들만 가지고 있는 것이 아니라, 모든 인간의 심성 밑바닥에 깔린 본질, 영원히 간직해야 할 본성으로 정리할 수 있다. 다만 이러한 진실을 세상을 오래 산 성인보다 어린이에게 더 많다는 점에서 어린이 마음을 '동심'으로 일컫는 것이다."03고 하는 정선혜의 주장을 들어 김자연이 동심의 정의를 정리하고 있다. 이 주장은 엔트로피가 작용하나 동심의 제1법칙 "동심보존의 법칙"이 여전히 기본 바탕이 된다는 주장이다. 이와 같은 동심의 제1법칙은 동화작가 황선미의 주장에서도 볼 수 있다. "어린 아이는 어른의 과거이자 이미 통과해온 과정으로 현재와 상관없는 듯 보일 수 있지만 한 사람의 내면을 장악하는 것은 대부분 유년시절의 체험에서 비롯된 의식이다. 결국 어린 아이는 어른을 떠난 적이 없다는 점을 인정해야 한다.04

아동문학가 이오덕은 "동심"을 세 가지로 설명하였다.

첫 번째는 허욕이 없는 마음이고. 두 번째 정직성이다. 순진, 소박, 솔직-이것이 어린이의 마음이요, 어린이의 세계다. 세 번째, 인간다운 감정의 풍부함이다. 어린이들은 동정심이 많다. 감수성이 예민하다. 동물들뿐만 아니라 풀이나 나무까지도 자기와 같은 몸으로 알고 그것이 밟히거나 꺾이는 것을 괴로워한다. 즉 '동심'은 한마디로 사심 없는 마음이며 우리가 지향해야 할 참眞과 착함善과 아름다움美의 세계다."05라고 변하지 않는 마음으로 동심의 제1법칙을 인정하는 동심의 해석을 했다.

위의 내용을 종합하여 "동심"의 개념을 정리해보면 다음과 같다.06

---

03 김자연, 『아동문학 이해와 창작의 실제』, 서울 : 청동거울, 2003. p.22
04 황선미, 『동화 창작의 즐거움』, 사계절, 2006. p.10
05 이오덕, 「동화를 어떻게 쓸 것인가」, 『살아 있는 아동문학』제1권 , 인간사, 1983, p.39.
06 길진희, 『어른의 동심을 깨우는 서정적 일러스트레이션 표현 연구』, 이화여자대학교 대학원 석사학위논문, 2012. PP.5-6.

① 나이보다는 관습과 편견에 매이지 않은 자유로운 사고력과 순진함
② 세계에 대한 경이와 즐거움을 잃지 않은 순수한 정신
③ 훼손되지 않은 자연을 그대로 간직한 마음
④ 허욕이 없는 마음
⑤ 정직, 순진, 소박, 솔직함
⑥ 인간다운 감정 -동정과 감수성이 풍부
⑦ 사심邪心없는 마음
⑧ 참眞과 착함善과 아름다움美의 세계이다.

위와 같은 동심의 개념 정의는 모두 동심의 제1법칙을 기본 바탕으로 하고 있으며, 동심의 제2법칙인 엔트로피를 인정하면서도 가급적 억제하려는 의미로 개념을 밝히고 있다. 따라서 동심은 인간의 순수한 원초적인 마음으로 모든 사람들이 지향하고 싶은 꿈과 희망을 담은 이상향의 세계이며, 이러한 세계를 꿈꾸는 아동문학가들은 동심을 지키려는 동심 제1법칙 동심보존의 법칙을 창작행위로 실천하는 작가라고 할 수 있다.

이러한 동심의 특징은 자유 분망함과 천진스러움, 꿈과 희망이 넘치는 용기와 대담함을 보이는데, 그 특징을 들면 다음과 같다.

첫째, 자유분방하고 일반적인 상식으로 얽매이지 않는다.

어린 아이는 쾌활하고 즐거움으로 넘치며 늘 행동적이다. 이미 어른은 잊고 지내는 상상력과 미래에 대한 꿈도 결코 잃지 않는다.

둘째, 호기심이 많다.

어린 아이의 마음은 세상에 대한 물음으로 가득 차 있다. 물음은 어

린 아이가 세상을 알아나가는 하나의 방법이며 즐거움이다. 물음에 대해서 유용한 것과 그렇지 않은 것으로 나누기 시작한다면 이미 동심을 잃은 것이다.

셋째, 세상에 대한 경이감이 가득하다.

플라톤(Platon)과 아리스토텔레스(Aristotels)는 놀라는 행위는 인간이 지닌 모든 지적 감정 가운데 가장 소중한 것이며 철학의 출발점이 바로 여기에 있다고 하였다. 이 점에서 어린 아이는 어른보다 더 철학적이다. 톨스토이(Aleksey K. Tolstoy)에게 유년 시절은 인생 전체에 있어서 유일한 철학적 시기였다고 하였다. 그는 "인생으로 들어서는 어린 시절, 우리는 모든 비밀을 간파하고, 삶이란 것은 우리의 감각이 알려주는 것 이상의 어떤 것이라고 느낀다. 하지만 날이 갈수록 삶의 깊은 심연에 관한 이런 예감 혹은 각성을 잊어버리고 만다." 라고 하였다. 어른에 비해 어린 아이가 보다 풍부하고 진지하게 세계를 바라보는 순수한 정신의 가능성을 가지고 있다는 것이다.

넷째, 새로운 시각적 경험의 계기를 제공한다.

어린 아이가 가진 큰 재산은 인습적 지식에 매이지 않은 '참신함' 내지는 '순진성'이다.[07] 어른이 관념적으로 알고 있는 대상에 대해서 '왜'라는 의문을 제기하게 한다. 그러한 자유로운 사고는 일상의 사물에게도 현실의 익숙함에서 벗어나 새로운 의미를 부여하게 한다. 관습적 사고로는 깨닫지 못하는 사물의 새로운 모습을 볼 수 있게 하는 것이다.

---

07 Matthews, Gareth B. 『 어린이와 함께하는 철학』, 서울교대철학연구동문회),
　　서광사, 1987, P.123.

어린 아이 특유의 유연성, 신축성, 파격적인 감성은 바로 그들이 기성세대에 오염되지 않았기에 가능하다.

다섯째, 상상력이 풍부하다. 어린 아이는 공상을 쓸모없는 소일거리라고 생각하거나 시간을 낭비하는 습관이라고 생각하지 않는다. 어린 아이는 공상에 빠지는 데 거리낌이 없으며 환상이나 꿈을 의심하지 않는다.[08]

이러한 동심의 특징이 곧 어린이들의 특징이지만 동심이라는 것은 어른들은 가질 수 없는 마음을 의미하는 것은 아니다. 동심의 특징을 지닌 사람은 지금의 상태가 어른이건 어린이건 그의 순수성과 상상력으로 하여금 있는 그대로를 받아들일 줄 알고 관습적 사고를 떠나 사물의 새로운 모습도 볼 수 있게 된다. 톨스토이(Aleksey K. Tolstoy)는 "인생으로 들어서는 어린 시절, 우리는 모든 비밀을 간파하고, 삶이란 것은 우리의 감각이 알려주는 것 이상의 어떤 것이라고 느낀다. 하지만 날이 갈수록 우리는 삶의 깊은 심연에 관한 이런 예감 혹은 각성을 잊어버리고 만다."라고 하였다. 경이감과 호기심, 상상력으로 가득 찬 동심을 지닌 이는 누구보다 철학적이며 풍부하고 진지하게 세상을 바라보고 이해할 수 있는 가능성을 지니고 있다. 이러한 동심을 유지한다는 것은 제한되고 편의에 의해 과도하게 규칙화 되어 있는 현실에서 스스로 자유로울 수 있는 가장 최적의 방법이라 말 할 수 있다. 보다 많은 희망의 가능성을 지니고 세상을 바라본다면 현실의 좁은 세계를 탈피

---

08 Roberts, Ellen E. M (1987), 『그림책 쓰는 법』, 김정(역), 문학동네, 2002. p.93.

하고 넓은 세상을 볼 수 있다. 눈앞에 닥친 상황만 해결하고 살아가는 대부분의 사람들을 구원할 수 있는 것은 동심을 통한 상상력으로 현실과 미래를 통찰력 있게 바라볼 수 있는 마음의 여유라는 것이다.[09]

이상의 개념을 종합하여 동심의 정의를 내린다면, 동심은 모든 생명의 근원인 여성성으로서의 모성을 토대로 한다. 모성은 남성과 여성을 포함한 모든 살아있는 생명체의 존재론적 기반이 되는 근원적 생명을 담고 있다. 따라서 동심이란 근원적인 생명의 존재로서의 모성의 순수한 마음과 일맥상통하는 개념으로 모성지향의 마음이며, 모든 생명체와 더불어 살아가기 위한 생태주의와 밀접한 연관을 갖는 원초적인 신화의 세계를 지향하고 창조해나가는 천성이라고 정의를 내릴 수 있다.

2. 아동문학의 개념

아동문학이란 성인작가가 어린이 또는 동심을 그리는 성인을 독자 대상으로 전제하여, 미적 가치 판단과 예술성을 기초로 창작해 낸 모든 문학작품[10]으로 일차적으로 아동을 독자 대상으로 한 아동을 위한 문학이다. 아동문학은 동심의 문학으로 아동 시대의 세계를 그리워하는 모든 사람이 함께 읽을 수 있는 마음의 고향을 그린 문학이다. 아동문학은 동심의 표현으로, 아동의 심리적·인격적 계도에 영향을 주

---

09 김연수, 『동심을 일깨우는 일러스트레이션 표현 연구』, 이화여자대학교 대학원 석사학위논문, 2004. pp.7-13참조

10 박민수, 『아동문학의 시학』, 서울 : 양서원, 1993. p.15.

는 문학이다.[11]

아동문학을 동심세계의 문학이라고도 하는데, 이는 아동의 마음 자체를 지칭하는 것이 아니고, 아동의 마음과 같은 특성을 지니고, 느끼고, 생각하고, 말하고 표현하는 문학이다.[12] 따라서 아동문학의 영역에는 동요, 동시, 동시조, 동화시, 동화, 아동소설, 아동극, 논픽션, 옛이야기, 재화, 일기, 아동수필, 아동문학평론 등의 명칭을 총칭한다. 아동문학은 성장기 아동들의 가슴에 웅대한 인간으로서의 꿈이나 미래 지향적인 세계를 열어준다는 점에서 꿈의 문학, 미래의 문학으로 비유되기도 한다.[13]

아동문학이란 국어사전에 ① "어린이를 대상으로 그들의 교육과 정서 함양을 위해 창작한 문학. 동시, 동요, 동화, 아동극 등이 있다."는 뜻과 ② "어린이가 지은 문학 작품"이라는 뜻을 포함하고 있다. 모두 어린이를 대상으로 한 문학을 의미한다. 그러나 ①에서는 어린이를 대상으로 그들의 교육과 정서 함양을 위해 어른이 창작한 문학이라는 의미를 포함하고 있다. 이 때 아동문학은 독자대상에 따라 성인문학과 구별되는 문학이라고 볼 수 있다. ②에서는 어린이가 지은 문학 작품, 즉 어린이 문학이라는 뜻으로 어린이가 지은 모든 작품을 뜻한다. 따라서 아동문학과 어린이문학은 같은 뜻이나 아동문학은 ①에서 의미하는 어른이 어린이를 위해 창작한 문학으로 받아들이고 있고, 어린이문학은 ②의 의미로 받아들여지고 있다. 따지고 보면 아동이라는 낱말과

---

11 임원재, 『아동문학교육론』, 서울 : 신원문화사, 2007. pp.43~44.
12 김경중, 『아동문학론』, 전주 : 신아출판사, 2006. p. 19.
13 이상현, 『아동문학 강의』, 서울 : 일지사, 1987. p.10.

어린이라는 낱말은 그 뜻이 동일하다.

"兒童"이라는 한자어이고 어린이는 방정환 선생이 최초 사용한 우리말로 같은 의미이지만 오늘날 아동문학과 어린이문학은 같은 의미가 아니라 창작자가 어른이냐 어린이냐를 구분하는 의미로 파생되어 통용되고 있다. 따라서 아동문학은 ①과 ②의 의미를 포함한 문학을 지칭한다.

본래 아동문학은 아동과 문학의 합성어이다. 성인문학인 일반문학과 독자대상에 따라 구별하려는 의도에서 비롯되었다. 독자 대상에 따라 세분하면 유아문학, 어린이문학, 청소년문학, 소년문학, 소년·소년문학 등으로 세분할 수 있으나 아동문학은 성인이 어린이를 대상으로 창작한 문학과 어린이가 쓴 창작물을 모두 포괄하는 문학으로 보아야 한다.

이와 같이 넓은 의미로 창작자가 성인작가이든 어린이이든 모두 포괄하며, 독자 또한 성인과 어린이를 모두 포함한다는 의미로 해석된다. 창작자가 어린이를 주 독자 대상으로 했으나 어른이 읽을 수도 있다는 의미이다. 따라서 원초적인 인간의 마음인 동심을 바탕으로 쓰여진 문학을 통칭한다. 이 말은 곧 "동심문학"이라는 의미를 포괄한다. 동심이란 어린의 순수한 마음을 말하며, 동심문학은 동심의 세계를 표현한 문학을 일컫는다. 명나라 이지는 동심설에서 "아이의 마음은 진심이다. 아이의 마음이 올바르지 않다고 생각한다면 진심을 인정하지 않는 것이니라. 아이의 마음이란 거짓을 버려 순수하고 참되어서 처음 가진 생각의 본마음이다. 아이의 마음을 잃어버리면, 참된 마음을 잃어버리는 것이다. 참된 마음을 잃어버리면 참된 사람을 잃어버리게 된다."

라고 주장한다. 어린이의 참되고 순수한 마음인 동심의 세계를 표현한 문학을 동심문학이라고 할 수 있다.

창작자가 자신의 창작물을 독자를 의식하지 않고 썼으나 어린이의 참되고 순수한 마음을 담아내어 창작하거나 그 작품이 어린이들의 정서에 적합하다면 모두 아동문학의 범주에 포함된다고 볼 수 있다.

김동리는 아동문학의 특수성을 아동과의 관계 하에 규명하고, 다음과 같이 나누어 정의하고 있다.

첫째, 아동을 독자로 하는 문학

둘째, 아동을 작자로 하는 문학

셋째, 아동을 소재素材로 하는 문학

이 세 가지는 문학과 아동과의 관계를 생각하는 경우 어느 것도 빼놓을 수 없는 조건들이다. 그러나 이 세 가지 중 어느 한 가지에 맞으면 곧 아동문학이 된다고 하는 문제와는 다르다. 첫째, 아동이 읽는 문학이라고 해서 다 아동문학일 수 없으며, 둘째 아동이 지은 문학이라고 해서 다 아동문학이 될 수 없으며, 셋째 아동을 소재로 삼은 문학이라도 주제主題와 표현방식表現方式 여하에 따라서는 아동문학이 안될 수도 있다.

아동문학은 어린이를 위한 문학이다. 어린이를 위한다는 말 속에는 교육성과 교훈성을 내포하는 말이기도 하다. 어린이를 위한다는 관점도 어른이 어린이를 위한다는 강제성을 내포한 의미로 성인 위주의 관점과 어린이가 좋아하는 것을 어린이에게 읽게 해주겠다는 어린이 주체적 관점이 있다. 과거의 아동문학이 전자의 관점에서 어린이의 주체적 성장을 도외시한 "어린이는 어른의 축소판"이라는 문화전수의 기능적 측면만을 강조하여 아동문학작품이 창작되었다.

오늘날은 아동을 주체적인 인간으로 보고 어린이들의 주체적인 인격을 존중하고 그들이 좋아하고 필요로 하는 아동문학작품이 창작되어야 함을 자각하고 이러한 작품들이 많이 창작되고 있다. 이는 아동문학 작품을 창작하는 작가의 창작관점에 따른 아동문학의 개념을 이야기했으나 옛날의 아동문학이 구전문학에 의존했다는 점과 오늘날의 아동문학은 구전이 아닌 문자로 표현된 창작문학이라는 점에서 어린이 독자들의 반응은 다르게 나타난다. 서양의 아동문학이 아동문학이라는 독자적 장르로 분화하지 않는 까닭도 우리나라 전래구전문학이 아동문학이라고 영역을 구분하지 않는 이유와 동일하다고 볼 수 있다. 우리나라에서는 아동문학을 독자적인 장르로 발달되어 정착된 것은 일제강점기의 영향으로 볼 수 있다. 아동에게 민족의식과 독립의식을 고영시키기 위한 의도적 유목적적 배경아래서 근대문학이 현대문학으로 변화되어왔기 때문이다.

신라시대 발달되어온 향가에서 서동요가 어린이와 어른 모두 즐기는 문학형식이었고 각종 민요가 민중 사이에서 성인문학과 아동 문학이라고 장르를 구분하지 않고 널리 구전되고 발달되어왔다는 점에서도 우리나라에서 특수하게 아동문학이 장르로 발전되어 온 까닭을 유추해볼 수 있다.

따라서 아동문학은 아동뿐만 아니라 동심의 세계를 그리워하는 모든 이를 위해서 쓴 특수문학으로 형식면에서는 문학적이고 예술적인 기준을 만족시켜주며, 내용 면에서도 아동의 성장발달에 유익한 것이

어서 아동들이 즐겨 읽을 수 있는 책이라고 정의할 수 있다.[14]

김도균은 아동문학이 어린이를 내포독자로 구성하는 타자화 문학임을 지적하고, 타자화 문학으로서의 아동문학은 어른과 어린이 사이의 권력 구조를 둘러싼 긴장 관계가 지속적으로 형성되는 문학이라고 정의하고 있다. 그리고 독립적인 문학 장르로서 아동문학에 대한 정의를 다음과 같이 내적 구성 원리가 작동하는 역동성을 단계적으로 조목화하여 다음과 같이 제시하고 있다.[15]

첫째, 어른이 어린이를 위해 생산하는 문학이다. 아동문학은 발신자와 수신자의 층위가 다른 문학이다. 아동문학은 어린이가 스스로를 위한 문학을 생산하지 못한다는 가정에서 어른이 어린이에게 전해주고 싶고, 또 어린이가 원한다고 생각하는 문학을 어린이에게 주는 문학이다.

둘째, 아동문학은 타자로서 어린이를 구성하는 문학이다. 아동문학의 어린이는 실제의 어린이라는 존재에서 비롯된 것이지만 어른이 자신의 내면의 '영원한 어린이'의 확인과 낭만주의적 이상과 계몽주의 담론의 결합으로 근대에 구성한 어린이라는 관념을 바탕으로 한다. 그래서 아동문학의 어린이는 실제의 어린이를 전제하고 있으면서 어른의 관념에 의해 구성된 생산물이다. 또한 어린이는 어른의 특별한 사랑과 교육이 필요한 존재로, 정보와 지식을 결핍한 존재로 어른의 세계와 격리되고 구별된다. 아동문학은 어린이 주체를 대상으로 이러한 타자를

---

14   고문숙, 임영심, 김수향, 손혜숙 공지, 『아동문학교육』, 양서원. 2011. p12.
15   김도균, 「독립적 장르로서 아동문학의 정의에 대한 고찰」, 한국교원대학교 대학원 석사학위논문, 2012. pp.115-117.

이식하고 내면화하게 하는 타자화 전략을 수행하는 장치로서의 문학이다.

셋째, 아동문학은 이원적인 수신자를 향한 이중의 발화 양식이다. 타자로서의 어린이는 이중적이다. 그것은 한편으로는 어른의 내면에서 나온 것이고, 다른 한편으로는 어린이다운 것으로 가정된 것이다. 아동문학의 내포독자는 어른과 어린이를 모두 내포한 이중적 독자이다. 그래서 두 개의 내포 독자를 향해 발화하는 아동문학은 이원적인 지향성을 갖는 이중적인 발화 형식의 문학이다.

넷째, 아동문학은 어린이를 이중적으로 구성한다. 아동문학의 이중적 발화는 아동문학 안에서 어린이를 이중적으로 구성한다. 아동문학의 어린이는 이중적 캐릭터를 갖는다. 동물이면서 사람이고, 로봇이면서 사람이고, 그리고 어린이이면서 어른이다. 아동문학 속 어린이는 권력에 대한 위치도 이중적이다. 한편으로 권력 밖에, 다른 한편으로는 권력의 안에 이중적으로 위치한다. 그것은 아동문학의 어린이가 어른과 어린이 모두에 이원적인 기원을 두고 있기 때문이다. 아동문학 속 이중적인 위치의 어린이는 식민주의 문화가 구성하는 식민지 주체의 양가성과 유사한 성격을 갖는다.

다섯째, 아동문학의 표지들은 언제나 이항 대립적이면서 양가적이다. 아동문학의 이중성과 양가성은 아동문학의 모든 특징적인 표지들이 이중적이고 양가적으로 나타나게 만든다. 아동문학은 반복되는 '집-바깥'의 패턴, 단순성과 덜 단순한 텍스트 이면의 감춰진 그림자, 교훈성과 즐거운 전복 등 모든 표지들을 강박증적인 이항 대립적 구조로 드러낸다. 그리고 그러한 대립적인 이항은 아동문학 안에서 언제나 양가적으로 구현된다.

여섯째, 아동문학의 혼종화는 아동문학을 지속적으로 생산될 수 있도록 이끈다. 아동문학의 양가적인 이항성은 필연적으로 혼종화를 양산하는 문학이다. 아동문학 속 어른의 세계와 어린이의 세계, 다시 말해 보수적인 세계와 전복적인 세계는 언제나 양가적으로 혼종화가 된다. 어른 세계와 어린이 세계, 아동문학 속 타자로서 구성된 어린이와 실제 어린이 사이의 지속적인 불일치는 이항대립적인 두 세계의 교섭과 혼종화가 끊임없이 일어나게 한다. 그러한 불일치와 양가적인 혼종화가, 다시 말해 어른으로부터 나온 어린이 세계와 어린이가 스스로 확인하는 어린이의 세계의 불일치가 아동문학을 지속적으로 생산되게 만드는 원동력이 된다.

이상에서 아동문학의 개념을 종합하면 아동문학은 어린이는 물론 동심을 가진 성인 독자까지 포함하나 어린이를 위한 내용과 형식으로 어린이가 선택해서 읽을 문학작품을 지칭하며, 이러한 글을 쓰는 시인이나 작가는 성인인 아동문학가들이다. 따라서 동심의 제1법칙인 동심을 보존하기 위한 방법으로 창작한 모든 아동문학 장르의 문학작품은 아동문학작품에 포함된다. 따라서 자연계에서 일어나고 있는 질서에서 무질서로 발전하는 엔트로피 법칙이 아니라 생명을 지향하는 질서에서 질서로, 혼란에서 회복으로, 어둠에서 밝음을 지향하는 동심의 신트로피 법칙이 적용되는 문학이 아동문학이다.

3. 한국고대시가에 나타난 동심

1) 고대가요의 기본사상과 동심과의 관계

고대가요의 기본 사상은 원시적인 사고를 바탕으로 하고 있는데, 이는 어린이들의 사고와 유사한 성격을 보인다. 어린이처럼 단순한 사고는 인간의 원초적인 마음, 즉 동심으로 볼 수 있다. 고대가요의 기저에 흐르는 기본 사상을 중심으로 동심과의 관계를 알아보기로 한다.

⑴ 샤머니즘과 동심

원시시대 인간들은 위대한 자연의 힘에 의한 굶주림과 죽음에 대한 불안을 주술로 해결하려고 했다. 동서양을 막론하고 인간은 샤머니즘을 믿고, 그 사상을 기초로 하여 문화를 형성해왔다. 인간의 힘으로 도저히 해결할 수 없는 문제들을 자연에 의지하여 해답을 구하려는 것이 바로 샤머니즘의 기원이었다.

스페인의 알타미라 동굴, 프랑스의 라스코 동굴, 우리나라의 반구대 암각화 등에 그려진 동굴 벽화는 감상을 위한 벽화가 아니라 주술적 목적에 의해 그려진 것들이다. 원시인들이 사냥하는 동물들을 벽화에 그려놓음으로써 실물 자체를 소유하고 그려진 사물을 지배하는 힘을 갖게 된다는 믿음에서 비롯된 것이었다. 그림은 그리는 사람의 심리가 드러나는 만큼 원시적인 그림을 통해 더 많은 사냥으로 굶주림을 해결하려는 원시적인 믿음이 샤머니즘이다. 이러한 인간의 원초적인 심리는 모두 그림 속에 표현되기 마련이다. 어린이들의 그림들을 보면 원시인들의 동굴벽화와 유사한 모습을 보이는 것은 어린이들의 미분화된 정신세계와 원시인들의 정신세계와 일치하기 때문이다. 이러한 미분화된 정신세계는 샤머니즘적인 특징을 보인다.

샤머니즘이란 재병의 원인이 되는 악귀악정을 위대한 신이나 정령의 힘 또는 사람 자신의 능력으로 주술적인 방법으로 축출할 수 있다고 생각하는 원시신앙이며, 샤먼이란 그러한 주술적인 힘을 행사하는 자[16]라고 말하고 있다. 따라서 샤머니즘은 주술적인 원시인들의 신앙으로 신령이 셔먼이라는 주술사에게 붙어서 악마와 요정을 몰아내고, 인간에게 무병장수, 부귀영화를 가져온다는 원시적인 자연숭배 사상으로 순수 무구한 어린이들의 동심세계를 지배하고 있다.

샤머니즘은 오천년 우리 민족의 장구한 역사 속에서 면면이 신앙으로 이어져왔다. 끈질긴 생명력은 한국의 문화 속에 깊숙이 침투되어 왔고, 오늘날까지도 우리들의 삶의 저변에 나타나기도 한다.

한국의 샤머니즘은 고대의 신화 제례로부터 현대에 이르기까지 일관해서 한국문화사 속을 흘러 온 역사적 종교현상으로, 민중 종교로 살아남아 민중문화 저변에서 여전히 에너지로 발휘되고 있다.[17]

이와 같이 우주 삼라만상을 오채로 상징하여 바라보는 심미의식은 한반도에 정착한 우리 선조의 생활문화 속에 깊숙이 자리 잡아 오늘날까지 이어져오고 있는 것이다.

중국의 역사서인 『국어』에는 '하늘에서 내려온 오색이 인간의 마음을 정순하게 한다.'고 기록되어 있다. 이는 전통오채의 가시적인 미가

---

16 최길성, 『한국민간신앙의 연구』, 대명대학교 출판부, 1980, p.83.
17 유동식, 『韓國巫敎의 歷史와 構造』, 연세대학교 출판부, 1997. pp.15~16 참조

인간의 내면까지도 순화시키는 역할을 하고 있음을 의미한다.[18]

한국의 샤머니즘 의례의 색채관은 천·지·인 삼재를 빛깔로 상징한 삼태극의 빨강·파랑·노란색을 기반으로, 음양오행사상의 색채관인 청·적·황·백·흑의 오방색이 주축이 되어 전승되어왔다. 이들 전통 오채는 하늘의 성서로운 기운인 무지개 빛깔의 신성스러움에 대한 인간의 시원, 기원의 표현이자 한민족 정서의 '마음의 꽃'으로 '오색찬란'하게 우리의 심성 밑바닥에 침전되어있다.[19]

한국의 샤머니즘에서의 전통 오채가 오늘까지 이어온 것은 우리 선조의 오색찬란한 삼라만상과의 상생하고자하는 종교관, 즉, 한국인 보편적인 정서에 맞는 한국인 심성의 핵심이라고 할 중심요소[20] 들이 내포되어 유전자로 전해왔기 때문이다.

영구한 아름다움을 지닌 빛깔을 통한 인간의 원초적인 마음, 즉 동심을 진·선·미로 생활문화 전반에 걸쳐서 표출해왔다. 기원전 한반도에 자리 잡은 선인들은 삼라만상의 빛깔을 오채 색으로 상징하여 하늘에서 내려오는 오색이 인간의 마음을 정화시킨다고 여겨왔기 때문이었다.

상고시대 사람들은 사람의 몸에 신이 딸려있다고 생각하여 신과 사람을 분별하지 못했다. 따라서 신이 딸려있는 샤먼이 신의 말을 가요

---

18 황정미, 「신플라톤주의의 미 개념과 회화의 정신성 연구」, 『연세학술논집』 제36집, 연세ㅐ대학교대학원 총학생회, 2002, pp. 317~328 참조

19 전영자, 「한국 샤머니즘 의례에서의 전통색의 역할」. 카톨릭대학교 문화영성대학원 석사학위논문, 2008, p.64.

20 탁석산, 『한국의 정체성』, 책세상, 2003, p.102.

로 전달하고, 원시인들은 신의 말이 떨어지기를 기다리는 흥분 상태에서 샤먼에게 자신을 지킬 수 있도록 분위기를 조성하기 위해 율격이 있는 주술적인 가요를 불러왔다.

주술은 J. G. Frazer의 저서 『The Golden Bough』는 "초자연적 존재의 신비적 세력의 힘을 빌려 여러 현상을 일으키는 주술로써 白呪術, 黑呪術이 있다. 白呪術은 천사의 힘에 의한 선의 것을 말하며, 黑呪術은 악마의 힘에 의한 악의의 뜻을 갖는다."[21]라고 설명하고 있다. 주술은 초자연적인 신비적 의례를 통하여 여러 가지 원망을 성취할 목적으로 원시시대 지구 곳곳에서 주술적인 가요가 불러졌다. 우리 고대사회에서 대표적인 주술적인 사랑의 呪歌로서 〈薯童謠〉를 들 수 있는데 이는 '말이 곧 주술', '노래가 곧 현실'이라는 언령 신앙에 기초한 주술적인 가요로 어린이들의 유희적인 동심을 바탕으로 하고 있음을 알 수 있다.

『삼국유사』 가락국기에 의하면 수로왕이 하늘에서 내려올 때 그 명령에 따라 인민들이 귀지가龜旨歌를 불러 맞이했고, 수로부인'조에는 용이 부인을 끌어갔을 때도 해가海歌를 불러 돌이켰으며, 그밖에 원가怨歌 · 원왕생가願往生歌 · 제망매가祭亡妹歌 · 도천수관음가禱千手觀音歌 · 혜성가彗星歌 등도 모두 가요로써 신통력을 나타냈고, 또 월명사 도솔가月明寺師 兜率歌'조에는 신라 사람들은 일찍부터 향가를 숭상했었다. 그것은 시송詩頌과 같은 것이다. 그러므로 천지 귀신을 감동시킨 일이 한두 번이 아니다羅人尙鄕歌者尙矣 蓋詩頌之類歟 故往往能感動天地鬼神者非一라 했

---

21 J. G. Frazer, The Golden Bough, 을유문화사, 1983, p.15.

다.[22]

원시시대 제천의식은 주술적인 의의가 있는 놀이와 영을 교감하는 매체로서 노래와 춤이 일치가 민속무용이었다.[23] 이처럼 제천의식은 예술의 제전으로 사람들이 모여서 춤을 추구 노래를 부르며 신을 모신 데서 비롯되었는데, 이때 불리워진 의식적인 가요는 점차 유흥적인 목적으로 불러지게 되었다. 그러나 샤머니즘의 주류는 무속이었다. 상고시대 제정을 목적으로 주술적인 가요는 인민의 대표 격인 샤먼에 의해 고대가요가 불러졌다면, 후대에는 접신한 무당의 무가로 그 전통이 이어져왔다.

하늘에 드리는 기원과 감사를 내용으로 한 제천의식은 집단가무였으나 천군과 같은 무당이 읊는 무가가 있고, 현악기에 맞추는 서정시가 분화하기 시작하고, 신화와 같은 서사양식의 성립이 생기고 있었을 것이다.

하늘에 감사하는 제천의식으로써의 샤머니즘적인 전통은 원시공동체가 함께 즐겁게 살아가고자 하는 인간의 원초적인 마음으로 돌아가고자 하는 심리적 복원력으로써 동심이 그 기저에 깔려있었다.

(2) 토테미즘과 동심

원시공동체부족사회에서는 샤머니즘의 흐름 이외에도 토테미즘이 크게 작용하고 있었다. 원시부족은 자기네들이 살고 있는 특정자연물

---

22 金俊榮, 『韓國古典文學史』, 형설출판사, 1982, p.34.

23 대한민국예술원, 『韓國文學史』, 1984, p.21.

을 자기네 집단의 상징물로 여기고 자기와 혈연관계나 특별한 관계가 있다고 믿었다. 이 혈연관계로 인해 숭배하는 동식물 등의 자연물이 자기와 씨족들을 보호해줄 것이라고 여겼는데 이 자연물이 토템이 되었다. "집단과 토템 사이에 어떤 특수 관계가 있을 때, 그것을 토테미즘이라고 부른다."[24]고 프레이저는 토템을 정의하고 있다.

원시인들은 토템이 자기의 혈연친족이나 조상, 수호신으로 간주하고, 토템을 숭배하기 위해 일련의 행위나 규칙을 만들었는데 이것을 토테미즘이라고 한다.

네델란드의 G. A. Wilken은 토테미즘의 유래를 영혼이 멸망하지 않았다는 영혼론을 제기했다. "죽은 사람의 혼이 일반적으로 그렇게 믿어지듯이, 동물 속에 들어가면, 그 동물은 친척, 조상이 되어 그렇게 숭배되었다."[25]

우리나라 샤머니즘이나 토테미즘, 또는 애니미즘 등이 신앙상으로나 행사상으로 확연히 구분되지 않고, 또 그밖에 불교·도교·풍수 사상의 일면과도 결합되어 어떠한 현상은 어느 계통이라고 명확히 판별해서 말할 수 없다.[26] 샤머니즘과 토테미즘이 결합되었음을 단군신화에서도 엿볼 수 있다. 단군신화에서 환웅이 風伯·雨師·雲師를 비롯한 삼천 명의 수하를 이끌고 태백산 정상의 신단수 아래로 내려왔다는 이야기는 샤머니즘적인 사상을 바탕으로 있고, 한웅과 곰 사이에서 단군이 태어났다는 이야기에서는 곰 토템사상을 바탕으로 신화가

---

24 제임스 조지 프레이저, 『황금가지』 제1권, 을유문화사, 2005, p. 142.
25 S.프로이트, 『토템과 금기』, 경진사, 1993, pp.175~176.
26 김준영, 앞의 책, p.38.

창조되었음을 확인할 수 있다. 이뿐만 아니라 토테미즘 사상은 우리의 신화 전설 중에 어느 특수 인물이나 시조가 곰·뱀·용·소·개·돼지 등의 동물이나, 지네·지렁이 등의 미물과 인간 사이에서 태어났다는 이야기도 그렇고, 또 성기 숭배의 고습도 그 하나이며, 또 신을 인간의 시조로 삼는 것이나 모든 성신 숭배도 토테미즘적인 것이라 하겠다.[27]

토템의 대상이 되는 기준과 특징에 대해 중국의 인류학자 何與亮은 인류는 토템을 선택하는 데는 인간의 감정과 매우 관련이 깊다고 주장하고 있다. 인류가 특정한 물종을 토템으로 정하는 과정에서 인간의 감정을 품고 있다. 이 위험에서 온 두려움, 목숨을 구해준 고마움, 그리고 신비감에서 온 호기심을 뽑힌다.[28]

토템의 대상이 된 물종은 사람들과 접촉하는 모든 물종 즉, 식물, 동물 무생물 등이며, 식물토템은 오래된 고목이나 생김새가 이상한 나무로 사람에게 두려움의 대상이 토템이 되었으며, 동물토템은 호랑이, 곰, 사자, 뱀, 거북이, 지네, 두꺼비 등 사람을 해치는 맹수들이나 사람에게 호기심을 주는 동물들이 토템이 되었다. 또한 무생물토템으로는 거대한 바위, 절벽, 하천 등 두려움과 호기심을 자극하는 자연물을 토템으로 숭배했다. 특히 우리나라에서는 호랑이의 토템이 많다. 호랑이는 한민족을 대표하는 동물이기도 하지만 우리 민족의 독특한 정신을 잘 표현해내는 동물이기 때문에 호랑이는 한국인들에게 두려운 존재이기

---

27 김준영, 앞의 책, pp.38~39.
28 何與亮, 『圖騰與中國文化』, 江蘇人民出版社, 2008, pp.61~62.

도 하지만, 사악한 잡귀들을 물리치는 영험한 동물로 산을 지키는 산신으로 숭배의 대상이 되어 많은 문학작품의 소재가 되어왔다. 호랑이는 힘과 권력의 상징으로 또는 효자 등의 수많은 전설로 구비문학의 주요 소재가 되어왔다.

토템의 대상이 되는 물종들은 인간이 본능적으로 가지고 있는 감정을 잘 보여주는 것으로 동심의 원천이 되고 있다. 어린이들이 미분화의 정신구조에서 동식물들을 친근하게 접근하고 호기심을 보이는 등 물활론적인 사고를 보이는 특성을 보이는데 이러한 심리적인 특성을 잘 보여주는 것이 토테미즘이라고 할 수 있다. 결국 원시적인 동심이란 토템이 되는 대상을 숭배함으로써 심리적인 안정을 찾아가려는 본능적인 반응을 의미하며, 어린이들의 미분화된 정신구조에서 이러한 본능적인 행동이 일어나게 된다.

(3) 영혼사상과 동심

영혼 사상은 사람이 죽은 후에도 영혼만은 그대로 남아서 어디에 의지하기도 하고, 또 천상·지하·해저까지도 떠돌아다니면서 산 사람과 죽은 사람 사이에 교섭이 행해지기도 하며, 또 자신의 육체나 새로운 육체에서 붙어 환생도 한다는 등의 영혼 불멸과 유리·결합이 자유롭다는 사상[29]으로 불교의 윤회 사상과 일맥상통한 사상으로 불교가 들어오기 이전부터 고대 때부터 전래되어왔다

고대인들 가운데 이집트와 중국 사람들은 영혼이 이중으로 구성되

---

29 김준영, 앞의 책, p.39.

어 있다고 이해했다. 이집트 사람들은 '카'(숨)은 죽은 뒤에도 살아남아 육체 곁에 남아 있지만, 영인 '바'는 죽은 사람들이 있는 곳으로 간다고 믿었다. 중국 사람들은 죽음과 동시에 사라지는 등급이 낮고 감각적인 영혼, 즉 백魄과 죽은 뒤에도 살아남아 조상숭배의 대상이 되는 이성적 원리인 혼魂을 구분했다.[30]

자연물 숭배와 토템사상이 근원이 되어 사람이 죽은 후에 혼령이 존재한다는 믿음이 생겨 조상신을 섬기게 되었고, 사람이 죽은 후에 생전과 같이 생활하기를 바라는 순장하는 풍습은 모두 영혼 사상에 기인한다. 사람이 죽으면 귀신이 되는데, 귀신은 첫째, 자연과 인간사의 변화를 주재하는 최고의 초월적 인격신을 의미하며, 둘째, 죽은 자의 영혼을 의미함을 알 수 있다.[31] 고구려 분묘에서 왕의 영면을 보호하기 위해 사신도를 그려놓았고, 죽은 후에도 현세와 같이 자연의 속에서 생활을 영위하기 위한 해·달·별 등을 변화에 그려놓는 등의 풍습은 영혼 불멸의 사상에 기인한 것이다.

이러한 영혼 사상은 문학적 소재로 등장하여 많은 문학작품을 탄생시켰으며 향가의 〈兜率歌〉〈祭亡妹歌〉〈처용가〉등의 창작의 모티브가 되기도 했다.

영혼불멸사상은 크게 離魂型, 再生型, 還生型, 空唱型 네 가지 형태로 분류되며, 민간신앙에서 샤머니즘과 영합하여 현재 무당세계에서도 흔히 볼 수 있는 현상으로 남아 있다.

---

30 "영혼", 『브리테니커백과사전』제16권, 웅진, p.11. 1997,
31 정영수, 「주역에 나타난 귀신의 개념」, 전남대학교대학원 석사학위논문, 2003. p.8.

죽은 후에도 영혼이 존재한다는 미분화된 정신세계는 인간의 원초적인 정신구조를 형성하고 있다. 혼령의 존재한다고 믿고 호기심을 갖는 어린이들의 특성은 고대인들의 사유체계와 유사하다. 죽으면 혼령이 육체에서 분리되고 또는 죽었던 사람이 다시 살아나기도 하고, 죽어서 다시 다른 사람으로 태어나기도 하며, 혼령이 허공에서 소리로 들여온다는 등 고대인들은 아래와 같은 믿음을 갖고 있었다.

① 離魂型

인간이 육체와 영혼이 합치된 기간을 삶이라고 보고 靈肉이 분리된 순간을 주검이라고 본다. 그러나 靈은 주검인 肉를 떠날 뿐 여전히 불멸하여 이 세상에 선행한 자와 행복한 삶을 마친 자는 神仙道教, 세계로나 極樂世界佛教, 또는 天堂基督教으로 가게 되는데, 반면에 이승에서 恨을 품고 죽었거나 安宅을 얻지 못한 자는 저승에서도 安住를 못한 채 冤鬼가 되어 떠돌면서 怨恨풀이를 하게 되는데, 대개 怨恨풀이의 내용을 살펴보면, 잠시 還生하여 미해결한 恨을 풀거나 또는 비명횡사를 한 경우, 그 復離한다거나, 또는 이러한 상황이 夢兆로서 나타나기도 한다.[32]

② 再生型

재생이란 죽었던 사람이 다시 살아남을 뜻한다. 불교에서 윤회사상

---

32 林湧植, 「古小說에 끼친 原始宗教思想」, 건국대학교 대학원 석사학위논문, 1976. p.80.

에 의하여 輪迴前生으로 다른 동물로 태어난다거나 다른 사람으로 태어나는 것이 아니고, 夢幻的인 재생으로 비현실세계에서 살아난다는 것도 아니며, 직접 죽은 이가 의 靈肉이 다시 살아난다는 의미이다.

③ 還生型

환생이란 다시 살아난다는 재생과는 다르게 불교의 윤회전생사상을 바탕을 두고 완전히 영과 육이 분리된 상태로 죽었다가 다시 다른 사람의 몸을 빌어 다시 태어난다는 것이다. 원시종교사상의 근간을 이루어서 전래해오다가 불교가 들어옴으로써 불교전생윤회사상과 이어져 전해오는 사상이다.

④ 空唱型

우리나라 무속에 空唱巫가 있는데, 이는 巫가 神靈을 내려 신령으로 하여금 소리를 지르게 하고, 이 소리를 神의 소리로 해석해서 吉凶禍福를 占친다. 이 신의 소리는 坐陰하여 어디서인지 불분명하나 들려오기 때문에 空唱이라 하였다. 悲鳴橫死한 冤鬼가 저승으로 돌아가지 못하고 허공을 떠돌며 그 毒氣가 하늘에 사무쳐 冤情를 呼訴하는 것과 같은 것이다.[33]

영혼은 죽은 사람의 영혼만이 떠돌아다니는 것이 아니며, 산 사람의 영혼도 자유로이 이합한다고 생각했다. 꿈은 그 현상의 하나로 여겼기

---

33   양주동, 『古歌硏究』, 일조각, 1965, p.160.

때문에 따라서 꿈의 매매가지도 행해졌다.[34] 이와 같이 영혼사상은 고대부터 신라시대, 고려시대, 조선 시대를 거치면서 우리나라 구비문학의 뿌리를 형성해왔고 시가에서도 그 명맥이 이어져왔다.

영혼 사상은 현세에는 아름다움을 지향하려는 인간의 원초적인 본성으로써의 동심을 의미하고, 현세를 살아가는 사람들이 서로 공생공영하기 위한 인간적 본성의 복원력으로 작용하며, 모든 시가를 탄생하게 된 근본적인 정신적 토대를 형성해왔다.

(4) 정령사상과 동심

정령사상이란 인간만이 영혼이 있는 것이 아니라 모든 동물이나 식물, 그리고 무생물 등의 자연물까지도 정령이 있다는 사고다. 정령은 넓은 의미에서는 영혼·사령死靈·조령祖靈·영귀靈鬼·신성神性·귀신들까지도 모두 포함하는 말이나, 엄밀한 의미에서는 신들과 같은 명확한 개성을 갖지 않은 종교적 대상을 말한다.

정령사상은 사람뿐만 아니라 동식물까지도 정령이 있다는 동식물과 사람을 동일시하는 사상으로 사람의 영혼이 동식물의 정령과 교섭이 이루어지기도 하고, 인간의 영혼이 그에 의존하는 등 이합離合과 취산聚散[35]이 자유롭게 이루어진다. 따라서 자연물 자체에 정령이 있으므

---

34 『삼국유사』 "太宗春秋公" 條에 따르면, 김유신의 누이동생 현희의 꿈에 西岳에 올라가 가서 오줌을 누었더니 오줌이 서울에 가득 찼다. 그래서 그 꿈 이야기를 들은 동생 문희가 그 말을 듣고 장차 귀가 될 꿈인 줄 알고 비단 치마를 주고 그 꿈을 샀다, 그런 결과 문희는 나중에 太宗 金春秋의 王后가 되었다.

35 김준영, 앞의 책, p.41.

로 신이나 영혼이 자연물에 의존하거나 종속이 가능하다. 그러므로 신
=영혼=정령은 동일한 존재로 여기게 된다.

　이 때문에 원시인들은 자연물을 숭배하였고, 자연물에게 축원을 하
고 교섭을 행하며 자연물에 공포심을 가졌다. 그래서 함부로 땅이나
바위를 파헤치고 허물어뜨리는 일이랄지 큰 나무를 베어내는 일을 할
때는 두려워했다. 오늘날에도 이러한 정령사상이 내려오고 있다. 큰 나
무를 함부로 베어내는 심리적인 불안감으로 인해 병이 들고 우환이 생
겨났다는 등, 사냥꾼이 새끼를 임신한 동물을 사냥하고 난 뒤 병들어
눕거나 죽게 되었다는 터무니없는 미신을 사실로 인정하는 사람들까
지 더러 있다.

　영국의 문화인류학자 E. B. 타일러가 그의 저서 《Primitive Culture》[36]
(1871)에서 인간의 영혼이 외계의 사물에 적용된 것이 정령이라고 하
였다. 원시종교나 민간신앙에서는 정령의 관념이 지배적이어서 정령에
대한 숭배도 성행하였다. 정령은 인간의 길흉화복과 깊은 관계가 있다
고 믿어왔다. 그러므로 사람들은 두려운 마음에서 정령을 위무慰撫하
기 위한 여러 가지 의례가 행해지는데, 우리나라의 마을의 수호신으로
당산제를 지내는 풍습은 W. B. 스펜서가 말하는 사령숭배현상이다. 이
는 인류의 가장 오래 된 신앙으로 오늘날까지도 이어지고 있다 사령死
靈이 살아 있는 사람들의 화복禍福과 관계가 있다는 관념이 발달한 것
은 농경 定住生活이 시작될 무렵부터이며, 사령의 운명에 대한 관념도

36　Tylor, Edward Burnett, Primitive Culture :Researches Into the Devel-
　　opment of Mythology, Philosophy, Religion, Art, and Custom, Sagwan
　　Press, 2018.

발달하여 음식물을 바치며 祭를 지내게 된다.

어린이들의 미분화 사고는 고대인들과 사고체계와 매우 유사한 특징을 보이며, 정령의 존재를 인정하는 물활론적인 사유를 하게 되는 것이다. 많은 어린이문학 작품들이 물활론적인 사유를 바탕으로 창작되고 있으며, 어린이들은 그러한 작품을 현실로 인식하고 받아들인다. 따라서 이러한 물활론을 원천을 제공하는 정령사상은 동심과 유사한 일치점을 갖고 있다고 볼 수 있다.

(5) 금기사상과 동심

우리나라 어린이들이 어릴 때부터 자라가는 동안에 부모나 이웃 어른, 학교 선생님들로부터 가장 듣는 언어는 '~하지 마라'라는 말이다. 행동을 제약하는 되풀이되는 말은 반복학습에 의해 무의식에 잠재되게 되고, 이러한 낱말에 익숙해지면서 사회성원으로서 성장을 거듭나는데, 금기는 '삼가한다', '근신한다', '피한다' 등의 말로서 종교적 관습에서 어떤 대상에 대한 접촉이나 언급이 금지되는 것을 말한다. 忌 · 忌違 · 齊戒 이밖에 'Taboo', 'Tabu'라고 하기도 하는데, 이는 폴리네시아의 토속어로서 '확실히 표식을 붙인다'는 뜻이다.[37]

주술은 인간의 힘으로 해결할 수 없는 자연적인 힘 앞에 원하지 않는 사태의 발생을 예방하거나 대항하기 위한 적극적이고 능동적인 대처방법이다 이에 반해 금기는 두려워하고 기피하려는 수동적이고 소극적인 대응방식이라고 할 수 있다. 인간은 진화해가는 문명의 단계마

---

37 민속학회, 『한국민속학의 이해』, 문학아카데미, 1994, p.50~51.

다 끊임없이 불가항력적인 자연의 재앙에 적응해가면서 인간으로서의 한계를 인식하고, 그것에 대처하는 방법을 구안하기 위해 노력해왔다. 원시적인 생활환경은 자연에 대한 경외심이 더욱 컸을 것이고, 대자연 앞에 두려워하는 마음을 갖고 돌발적인 상황에서 인간의 힘보다 우월한 힘을 가진 존재를 향해 기원했을 것이고, 이러한 기원을 통해서 자신의 어려움을 해결해 나갔을 것이다. 인간에 닥치는 위기와 위기를 예방하는 방법을 터득하고 위험한 상황을 대처해나가는 방법으로 금기가 생겨났을 것이다. 이러한 금기는 오랜 시간 사회의 변천과 더불어 생활양식의 변화, 교육·문화·경제 발전으로 인하여 존재가치가 없는 것들은 자연적으로 소멸되고, 그 필요성이 있는 것들은 오늘날까지 전해오고 있는 것이다.

금기사상은 앞에서 언급한 샤머니즘, 토템사상, 영혼 사상과 정령사상을 근간으로 금기의 관념이 생겨났다. 자연물에는 영혼이 존재하므로 사람이 죽으면 귀신이 되고, 나무에도 영혼이 있으며, 돌멩이도 생각할 수 있고, 새와 짐승은 말할 수 있으며, 어떠한 사물에도 신령하지 않음이 없고, 어떠한 귀신도 영혼이 없을 수 없다.人死爲鬼 樹木幽靈 頑石能思 鳥獸會言 無物不神 無思不靈[38]

만물에 유령의 관념이 존재한다는 이러한 사상은 신령스러운 귀신의 힘에 의해 행운을 가져오기도 하고 재앙이 내릴 수 있다는 믿음을 가져왔다. 인간이 危害를 면하고 행운을 얻으려면, 만물의 靈에게 기도해야 하며, 행동과 언행을 조심하여 신령의 노여움을 사지 않아야 한다

---

38 李宗桂, 『중국문화개론』, 동문선, 1991, p.46.

고 믿었다. 신령의 노여움을 사지 않으려는 대처방안이 바로 금기이다.

금기사항은 관습이 되어 한 민족의 전통적인 생활방식으로 자리 잡게 된다. 문화적·정신적 환경 차이에 의해 문화특질에의 차이가 발생하고, 이러한 문화특질은 서로 다른 구성방식에 근거하여 문화체계를 형성하여 서로 상이한 금기사항이 생겨나게 되었다. 祈子 禁忌사항은 크게 행위금기, 음식물 금기, 태신 금기로 나누어진다. 행위 금기는 類似의 법칙, 접촉의 법칙으로 나누어 볼 때 사주당 이씨의 『胎敎新記』[39]에 의하면, 거처와 기르는 것을 보살피지 않으면 胎를 보전하기 어려우므로 근신해야 한다고 기록되어 있는데 類似의 법칙에 해당하

---

39 사주당 이씨(師朱堂李氏, 1739~1821)가 1800년(정조 24)에 아기를 가진 여자들을 위하여 한문으로 글을 짓고, 아들인 유희(柳僖)가 음의(音義)와 언해를 붙여 1801년(순조 1)에 이루어진 책으로 2부작 총 10개장으로 구성되어 있각 장의 내용은 다음과 같다. ① 제1장 지언교자(只言敎字) : 자식의 기질의 병은 부모로부터 연유한다는 것을 태교의 이치로써 밝혔다. ② 제2장 지언태자(只言胎字) : 여러가지 비언(臂言)을 인용하여 태교의 효험을 설명하였다. ③ 제3장 비론태교(備論胎敎) : 옛사람은 태교를 잘하여 그 자식이 어질었고 오늘날 사람들은 태교가 부족하여 그 자식들이 불초(不肖)하다는 것을 말하고, 태교의 중요성을 강조하였다. ④ 제4장 태교지법(胎敎之法) : 태교의 대단(大段)과 목견(目見)·이문(耳聞)·시청(視聽)·거처(居處)·거양(居養)·행립(行立)·침기(寢起) 등 태교의 방법을 설명하였다. ⑤ 제5장 잡론태교(雜論胎敎) : 태교의 중요성을 다시 반복 강조하고, 태교를 반드시 행하도록 권하였다. ⑥ 제6장 극언불행태교지해(極言不行胎敎之害) : 태교를 행하지 않으면 해가 있다는 것을 경계하였다. ⑦ 제7장 계인지이미신구기위유익어태(戒人之以媚神拘忌爲有益於胎) : 미신·사술(邪術)에 현혹됨을 경계하여 태에 유익함을 주려고 설명하였다. ⑧ 제8장 잡인이증태교지리신명제이장지의(雜引以證胎敎之理申明第二章之意) : 잡다하게 인용하여 태교의 이치를 증명하고, 제2장의 뜻을 거듭 밝혔다. ⑨ 제9장 인고인이행지사(引古人已行之事) : 옛사람들이 일찍이 행한 일을 인용하여 놓았다. ⑩ 제10장 추언태교지본(推言胎敎之本) : 태교는 장부(丈夫)에게 책임이 있으니 부인에게 가르쳐 주도록 하고, 이 책에 대하여 극찬하였다.

는 일부를 일을 들면 다음과 같다.[40]

　　夫婦不同寢 : 부부가 함께 잠자리를 하지 마라

　　衣無太溫 : 옷을 너무 덥게 입지 마라

　　食無太飽 : 너무 배 부르게 먹지 마라

　　不多睡臥須時時行步 : 지나치게 엎드려 자지 말고 모름지기 때때로 걸어라

　　不坐寒冷 : 차가운 곳에 앉지 마라

　　不坐穢處 : 더러운 곳에 머물지 마라

　　勿問惡臭 : 추하고 나쁜 것은 듣지 말아라

　임산부의 접촉에 관한 금기는 다음과 같은데 이는 임산부나 태아에 가해지는 위해가 크기 때문에 다른 금기 사항보다 민간에서 잘 지켜지고 있다. 주로 상가집이나 혼인집, 맞삼신집 또는 더러운 장소에 재앙이 있다고 믿고 이것을 금기시 하는 것은 일부지역에 국한한 것이 아니나 일반인 모두에게 적용되는 보편적인 금기사항이다. 원시인들은 타부시 되는 대상물이나 지역을 정해놓고, 이러한 대상물에 접촉했을 경우에는 반드시 그 접촉한 사람을 일정한 장소에 장기간 격리시키거나 아니면 그 접촉한 사람은 가까운 시일안에 곧 죽음이 초래된다고 굳게 믿었다.[41]

　이와 같이 금기 사항은 개인의 경험에 의해 임신할 때 금기할 사항

40　사주당 이씨, 『胎教新記』 4장, 안티쿠스, 2014, p.92.

41　J. G. Frazer, 앞의 책, pp. 267~273.

을 기록한 『胎敎新記』가 있으며, 여러 사람들의 기상의 변화와 자연현
상을 관찰한 경험이 일반화되어 전해오는 과학적인 예견력을 보이는
금기사항도 있다. 예를 들면 달이 사라지고 아침에 구름이 많이 끼면
오후는 날씨가 좋아진다. 달이 뒤에 있으면 남서풍이 불 것이다. 만일,
밤에 귀가 멍해지면 바람의 변화가 있을 조짐이다. 나귀의 울음소리
가 들리면 오늘 비가 올 것이다. 검은 달팽이가 길 위에 나와 있으면 다
음 날에는 비가 올 것이다. 어린아이가 투레질 잦으면 비가 온다. 신경
통이 도지면 날씨가 나빠진다. 청개구리가 울면 비가 올 징조이다. 개
미가 장을 치면 비가 올 징조이다. 제비나 잠자리가 지면 가까이 날아
다니면 비가 올 징조이다. 물고기가 물 위로 입을 내놓고 숨을 쉬면 비
가 올 징조이다. 바람이 불어오는 쪽에 무지개가 생기는 날은 비가 오
고, 반대쪽에 무지개가 생기는 날은 날씨가 좋다. 저녁 무지개가 생기
면 맑아지고, 아침 무지개는 비가 올 징조이다. 햇무리나 달무리가 생
기면 비가 온다. 저녁놀이 생기면 맑아지고, 아침놀이 생기면 비가 올
징조이다. 봄의 천둥은 추위를 가져 온다. 해질 무렵 시커먼 구름이 있
으면 편서풍이 불 것이다. 만일, 하늘이 깊거나 푸르고, 또는 수평선 근
처가 초록빛을 띠면 비가 올 것이다. 마파람이 계속 불면 비가 올 징조
이다. 하늬바람이 불면 날씨는 좋아질 징조이다. 수저에 밥풀이 잘 붙
으면 맑고, 잘 떨어지면 비가 올 징조이다. 여자가 원한을 품으면 오뉴
월에도 서리가 내린다. 등 오랜 경험에 의한 과학적인 예견력을 지닌 금
기 사항이 있기도 하지만, 원시시대뿐만 아니라 이후에도 많은 금기사
항이 비과학적인 두려움의 대상에 대해 금기하던 것들이 관습화된 것
들도 많다.

그 실례를 들면, 이름을 예쁘게 지으면 단명 한다. 이름을 붉은 글씨로 쓰면 안 된다. 4자 글씨를 써 붙이지 말라. 밤에 머리를 빗지 마라. 그러면 어머니가 돌아가신다. 밤에 거울을 보지 마라, 남에게 미움 받는다. 밤에 여자가 거울을 보지 마라, 소박맞는다. 밤에 귀를 후비지 마라. 무서운 일을 당한다. 밤에 손톱이나 발톱을 깎으면 가난해진다. 밤에 쓰레질을 하면 복 달아 난다. 밤에 휘파람을 불면 뱀 나온다. 문지방을 베고 잠자면 안 된다. 불놀이 하면 오줌 싼다. 까마귀 고기는 먹지 않는다. 복숭아와 바다 물고기중 치자 들어가는 생선, 고추와 마늘, 비늘 없는 물고기, 머리카락 등의 음식은 제사상에 올리지 않는다. 등 우리 생활 전반에 걸쳐 관습적인 금기 사항이 되어 왔는데, 이러한 금기사항은 나라별, 지역별, 가정별로 각각 다르다. 속담으로 전해오는 것들도 많다. 오늘날까지도 금기사항이 철저하게 지켜지는 곳도 많다. 특히 다른 나라나 특정지역에 가서 그 나라나 지역의 금기사항을 어겼을 때 곤경에 빠지는 경우가 더러 있다. 금기사항은 특정 지역과 나라의 관습적인 전통이 되어 왔기 때문이다.

(6) 풍수·도참사상과 동심

풍수라는 낱말의 風은 氣와 精을 뜻하며, 水는 혈血液을 뜻한다. 그러므로 풍수란 천지의 기와 정, 혈을 다루는 학문을 말한다. 한편으로 풍에는 건조, 수는 습기을 말하는 온도와 습도를 의미로 지구상의 환경요소들을 대칭하는 넓은 뜻을 포함하고 있다. 따라서 풍수는 환경을 다루는 학문이라고 할 수 있다. 동양에서는 온도를 양이라 하고 습도를 음이라 하여 풍수라고 하면 곧 음양의 학문으로 통하게 되었다.

이로 미루어 보아 음과 양이 풍수의 요체가 된다.[42]

풍수사상은 동양철학의 바탕이 되는 일원론적인 세계관을 담고 있는데, 고대 우주론은 인간의 환경인식체계를 의미한다. 우주론에서 추상적이고 구체적인 보편개념의 핵을 구성하는 것은 풍수사상에서 기이다. 따라서 풍수사상에서 만물은 모두 생기의 소생이다. 산도 물도 인간도 모두 다 생기의 소산이며 살아있는 생명체이다. 풍수경전《청오경》[43]에서는 우주 안에 담겨진 만물이 중심과 팔방의 성향에 의해 결정되고 만물의 성향이 기를 통해 형상된다고 말하고 있다. 풍수사상에서는 음양의 조화를 매우 중요시한다. 음이나 양이 홀로는 생성하지 못하고 음양이 서로 합해져야 조화를 이룰 수 있다. 따라서 자연과 인간의 관계인식에서 조화와 균형을 이루려는 사고, 종합적인 세계관, 자연과 인간의 공동운명체적인 관계, 유기체적인 통합으로 환경을 인식하는 사상으로 볼 수 있다.

---

42 유종근, 최영주, 『한국 풍수의 원리』, 동학사, 1997, p.24.

43 《청오경》은 중국 한나라 때 풍수지리학자 청오가 묘터를 정하는 데 필요한 사항을 정리한 책으로 1권 1책. 목활자본. 1866년(고종 3) 왕명으로 간행하였다. 당나라 국사인 양균송(楊筠松)의 주석이 있다. 내용은 구분 없이 풍수지리에 대한 골자를 설명한 것으로 하늘과 땅이 생길 때부터 음과 양으로 구분되어 생겼음을 설명하고, 음양에 청과 탁의 구분이 있으며 청과 탁은 길과 흉을 수반하는 것이 풍수지리의 골자로 가장 중요한 것임을 지적하였다. 이 책은 《금낭경 錦囊經》과 더불어 풍수지리에 대한 양대 기서로 지칭되면서 음양·복술·풍수·지리가에게 많은 애송을 받아 풍수지리의 근간이 되었고, 우리나라에도 도선(道詵)이 처음 들여온 뒤 많은 풍수지리가를 낳았다. 특히 조선시대에 과거제도의 하나인 잡과(雜科)를 볼 때 풍수지리가를 선발하는 과정에서 이 책이 과제(科題)로 쓰인 일이 있다. 그 뒤에도 이 책을 근거로 많은 지리풍수설이 발달하여 아직까지도 민간에서는 신앙처럼 유행하고 있다. 규장각도서와 국립중앙도서관 등에 소장되어 있다.

풍수사상[44]은 山水가 신비로운 生氣를 內合하여 인간생활의 背後에서 인간의 吉凶禍福을 좌우한다고 믿고, 거기에 인간과 死靈을 일치, 조화시킴으로써 인간생활에 福利를 추구하려고 하는 하나의 俗信이다.[45]

풍수사상은 陰陽五行의 법칙에 그 근거를 두고 있다. 陰陽은 太極의 靜動을 말하는 것이고 이 靜動에서 五行, 森羅萬象이 나온다. 그리고 陰陽之氣 즉, 陰陽五行의 元氣는 비, 바람, 구름이고, 지중에서 生氣가 된다. 풍수는 천지간을 순환하는 생기를 입는 것이 가장 중요하다. 그래서 葬者가 입을 생기는 지중에 있는 생기, 즉 五氣이다. 이 생기의 厚薄消長에 따라 태어나는 삼라만상의 운명이 달라지는 것이다.

풍수사상과 도참사상이 서로 결합하기 마련인데, 그렇게 할 수 있는 이유는 풍수사상과 도참사상이 다음과 같은 공통점[46]을 들어 우리 전통 민요에 수용되어왔음을 설명하고 있다.

첫째, 풍수와 도참사상이 음양오행설을 기초로 이루어졌다.

둘째, 풍수와 도참사상은 신라말기에 중국에서 유입되었다. 중국에서도 정치가 혼란하고 민중의 삶이 안정을 잃고 어지러울 때에 이 두 사상이 성립되었고, 또 중국에서 이 두 사상이 가장 성행할 때가 우리로서도 신라 말의 정치적 혼란기에 놓여 있었다. 따라서 우리나라는

---

44 孝經 喪親章에「卜其宅兆 而安措之」라 하여 부모의 무덤 자리를 편히 하라고 하였다. 戰國末期에 풍수적 관념이 처음 발생했고, 漢代에 와서 陰陽五行思想을 빌어 그 원리를 정돈하였다. 唐代에 이르러 풍수신앙이 민간에 널리 慣行되었다.

45 李熙德, 『韓國思想의 源泉』, 박영문고 80, 1973, p.182.

46 권오경, 「풍수도참사상의 민요에의 수용양상」 문학과 언어연구회, 『문화와 융합』 15권, 1994, p.106.

풍수도참사상이 성행하지 않을 수 없었다.

셋째, 풍수와 도참사상이 다 같이 정치성을 띤다.

풍수는 정치적인 면과 종교적인 면으로 살펴볼 수 있는데, 정치적인 면은 집단의 지도자나 대표적 인물의 묘지 또는 건물이 그 집단 전체에 영향을 미친다는 생각에서 정치적 문제가 되는 경우로, 주로 陽宅 풍수가 여기에 해당한다. 그리고 도참사상도 주로 정치적 징후를 예언하는 것으로 사용되었다.

풍수사상과 도참사상은 함께 우리나라 전통사상의 맥을 형성하여 오늘날까지 이어오고 있으며 풍수가 전통적인 지리과학이자 토지관으로, 천지의 氣가 잘 어울리고 그 가운데 인간의 위치가 그 조화를 도와야 함을 전제로 완전한 조화가 이루어질 때 도道가 생기고 복福을 얻을 수 있다는 사상인 반면, 도참이란 앞날의 길흉에 대한 예언을 믿는 사상이다. '도圖'는 앞으로 일어날 사건의 상징, 표징, 신호, 징후, 전조, 암시를 뜻하는 것으로 앞으로 일어날 미래의 어떤 일과 깊이 연관되어 있다는 것이며, '참讖'은 은어와 밀어와 같은 상징적 언어로 장래에 일어날 일을 예언하는 것이다. 결국 도참이란 미래의 길흉화복을 예측하는 예언서, 즉 미래에 대한 기록이라 할 수 있다.

도참에 의해 전통의 맥을 이어온 문학은 동요였다. 풍수와 도참사상이 다 같이 정치성을 띠는 특성의 전통이 동요문학에 이어졌는데, 고대의 동요문학에서는 정치사회의 예언적인 신비성을 지닌 노래로 반드시 여러 정치적인 사건과 사회의 변화에 대한 앞날을 예고하는 참요적인 특징을 보였다.

후백제의 견훤 때에 "가련완산아可憐完山兒 실부체연유失父涕連濡"라는 동요가 떠돌았는데, 얼마 안되어 견훤이 그 아들 신검에게 失位되었다는 이야기나, 고려 의종 때 "하처시보현찰何處是普賢刹 수차진동역살隨此盡同力殺"이란 동요가 떠돌았는데, 얼마 안되어 보현찰에서 무신란이 생겼다는 이야기, 또 신우 21년에 "목자득국木子得國"이라는 동요가 있더니 마침내 이성계가 왕이 되었다는 등과 같이 길조와 흉조 간에 신의 계시로 어떤 사건을 대중이 가요로서 예언하게 되는 것인 바, 그것을 '동요'라 함은 대개 신의神意가 동남 동녀童男 童女를 통하여 발로發露된다 해서 불려진 이름이다.[47]

이처럼 고대 동요는 참요적인 성격으로 동심을 통해 미래를 예언했다. 이처럼 동심을 통한 사회변혁을 촉구함으로써 백성들의 지지를 받으려고, 고의적이고 전략적인 계책으로 꾸며진 동요도 있을 것이며, 사후에 조작되거나 특정 사건과 관련이 있는 듯한 노래를 가져와 어린이들을 통해 유포시킨 동요도 있었겠지만, 일반 백성들이 그것을 믿고 받아들였던 것은 사실이다. 이러한 동요의 근원은 고대사회의 사상적인 배경을 형성하고 있는 토테미즘, 샤머니즘. 영혼사상, 금기사상, 정령사상이 낳은 현상으로 이때부터 어린이에 대한 존재를 의식하고 있었다는 사실을 알 수 있다.

어린이는 한 나라의 미래요 희망이다. 동심은 인간의 선한 의지를 낳는 근본 바탕으로 문학과 예술과 학문을 발전하는 목표와 이상으로 볼 때 풍수도참사상은 우리 전통문학의 뿌리인 민요뿐만 아니라 모든 문학의 배경이 되어 왔다. 따라서 풍수도참은 동심의 본질을 드러내는

---

47 김준영, 앞의 책, pp. 48~49.

우리문학의 원초적인 배경이며 한반도에서 조화롭게 민족문학을 꽃피워나갈 전통사상이며 미래학이라고 할 수 있다.

2) 고대가요와 동심

한민족은 한반도에 이주하여 정착한 이래 고조선·부여·옥저·예·삼한 등 부족국가를 이루면서 살다가 점차 국가의 체제로 정비되어 고구려·신라·백제 등 삼국시대, 그리고 신라가 삼국을 통일하여 통일신라시대로 이어지는 상고시대의 문학은 구석기 동굴벽화에서 빚어낸 원시적인 사유를 바탕으로 한 신화의 세계였다. 원시 종합 예술의 혼합 형태로 음악과 무용, 회화, 신화, 제의의식이 뒤섞여 시가로서 분화가 되지 못한 상태였다.

구석기시대의 인간은 정령, 내세에 대한 신앙을 갖지 않았다고 한다. 따라서 이들은 생존을 위한 생산 활동과 관련된 주술수단이거나, 실용적인 경제적 목적과 직결되어 있었을 것으로 생각되고 있다. 동굴 속의 사슴 벽화가 사슴의 수렵을 위한 주술적 목적을 가졌듯이 「가요」도 생산과 제의와 관련된 보다 구체적이며 실질적인 목적 아래 대상의 재현이나, 願望의 표현에 정도되었던 터이다.[48]

구석기 시대부터 지속되어 온 원시 예술의 특징은 마술적이고 실용적인 행위에 의한 예술은 자연주의 양식으로 이어져오다가 신석기 시대부터 경험세계의 풍성함을 등진 채 모든 것을 기하학적 무늬로 양식

---

48 김원용, 「韓國文化의 考古學的 研究」, 고려대학교민족문화연구소 『민족문화연구 1』, 1964. pp.254~274.

하려는 경향이 지배하게 된다.[49] 이러한 특징은 신석기 시대 사람들의 생활상과 정신세계를 보여주는 울주 반구대 암각화에서 고래 그림 등 수렵어로 생활을 하면서 애니미즘의 정신세계는 미분화된 어린이의 정신세계를 보여준다.

이후 집단의 동일성으로 공동체의식을 형성하는 신성한 이야기인 신화가 생겨나게 되었고, 이 때 만들어진 신화는 집단의식이 행해지는 신성한 공간에서 재연되었다. 대부분 구비서사시의 형태로 영웅들의 이야기나 건국신화가 무가형태로 이어왔다. 원시사회에서 집단의 동일성은 민족기원신화(시조신화)를 통해 형성되어왔다.[50]

고대에서 중세에 이르기까지 국가의 건국신화는 대부분 건국의 취지나 목적을 정당화하여 집단의 동일성으로 통합하기 위해 만들어진 서사시였다. 집단의 동일성은 그 집단의 이상과 목표를 내세워 공동체의식을 통합하는 동심을 바탕으로 한다. 국조를 신성시하고 건국의 정당성을 합리화하기 위한 건국신화는 초현실적인 이야기로 전개된다. 고조선 건국신화에서 홍익인간이라는 환인의 이상을 선포하고, 웅녀와 환웅의 신성혼을 통해 집단의 결속을 드러낸다.[51]

건국 영웅은 여러 부족들의 이야기를 종합하는 동일성을 반영하기 때문에 대부분 하늘의 뜻임을 강조하고 건국신화는 각 고대국가가 존속하는 동안에는 국가 제전으로 공식화되는 민족통합 이데올로기가 되었다. 그리고 이런 속성으로 인해 해당 국가의 소멸 이후에도 후대의

---

49 아르놀트 하우저, 『문학과 예술의 사회사』, 창비, 2018, pp.32-33.
50 민족문화사연구소 엮음, 『새민족문학사 강좌1』, 창비, 2015. p.44.
51 앞의 책, p.48.

필요에 따라 집단의 통합을 강제하는 담론이 될 수 있었던 것이다. 우리는 단군신화가 고조선의 건국신화를 넘어 민족 신화로 재탄생하는 과정에서 그 점을 확인할 수 있다.[52]

건국서사시는 어릴 때부터 성인이 될 때까지 제의행사 때 되풀이 되어 구연되어왔으며, 이와 성격이 주술적이며 의식적인 고대가요의 대표작으로 〈龜旨歌〉를 들 수 있고, 다른 성격의 서정시도 발달해왔는데, 대표적인 서정가요는 〈공무도화가〉와 〈황조가〉를 들 수 있다. 그러나 이들의 가요가 혼합 예술의 성격을 띠고 있다. 그것은 고대가요들이 문자가 없는 시대이기 때문에 구전에 의하다가 기원 4세기 왕산악의 거문고, 6세기 가락의 嘉寶王에 의해 가야금이 만들어지고 악사 于勒에 의해 문학과 음악이 결합한 시가가 크게 발전했다.

고대국가 시대에는 집단적 성격이 강하기 때문에 어린이는 장차 성인되기 위한 과정에 있는 미성숙한 존재로 어른을 따라 제의적인 행사에 참가하기도 하며, 고대시가의 향유에 동참했을 것이라고 추측된다. 당시 어린이는 성인이 되는 과정에 있는 존재로 취급했기 때문에 어른들이 구연하는 시가를 따라서 놀이문화로 재연하며 살아왔다.

중국의 문헌인 「古今注」, 그리고 崔致遠의 『海東繹史』의 기록에 〈公無渡河歌〉가 어른을 대상으로 한 가요이나 그 이면에는 익사하기 쉬운 어린이나 노약자에 대한 인간의 본질적인 측은지심, 동심이 깔려있음을 알 수 있다.

---

52 앞의 책, p.48.

公無渡河 님아, 그 물을 건너지 마오.
公竟渡河 님은 기어코 물을 건너셨네.
墮河而死 물에 빠져 돌아가시니
當奈公何 가신 님을 어찌할꼬.

이 가요는 학자마다 각기 다른 주장을 내놓고 있는데, 정병욱은 『한국사가문학사』에서 "〈공후인〉의 이야기를 하나의 신화로 해석해 보았을 때 이 이야기의 주인공인 백수 광부白首狂夫는 현실적인 인간이 아니라 주신酒神이고, 그 아내는 곧 하천의 요정妖精인 악신樂神이라고 볼 수 있을 것 같다. 그들은 신이기 때문에 생사를 초월하고 범연히 강물 속으로 걸어 들어갈 수 있었고, 또한 신이기 때문에 그 남편의 죽음을 눈앞에 보고 공후를 끌어당겨 남편의 죽음을 노래로 조상할 수도 있었다."[53]라고 신화적인 해석을 내리고 있다.

그러나 이러한 신화적인 해석은 고대시가의 배경을 토테미즘 사상으로 바라본 견해다. 토테미즘이란 동식물 숭배의식, 희생, 정화, 금기, 신화 등의 요소로 구성되는데, 여기에는 물을 숭배하는 토템 신앙과 함께 물의 금기 이미지를 강조하고 있다. 물은 신성하면서도 빠져죽을 위험이 도사리고 있는 토템이다. 주로 물놀이를 즐겨하는 어린이와 물을 보면 뛰어들고 싶은 인간의 본성인 동심이 바탕이 지어진 시가 〈公無渡河歌〉라고 할 수 있다. 물에 빠져 죽은 사례를 들어 애통해하는

---

53 고려대학교 민족문화연구소, 『한국문화사대계』 제5권, 정병욱, 『한국시가문학사상』, 1971,

정서를 통해 생명존중을 위한 어린이를 비롯한 노약자들의 물놀이 금기와 부부간의 끈끈한 정을 노래하고 있다.

고대에 물은 생명의 원천이 되기도 하고 생명을 앗아가는 위험한 토템이었다. 따라서 토템 신앙이 한 집단 구성원의 토템 신앙은 유전되고 평생 지속되는데, 그것은 토템 신앙이 그의 자녀와 혈족과의 관계를 규제하고 심지어는 출산을 위한 배우자의 선정까지도 좌우하기 때문이다. 토템·타부·족외혼은 복잡하게 얽혀 있다. 토테미즘의 모든 기준을 이상적으로 충족시키는 사회는 없지만 많은 집단에서 토테미즘의 여러 요소들을 내포하고 있다.[54]

토템 신앙은 미분화된 정신세계를 갖고 있는 원시적인 인간의 의식 형태도 자연의 재앙이 되는 위험한 사물이나 공간을 신성시하고 금기시 하는 인간의 원형적인 정신세계에서 비롯된다. 따라서 이러한 두려움의 대상은 인간의 공통된 마음으로 자연물에서 느끼는 자연발생적으로 일어나는 순수한 동심의 세계라고 할 수 있다.

〈公無渡河歌〉는 원시공동체 사회가 붕괴되고 노예제도가 형성되면서 노동과 사회생활에서 개인의 활동이 증대되고 인간개성이 발전함에 따라 창작된 가장 이른 시기에 나온 고대 서정시가다.[55] 이처럼 조선 고대사회에서는 개인 창작의 서정가요들이 새로 출현하기 시작하였는데. 토템신앙의 집단의식 표현이라기보다는 서정시로의 특성을 보이는 것은 첫째로 극적 독백체 민요의 서정적 자아는 노래의 상황으로

---

54 다음 백과사전, 「토테미즘」

55 허문섭, 『조선고전문학사』, 한국문학사, 한국문학사, 1996. p.17.

깔려있는 이야기의 극적 주인공이라는 특수한 개인으로서의 '나'에 제한된다는 점에서, 사적인 '나'에서 보편적인 '나'로의 부단한 확산을 지향하는 개인 창작시에서 보이는 자아의 개방성과는 상당히 대조적이라는 것이다. 둘째로 이러한 자아의 폐쇄성을 극복하고 민요 특유의 개방적인 지평을 획득하는 방식은 실체의 '나'를 노래의 서사적인 공간에 설정된 극적인 '나'로 자리바꿈한다는 것이다. 셋째로는 민요로서 지녀야 할 집단성이나 보편성은 노래 자체보다 오히려 노래의 극적 정황을 조성해 주는 서사적인 사건〈소재〉의 보편성을 통해 획득된다는 것이다. 그러므로 극적 독백체 민요로서 〈공무도하가〉가 지니는 생성기 서정시로서의 역사적인 의미는 서사적인 틀의 일부로서 의존적으로 생성되었다고 보았다.[56]

집단의식 속에서 개인의 서정으로 이행은 동일성을 강요하는 집단의식에서 인간의 원초적인 심성을 표현하는 내면의식의 표출이 시작되었다는 것이다. 따라서 〈공무도하가〉는 사회적인 집단의 위험의식에서 개인의 불행에 대한 자각과 인간의 본질적인 정서를 표출하기 시작했다는 것이며, 집단의 강요된 내면의식에서 개인의 내면의식이 미약하나마 싹트기 시작했다는 것은 각각의 개인의 내면에 잠재해있는 동심의 발견이 싹트기 시작했다는 점이다.

龜何龜何　　거북아 거북아

56　逸民 崔喆 教授 華甲記念論集刊行委員會, 『韓國古典詩歌史』, 집문당, 1997. p.225.

首其現也　　머리를 내놓아라

若不現也　　만일 내놓지 않는다면

燔灼而喫也　구워서 먹으리

　　　　　　　- 〈龜旨歌〉 전문

이 노래는 수백 명 원시공동체주민들의 집단적 노동행정에서 불리워졌고 또 하늘로부터 내려오는《신을 맞는》종족집단의 의식행사와 연관되었던 것으로 보아 원시적인 노동가요적 성격과 의식 가요적 성격을 함께 갖고 있는 구전가요였다고 보아진다. 따라서 노래에는 거북과 같은 동물을 종족 신으로 숭배하던 원시적 토템사상, 그리고 사냥과 목축업을 주로 하던 원시가야종족의 생활과 자연정복에 대한 지향등이 소박하게 포함되어 있다.[57]

〈龜旨歌〉는 지금까지 여러 학자들의 다양한 학설이 존재한다. 목적달성을 위해 부른 呪言, 呪歌說, 제의에서 우두머리를 뽑기 위한 과정에서 龜卜을 행하며 부른 노래라는 龜卜歌說. 勞動謠 關聯說, 여성에 의한 남성 誘惑歌說락, 정치적 목적의 創作歌謠說設 등 여러 가지 학설이 있다.

우리 고대가요는 노래와 춤과 이야기 등의 원초적인 형태의 자료를 담은 『三國遺事』에서 문헌으로 남아있는데, 〈龜旨歌〉는 『駕洛國記』의 첫머리, 龜旨歌에서 굿의 형태로 농사가 잘 되게 해달라는 종교적인 제의형태로 나타난다. 물에 사는 거북이와 거북이의 머리로 상징되는 농

57　허문섭, 앞의 책. p.16.

작물, "구워 먹겠다."는 엄포를 놓는 가뭄의 상황인 불의 상징, "머리를 내어 놓아라"는 싹이 터서 농작물이 자라나기를 바라는 당대 사람들의 희망, 그 희망을 저버리고 자라나지 못할 때 짓밟아버리겠다는 협박성 경고로 해석되기도 한다.

거북의 생명력과 번식력을 남성생식기로 의인화한 거북과 龜旨峰의 산신, 노래를 불러 소원처럼 농사와 생명의 신이 출현하지 않고 하늘에서 首露가 내려와 땅과 나라를 새롭게 했다는 이야기 등은 가락국뿐만 아니라 당시의 여러 나라에서 거행된 추수 감사제 성격의 고구려 동맹, 부여의 영고, 예의 무천 등 제천의식에서 한국의 신화·전설·가요가 구체적으로 전승되어왔다. 또한 서로 약간의 차이는 있지만 공통적인 생활 모습으로서 무속 신앙巫俗信仰, 곧 샤머니즘을 가지고 있었다.

샤머니즘과 더불어 동식물이나 자연물을 숭배하는 토테미즘이 원시종교로 우리나라의 원시 문학의 정신적인 배경은 어린이들의 미분화된 정신세계와 일치한다.

〈龜旨歌〉의 가요가 놀이를 생활화하는 어린이들의 직관적 사고와 놀이 충동에서 비롯되었기 때문에 동요형식을 취하고 있다는 점이다. 놀이 형식의 동요는 어른이 부르기 보다는 어린이들의 입을 통해 불리워졌을 개연성이 크다는 점에서 동심을 바탕으로 출현한 가요라는 점이다.

〈龜旨歌〉와 유사한 주제와 내용을 기지고 전해져 오는 고시가로는 신라 선덕여왕 때 노래인 「해가」가 있다. 강릉태수로 부임하려 가는 純貞公이 도중에 林海亭에서 해룡에게 납치된 水路夫人을 내놓으라고 군중들이 부른 노래인데, 부인이 납치당해 황망해하고 있을 때 한 노인이 나타나 백성을 동원하여 노래를 부르게 하고 지팡이로 물언덕을 치게 하라고 이른다. 주술적인 성격을 보이나 해룡에게 납치되었다는 상황은 바다를 숭배하고 두려워하는 토테미즘으로 어린이들의 미분화된 정신세계와 일치하며, 재앙을 물리치기 위해 온 백성이 함께 노래 불렀다는 것과 물언덕을 치게 하라고 이르는 행위는 어린이와 같은 순수한 동심으로서의 행위라고 볼 수 있다. 〈龜旨歌〉가 4구체인데 반해 「해가」는 8구체로 시의 형식이 변화되었지만 동심을 그대로 엿볼 수 있다.

龜乎龜乎出水路 거북아 거북아 수로를 내어놓아라.
掠人婦女罪何極 남의 부인 앗아간 죄 얼마나 큰가
汝若悖逆不出獻 네 만일 다시 내어놓지 않는다면
入網捕掠燔之喫 그물로 잡아서 구워 먹겠다.[58]

-〈海歌〉, 양주동 해석

해룡에게 수로부인을 내어놓으라고 명령하고 만약 내어놓지 않는다는 가정을 설정하고 그물로 잡아서 구워 먹겠다는 경고를 하고 있는 것은 동심적인 발상과 행위로 볼 수 있다. 그리고 배경설화에서 병풍 같은 바위벽이 바다에 맞닿았는데 높이가 천 길이나 된 곳에 철쭉꽃이 한창 피어 있는 것을 보고 수로부인이 사람들에게 "저 꽃을 꺾어다 바칠 자 그 누구냐?" 하고 가지고 싶어 했으나 모시는 사람들이 모두

---

58 朴乙洙, 『韓國詩歌文學史』, 아세아문화사, 1997, p.10.

"사람이 발붙일 곳이 못 됩니다." 하고 사양하였는데, 암소를 끌고 지나가는 늙은 노인이 서슴없이 위험을 무릅쓰고 수로부인이 가지고 싶어하자, 꽃을 꺾어 노래를 지어 바쳤다는 노인의 무모한 행동은 순수한 동심적인 행동이 아니면 불가능하다. 그리고 "만약 ~하지 않는다면. ~하겠다."의 조건을 수락하지 않은 경우 행동을 개시하겠다는 협박은 나쁜 행동을 응징할 때 말하는 직접어법이다. 이는 인간의 본질적인 행동양태로서 동심적인 행동이라고 해석할 수 있다. 그리고 노인이 되면 어린이가 된다고 한다. 노인이 수로부인에게 꽃을 따다 바치는 어린이와 같은 행동이며 동심을 바탕으로 시가가 구성되었음을 알 수 있다.

3) 향가와 동심

(1) 薯童謠와 동심

현재까지 전해오는 향가는 『三國遺事』 14수와 『均如傳』 11수 등 25수가 전해져오고 있다. 현존하는 향가 중 가장 오랜 된 시가는 6세기 무왕의 「薯童謠」이지만, 문헌으로는 1세기 초 유리왕 때 〈兜率歌〉가 제정되었다는 것으로 보아 향가의 역사는 매우 오래 되었으며, 당시 우리 문자가 없어 '吏讀'를 창안하여 표기했다.

서동요는 서동이 창작한 가요가 아니라 "오래 전부터 신라 사회에 구전되어 오던 동요에 선화공주와 자신의 이름을 바뀌어 들어가면서, 향가에 편입된 것으로 보아야 한다."[59]는 박을수의 주장으로 보아 이 당시에도 어린이들이 부르는 동요가 존재하고 있었음을 알 수 있고, 어린이를 노래에 무왕의 애정 목적 실현을 위해 가사를 변형하여 「薯童謠」를 부르게 했다. 이러한 다분히 의도적인 목적으로 어린이를 활용한 점으로 볼 때 어린이라는 계층이 존재했고, 동심의 순수성을 이용한 전파력의 효과를 노렸다는 점 자체가 동심적인 발상이라고 해석할 수 있다.

> 善化公主主隱　　善化公主니믄
> 他密只嫁良置古　남 그즈지 열어두고
> 薯童房乙　　　　맛둥바을
> 夜矣卯乙抱遺去如　바믹 몰 안고 가다
> 　　　　　　　　-〈薯童謠〉, 양주동 해석

이 노래는 '(진평왕의 셋째 딸인)선화 공주님은 남 몰래 정을 통하고 마를 캐는 도련님 즉, 서동을 밤에 몰래 안가 간다'라는 내용이다.[60]

이 노래의 원래 형태는 '善化公主主'와 '薯童房'이라는 두 인칭대명사가 빠진 다른 이름이 들어갈 수 있는 당시의 어린이들 세계에서 널리 불리어진 전통적인 동요에 두 인물의 명칭을 넣어 유포한 것으로 가사는 대개 다음과 같은 유형이다.

59　앞의 책, pp.33-34.
60　김은정, 류대곤, 『한권으로 보는 한국고전문학사』,에스에이치, 2009, p.33.

얼래낄래 얼래낄래

누구누구는 누구누구와 어디어디서 무엇했대요

사내아이와 계집아이가 둘이 어울려서 함께 간다거나 혹은 손을 잡고 논다거나 하는 모습을 보고 같은 나이 또래의 아이들이 놀리면서 부르는 노래이다. [61]남녀가 서로 어울려 노는 애정행동의 모습은 전통적인 사회에서 남에게 떳떳하게 드러낼 수 없이 부끄럽게 보여질 것이다. 이러한 사회 심리적인 창피한 광경을 보고 상대방을 놀리면서 무안을 주고자 창안해낸 노래가 바로「薯童謠」와 같은 어린이들의 세계에서 흔히 상대 어린이를 놀리려고 할 때 부를 수 있는 놀림 동요이다.

여기서 '얼래낄래 얼래낄래'는 별다른 의미를 뜻하는 낱말이 아니라 두 번 되풀이함으로써 놀림의 흥겨움을 살려내기 위한 發語詞의 역할을 담당하고 있다. 그리고 그 다음의 사설은 저쪽 사내아이와 계집아이와의 실제 행위를 四何法으로 간략한 묘사하고 있다고 할 수 있다. 이때에 '누구누구는 누구누구와'의 부분에는 해당 인물인 男女아이의 이름을 집어넣어 밝히기도 하지만 대개는 저쪽 편의 난처한 입장을 고려하여 비밀에 붙여 두고 그냥 막연하게 '누구누구는 누구누구와'로 끝나는 것이 상례이다.[62]

「薯童謠」는 노래의 가사내용상의 주체는 신라시대의 소년소녀들의

---

61   박노순, 『新羅歌謠의 研究』, 열화당, 1990, p.292.
62   위의 책, p.293.

감정세계를 표현했으나 어린이는 물론 인간의 감정세계도 마찬가지로 오늘날까지도 그 감정세계가 변하지 않음은 인간의 본성이 변하지 않음을 알 수 있다. 따라서 동심세계는 고대사회나 오늘날이나 그 근본은 변하지 않고 변하는 것은 생활문화가 바뀜에 따라 나타는 현상이 달라질 뿐이다. 따라서 광의 동심세계는 인간의 원초적인 본성이 지닌 감정세계로 시공간의 한계를 뛰어넘어 오늘날까지 이어지고 있는 것이다.

따라서 고대신라의 동요가 발전에 오는 과정을 통해 오늘날 동심과 연결고리가 가능하며 이러한 연결이 이루어져야 한국적인 동시문학으로 올바르게 제자리를 잡아 한국적인 특수성을 지닌 동시문학으로서 보편성을 획득할 수 있는 것이다.

「薯童謠」의 이야기는 장소와 시대를 초월해서 나타날 수 있는 인간 정신의 발달에서 하나의 단계를 이루는 바 '틀'이기도 하지만 서동 설화는 특히 일연이 전제했던바 '삼국시대에 있었던 사실'(『삼국유사』)로 한민족이 갖고 있는바 최고의 정신적 기록이라는 측면에서 서동설화가 보여주는 여권적, 모계적 양상은 한국인의 정신사 사회사적인 측면에서도 결코 도외시해 버릴 수만은 없는 문제[63]이며, 정신적 사회적 배경은 〈구지가〉에서도 나타난 동물(龜, 또는 龍 등 무의식이 지배하고 있는 남성, 성적인 측면에서 축소되어 있는 남성)과 여인과의 관계로 나타나고 있다.

「薯童謠」의 미적 속성은 우선 노래가 아동들에 의해 즐겁게 불러

---

63 정상균, 『한국 고대 시문학사』, 한국문학사, p.85.

질 수 있었다는 점에서 운율의 문제, 또는 이의 원시 형태였던 가요적 성질이 미적 효과를 올리는 데 중요한 요소로 작용했으리라고 추측할 수 있다.[64]

(2) 풍요와 동심

詩는 시대와 사회에 따른 現實에 대한 반응이면서 아울러 어느 시대에나 自己同一性으로 생각할 수 있는 그 자체의 원리에 이한 自律的 구조를 갖는다. 詩가 시대와 사회에 따라 제각기 다른 시적 세계를 表象한다고 할 때 역사적 事象의 표현이 될 수 있고, 독자적인 美的 觀照에 의하여 형성된 의미구조일 때 그것은 초역사적 존재인 것이다.[65]

어떤 문학이든 하나의 문학은 그 자체가 독특한 개성적인 산물이 아니라, 오랜 전통에 의하여 규제된다. 한 세대에서 다름 세대로 역사적 흐름이 전개됨에 따라 自說的 요소는 끊임없이 수정·변용되어지는데 이러한 수정·변용의 과정 속에서 自說的 요소는 殘影으로 상존하여 여러 세대에 걸쳐서 시인들에 의하여 무의식중에 되풀이되어 형상화된다.[66]

시가 초역사적인 존재로서 시인의 무의식중에 되풀이되는 원초적인 인간의 본성은 동심으로 모든 고대문학작품에서 현대문학작품까지 이를 바탕으로 전통이라는 이름으로 무의식적으로 전해 내려오게 된다.

---

64 위의 책, p.86.
65 박철희, 『韓國詩史硏究』, 일조각, 1981. p.4.
66 G. Jung, The Spirit in Man, Art and Literature, trans by R.F.C. Hull(Princeton University press, 1966) pp. 84~87.

신라시대 향가의 풍요는 "종교적인 정조를 수반하고 있는 일종의 노동요의 성격을 지니고 있다"[67]고 하지만 원시종교에서 불교가 전래되어 오는 과정에서 종교는 역사적 事象의 약간의 변화만 가져왔을 뿐무의식적인 인간의 본성으로 나타나는 문학작품에는 변화가 없는 동심으로 구현된다고 할 수 있다.

> *來如來如來如*   오다 오다 오다. 온다 온다 온다.
> *來如哀反多羅*   오다 셜번 해라. 온다 서러운 이 많아라.
> *哀反多矣徒良*   셜번 하니 믈아. 서러운 衆生의 무리여
> *功德修叱如良來如 功德*   닷7라 오다.功德 닦으러 온다.[68]
>
> 　　　　　　　　　　　　　　　-〈풍요〉, 김완진 해석

종교적인 이데올로기는 어린이 또한 성인이 되어가는 과정에 있는 존재로 사회화학습이 되어가는 것이다. "모든 종교는 영혼의 슬픔과 무질서에 대한 치료제"[69]의 역할을 수행했다고 보아 〈풍요〉는 본래 사찰 주변에서 구전되어 오던 불교의 전파를 위한 민요였다. 그러다가 풍요의 내용에서 '오다'라는 말이 여러 차례 반복되는 리듬감이 노동을 할 때 능률을 올릴 수 있기 때문에 노동요로 불리어졌다는 주장이 타당성이 있으나 이러한 반복적인 리듬은 어린이들이 놀이하면서도 불리어졌을 가능성이 충분하다. 어린이는 어른의 행동을 모방하기 때문

67　이재선, 『향가의 이해』, 한국학술정보, 2003, pp. 184~185.
68　김완진, 『鄕歌 解讀法 硏究』, 서울대 출판부, 1991.
69　C.G, Jung, Psycholgy and East, p. 50.

에 〈풍요〉가 민간의 민요로서 어른들에게는 노동의 고통을 잊고 불교적인 신앙심에 의해 슬픔을 극복하기 위한 노래로 불리어졌듯이 어린이들도 어른이 부른 노래를 따라 불렀다고 할 수 있다. 이렇게 볼 때 〈풍요〉는 유희적 본능이 강한 어린이들이 즐겨 부른 종교적인 동심의 놀이민요였다고 할 수 있다.

〈풍요〉의 내용에서 '서럽다', '슬프다'라는 표현은 불교적인 인생관을 반영하기도 했지만 인간의 통성의 심리적인 측면에서도 살펴볼 때 '서러움'은 고통에 시달리고는 있지만, 스스로 해결할 능력이 없는 존재의 마음속에 흥기될 수 있는 심정이기에 그것은 보호자를 잃은 어린이의 마음이며 역시 "어머니로부터 떨어졌을 때 아픈 감정"[70]과 무관한 것이 아니다. 따라서 〈풍요〉는 불교적 신앙심과 놀이 심리가 동심과 함께 융합되어 표출된 노래라고 할 수 있다.

(3) 도솔가와 동심

〈도솔가〉는 景德王(제35대, 747~765) 때 月明寺가 하늘에 두 개의 해가 나타난 변괴를 물리치기 위해, 왕명에 따라 지은 노래로『三國遺事』'月明寺 兜率歌'條에 실려 전한다.[71] 향가에서 〈도솔가〉, 〈제망매가〉, 〈천수관음가〉 모두 불교와 관련된 노래였으나 양주동은 '향가가 왕왕 천지귀신을 감동시키는 것이 하나둘이 아니었다'라는 구절을 "羅代人은……가업을 천신과 교통할 수 있는 모든 초자연력 혹은 신귀를 구사

---

70 J. Campbell, The Hero with a Thousand Faces p. 52. 정상균, 『한국고대시문학사』, p. 256. 재인용.

71 박을수, 『한국시가문학사』, 아세아문화사, 1997, p.37.

할 수 있는 무슨 주술적 힘으로 관념한 것"[72] 으로 월명사를 주술사로 규정하고 있다.

태양이 두 개 나타나 열흘 동안이나 없어지지 않아 변괴를 물리치기 위해 지은 「도솔가」는 오늘날의 환일현상이지만 당시로서는 변괴가 아닐 수 없었다. 두 개의 태양의 출현은 군주를 중심으로 한 당시의 점성술이라는 입장으로 볼 때 경덕왕 개인의 운명을 국가 태양으로 동일시한 사고에서 비롯되었다고 할 수 있다. D. Rudhyar의 "인간은 해 달, 뒤에는 별과 막연한 동질성을 느꼈다."[73] 라고 하는 것처럼 왕을 중심으로 한 동일시 현상으로 신라인에게 당혹감을 일으켰다고 할 수 있다. S. Freund는 이러한 이중성은 "원시인들과 마찬가지인 어린이의 마음속에서 절대적인 힘으로 갖고 있는 일차적 나르시시즘"[74] 에서 생겨난 영혼불멸의 사상과 관련이 있으며, 이러한 "이중성은 원래 자아 파괴에 대한 보험과 같은, 죽음이 갖는 힘의 거센 부정이었다"[75] 라고 할 수 있다.

今日此矣散花唱良 오늘 이에 산화 불러
巴寶白乎隱花良汝隱 뿌린 꽃이여 너는
直等隱心音矣命叱使以惡只 곧은 마음의 명 받아
彌勒座主陪立羅良 미륵좌주 뫼셔라

- 〈兜率歌〉, 梁柱東 해석

---

72 양주동. 『고가연구』. 일조각, 1990, p.54.
73 D. Rudhyar, The Astrology of Personality, Doubleday paperbak, 1970, p.9.
74 S. Freund, On Creativity and the Unconsciousness, p. 141.
75 Ibid. p. 141.

불교의식에서 꽃을 뿌리는 주체는 당시의 화랑도를 지칭한다. 화랑도는 청소년을 의미하며 불교의 童子와 밀접한 관련이 있다. 불교 경전에는 아동이나 청소년이라는 말이 없다. 다만 '童子·童女·要兒·嬰童·沙彌·沙彌尼 등이 불전을 통해서 접할 수 있는 兒童에 가깝다고 보여지는 단어들이다.

童子는 梵語로는 쿠마라(Kumam) 혹은 쿠마리카(Kumaraka)이며 漢譯은 鳩摩羅·鳩摩羅伽 등으로 音寫되었고, 童子·童男·童眞 등으로 意譯되었다.[76]

童子와 童女는 7~15세까지의 미혼 남녀를 가리키며, 沙彌·沙彌尼는 7~20세 미만의 남녀, 요아·영동은 1~6세까지의 신생아와 유아기에 해당하는데, 불교에서는 童子·童女 및 要兒·嬰童는 모두 수행승이 되기 위해 출가하였다. 그러나 이들은 스님이 되기 위한 준비과정의 견습생에 지나지 않으며, 沙彌·沙彌尼는 십계를 받아 比丘·比丘尼가 되기 이전의 단계의 남녀를 지칭하였다.

불교에서는 모든 사람을 깨달음을 얻을 수 있는 가능성의 존재로 본다. 따라서 본질적으로는 아동과 성인의 차이를 두지 않으며, 아동을 성인과 마찬가지로 궁극적인 깨달음의 경지인 열반의 세계에 도달할 수 있는 주체적이고 가능성이 있는 인격체로 보았다.[77]

따라서 〈兜率歌〉는 고대 유리왕대의 〈兜率歌〉는 작자를 알 수 없는 우리나라 최초의 정형시가로 집단적 서사시와 개인적 서정시의 중간형

---

76 趙明烈, 『童心文學의 硏究』, 集玉祭, 2011. p,154.
77 임명연, 「한국민담에 나타난 아동관 분석」, 숙명여자대학교 대학권 석사학위논문, 2005, p.12.

식으로 가요이며, 향가인 景德王 代의 〈兜率歌〉는 변괴를 물리치기 위해 융천사가 왕명으로 지은 불교적인 노래이다.

融天師가 지은 향가인 〈兜率歌〉의 노래 내용에서 꽃을 뿌린 이는 동자였을 가능성이 크다. 이는 미륵좌주를 모시는 주체가 바로 "열반의 세계에 도달할 수 있는 주체적이고 가능성 있는 인격체"로서의 동심을 표현한 말이라고 할 수 있다.

(4) 도천수대비가와 동심

〈도천수대비가〉는 일명 〈禱千手大悲歌〉·〈得眼歌〉·〈盲兒得眼歌〉·〈禱觀音得眼歌〉·〈千手千眼觀音歌〉·〈千手大悲歌〉·〈눈밝안〉 등으로 불리는 노래로, 『三國遺事』卷第三 塔像 第四 분황사 천수대비 盲眼得眼條에 10分節相으로 실려있다.[78]

膝肹古召於	무릎을 꿇으며
二尸掌音毛乎支內良	두 손바닥을 모아
千手觀音叱前良中	천수관음 전에
祈以支白屋尸置內乎多	비옵니다
千隱手叱千隱目肹	천 손에 천 눈을
一等下叱放一等肹除惡支	하나를 놓고 하나를 덜겠사옵기에
二于萬隱吾羅	둘 없는 내라
一等沙隱賜以古只內乎叱等邪阿邪也	하나야 그윽이 고치올러라

---

78 金承燦, 「신라향가연구」, 동아대학교 대학원 박사학위논문, 1987 p.27.

吾良遺知支賜尸等焉　　아, 내게 끼쳐주시면

放多矣用屋尸慈悲也根古　놓되 쓰올 자비여 얼마나 큰가!

-〈도천수대비가〉 양주동 해석

때는 경덕왕 시절, 한기리漢技里라는 동네에 살고 있다고 소개한 희
명希明이라는 여인은 어느 날 갑자기 다섯 살 먹은 딸의 눈이 멀어 걱
정이었다 했다. 그래서 아이를 안고 분황사 천수관음화상 앞으로 가서
아이로 하여금 노래를 지어 빌게 하니 눈을 뜨게 되었다는 사연이다.[79]

이 노래는 관음보살의 영험을 믿는 불교신도가 자식의 불행을 관음
보살에게 호소하는 기도적 청원을 담고 있다. 관음사상에 바탕을 둔
노래나 소박한 모성애를 느끼게 하는 작품이다. 따라서 이 노래는
신라 시대 관음사상이 민간에 널리 퍼져 있었던 때에 나온 작품이다.

한 여인이 자식을 위해서 기도하면서, 신라 시대에 절대적인 표상에
대한 염원을 노래한 것은 무력한 서민들의 심정이었을 것이다.[80] 천수
관음에게 실명한 아이의 눈을 뜨게 해달라는 간절한 기도가 담겨있으
며, 무릎을 꿇고 두 손을 모아 합장하는 자세의 간정한 청원을 드리는
〈원앙생가〉와 더불어 향가의 기도적 청원을 대표하는 작품이다.

이 노래에 대해 많은 학자들이 지은이가 어린이다. 어린이가 아니라
어머니다. 등등 여러 가지 상이한 학설을 주장하고 있지만, 눈이 먼 주
체가 어린이라는 사실만은 분명하다. 따라서 자식이 눈이 멀었기 때문

79　조동일『한국문학통사1』, 지식산업사, 2000, p.176.

80　김동욱,『한국 가요 연구』, 을유문화사, 1981, pp.115~118.

에 어머니가 천수관음에 간절한 기도를 통해 자식의 눈을 뜨게 하려는 청원 성격의 불교적 신앙심이 드러난다. 특히 눈 먼 자식의 눈을 뜨게 하여 주려는 어머니의 애타는 마음이 눈물겹도록 잘 표현되어 있다. 어머니의 헌신적인 자식 사랑의 절절함을 담고 있다. 따라서 어린이는 가정에서 부모의 사랑을 받으며 자라나야 한다는 어린이에 대한 사랑과 존중의식이 담겨 있는 것을 알 수 있으며, 아이와 부모의 원시적인 동일시라고 할 수 있는 동참적 상황을 제시하고 있다. "동참적 상황은 아이들이 부모의 갈등을 저희의 갈등처럼 느끼게 하고 그것이 아이들 자신의 것인 것처럼 그것으로 인해 고통을 받는 것"[81]이며, "나이 어릴 때 어린이는 자기들의 부모와 동참적 상황에 살아가기 마련"[82]이므로, 부모는 아이와 동참적 상황을 통해 관음보살에 의지하고 있는 것이다.

이처럼 자식을 사랑하는 마음은 고대사회에서부터 오늘날까지 변함없이 전해오는 인간의 본질적인 심성이다. 이러한 가장 인간의 본질적인 심성으로써 원초적인 선한 마음을 동심으로 포괄할 때, 동심은 모든 전통 시가를 바탕을 형성하고 이어져왔다고 할 수 있다. 어린이에 대한 존재에 대한 자각과 불교적인 신앙심으로 눈이 먼 아이의 분을 뜨게 하려는 어머니의 심정과 어린이 스스로가 불교적인 신앙심에 의해 노래를 지어 부름으로써 눈을 뜨고자 하는 간절한 소망이 표출된 동심을 발견할 수 있다.

---

81 C. G. Jung, The Development of Personality, princetion University press, 1981, p.124.

82 앞의 책, P.54.

(5) 처용가와 동심

민요의 형식은 고대 제의 형식의 노래가 민요로 분화된 형태다. 종교
적이고 서사적인 형식으로 무속적인 산문의 구연 형식을 대표하는 노
래가 무가인데, 이는 무당에 의해 창작되고 구연되어왔다. 제의 형식은
기본적으로 서사적인 예술형식이다. 그것은 이야기를 가지고 있고, 이
야기는 구술되며 전승되었다.[83]

따라서 서사적 양식에서 유래된 무가는 민요처럼 노래로 불리어졌다.

무가를 대표하는 〈처용가〉는 관계기록이 포함하고 있는 복합적 성
격 때문에 성격과 해명이 다양하다. 〈처용가〉를 이해하려는 노력은 불
교적 측면, 민속학적인 측면, 역사사회학적인 측면, 순수문학적인 측면
등 여러 가지 시각에서 시도되고 있다. 예를 들면 처용을 지방토호 아
들로, 도는 아라비아 상인으로 보기도 하는가 하면, 처용의 노래와 춤
을 역신을 물리치는 驅儺儀式의 형태로 보기도 한다.[84]

민속학적인 측면에서는 용신사상이 결합하여 신라시대에 처용설화
가 형성되었으며, 僻邪의 呪力을 가진 복합적 신격으로서 處容歌舞는
역신구축의 呪力행사인 굿이다. 설화발생 이전에는 벽사진경의 주술
적 門神인 처용의 화상이 민속상에 존재하였으며, 처용의 문신이라는
근거로 중국의 문신인 重明鳥, 神荼와 신라의 문신을 예로 들 수 있다.
또한 처용은 곧 용의로 神, 人의 설화적 전개가 곧 처용설화이다.[85]

또한 역사학적인 측면에서 볼 때에는 지방호족의 아들이거나 아라

---

83 대한민국예술원, 앞의 책, p.40.

84 박을수, 앞의 책, p.55.

85 林靑和, 「處容歌舞의 演戲性 硏究」, 경희대학교 대학원, 2002, p.4.

비아 상인으로 비유가 되며, 신라후기 헌강왕대 경제체제의 개편에 따른 경제적 모순이 폭발하기 직전의 사회상황을 배경으로 하고 있다. 따라서 처용설화는 역사적인 사건이 說話化 되었다고 볼 수 있다.

불교학적인 측면에서 볼 때에는 〈處容歌〉는 깨달음의 경지를 노래한 佛歌로 이를 위한 내용의 설화이다. 호국호법의 용, 그리고 그의 보좌왕정과 歌舞는 중생교화의 임무수행이며, 불교교화의 의미를 지닌다고 볼 수 있다.

어학적인 측면에서 본다면, 처용의 현대음이 제웅이다. 이는 짚으로 만들어진 사람의 형상으로 길가에 厄運을 물리치기 위해 대신 버려지는 주술인형을 말한다.

설화문학적인 측면으로 볼 때는 처용은 실존인물이라기 보다는 처용 주술적인 문신으로 처용화상이 존재해온 것으로 보아 〈處容歌〉는 객관화된 呪力을 가진 노래를 지어부른 불교도가 창작물이다.

歌舞적인 측면에서 본다면, 상고시대 때부터 제천의식의 행사 때 歌舞를 해왔기 때문에 궁중의 나례의식 후 處容舞와 학연화대처용무합설[86]을 연행하였다. 그래서 경주에서 출토된 鬼面瓦, 木心漆面, 大面戱, 處容歌舞 등으로 보아 가무의 성격이라고 할 수 있다.

이 노래는 역신을 물리치기 위한 축사로 집단적인 주술성을 띠고 있다. 그 내용면에서는 망해사 설화를 배경으로 하고 있으나 매우 개인

---

86 향악정재(鄕樂呈才)의 하나로 조선 초기 궁중에서 12월 그믐날 하루 전에 행하던 나례(儺禮 : 잡귀를 쫓기 위해 베풀던 의식) 뒤에 연출하는 종합적인 무악(舞樂)으로, 학무(鶴舞)·연화대(蓮花臺)·처용무(處容舞)를 잇따라 공연하는 것이나. ≪용재총화 慵齋叢話≫에 따르면 <처용무>는 처음에 한 사람이 흑포사모(黑布紗帽)로 추었는데, 뒤에 오방처용(五方處容)으로 변하였다 한다.

적이고 보통 사람들의 공통적인 정서가 진솔하게 표현되어 있다. 특히 영탄적인 표현 기법으로 분노와 슬픔, 그리고 체념과 관용의 상반된 감정을 동시에 함축하면서 전체적으로 긴장과 갈등을 고조시킨다.

이와 같이 여러 가지로 해석이 가능한 〈處容歌〉는 배경설화에서 역신은 인간의 무의식적인 성적 본능을 상징하는 신이기도 하지만 동심의 본질을 함축하는 신이기고 하다. 이러한 역신의 출현이 가능한 사회는 모계의식이 지배하는 모권사회임이 분명해진다. 역신은 여성의 모계적 요구에 노예가 된 남성상이거나 여성의 무의식 인격의 남성적인 성향을 의미하는 아니무스다. 일종의 오이디푸스 콤플렉스[87]

성향을 보인다. 신라말엽 극도로 도덕적 해이된 사회현상을 용왕의 아들, 역신 등을 통해서 고발하고 풍자한 노래라고 하나 역신과 아내

---

87 오이디푸스 콤플렉스는 어머니를 손에 넣으려는, 또한 아버지에 대한 강한 반항심을 품고 있는 앰비밸런스적인 심리를 받아들이는 상황을 말한다. 프로이트는 이 심리 상황 속에서 볼 수 있는 어머니에 대한 근친상간적인 욕망을 그리스 비극의 하나 '오이디푸스'(오이디푸스 왕)에 빗대어 《오이디푸스 콤플렉스》라고 불렀다. 오이디푸스 콤플렉스에는 두 측면이 생긴다. 아이는 마지막으로 이 갈등에서 벗어나기 위해 부모를 버리는 것이지만, 아이는 아버지와 투쟁하기 위하여 "동일화"하고 강한 남성적인 측면과 아버지에게는 안 된다. 라는 금지 사례를 초자아로 형성될 것이다. 그것은 양심과 윤리감이나 이상으로 유지되고 잠복기 이후의 아이의 행동을 통제하게 된다. 또한 오이디푸스 콤플렉스 갈등을 극복하고, 아이들은 근친상간적인 소망이나 이에 따르는 리비도 그것 거세 불안과 아버지에 대한 공격 마음 등을 무의식에 억압한다. 이러한 욕망은 오이디푸스 콤플렉스가 생길 때까지 아이의 생각을 그대로 표출되고, 이 갈등과 극복을 계기로 그들은 버려지는 것이 된다. 이 욕망은 무의식적으로 버려진다. 즉 무의식에 억압된다. 그리하여 그때까지 막연했던 의식과 무의식의 경계가 분명하게 형성된다. 아이에게 자아를 파생 분화시키고, 즉 억압에 의해 근친 상간적인 욕구와 거세 불안 등을 무의식적으로 억제하고 현실적인 자아를 만든다. 또한 동일화된 부분과 금지 사항이 합쳐져 초자아가 만들어진다. 이렇게 세 가지 정신 구조가 만들어지는 것이라고 프로이트는 주장하고 있다.

가 사통하는 광경을 목격하고, 이 노래를 부르고 춤을 추어서 역신을 물러나게 했다는 이야기에서 해학적인 동심이 깔려있다.

〈處容歌〉는 그 자체로 독립해서 존재하는 한 편의 독자적인 가요가 아니라 處容說話 文脈의 일부로 존재하는 특수성을 갖고 있는 說話的 歌謠이다. 특히 다른 鄕歌와는 달리 〈處容歌〉는 處容說話의 일부로서 기록되어 있다.[88] 이 〈處容歌〉는 후대로 이어져 고려 〈處容歌〉, 處容舞로 탈을 쓰고 공연하는 무사적인 성격으로 자리 잡아 오늘에 이르렀다.

東京明期月良	東京 기 라라
夜入伊遊行如可	밤 드리 노니다가
入良沙寢矣見昆	드러 자 보곤
脚烏伊四是良羅	가로리 네히러라.
二兮隱吾下於叱古	두 른 내해엇고
二兮隱誰支下焉古	두 른 누기핸고.
本矣吾下是如馬於隱	돈 내해다마
奪叱良乙何如爲理古	아 엇디 릿고.

-〈處容歌〉 김완진 해석

위의 〈處容歌〉는 다리가 넷이라는 것으로 보아 두 사람이 엉켜져

---

88 김정희,「新羅下代社會와 〈處容歌〉의 성격」, 성균관대학교 교육대학원 석사학위논문, 1994, p.54.

있는 모습은 어린이들이 장난을 할 때 흔히 볼 수 있는 놀이문화의 한 장면으로 유희적인 해석이 가능하다. 또한 處容假面을 쓰고 춤을 추는 동작은 동심의 유희적인 특성을 보여준다. 이렇게 볼 때 이 노래의 바탕에는 샤머니즘, 토테미즘, 정령사상, 금기사상 등의 고대사회의 사상과 불교신앙이 전통적인 바탕을 형성하여 전래되고 있으며, 동심도 역시 같은 맥락에서 바탕을 형성하고 있다. 특히 處容舞을 통해 고대 사회의 사상적인 흐름을 오늘날까지 춤이라는 형식으로 전래되어왔다. 이것으로 보아 전통의식이 민족 집단을 정신적인 에너지로 전래되어 오고 있다는 것을 보여주며, 인간의 원초적인 심성인 동심이 시가를 통해 면면히 전해져 왔다는 사실을 짐작할 수 있다.

4. 마무리

동심은 인간의 근원적인 마음임을 원시적인 토템이즘과 영혼 사상. 그리고 우리나라의 고대 시가와 향가를 중심으로 살펴보았다. 인간의 원초적인 마음인 동심을 춤과 노래했던 원시시대, 그리고 문자로 기록된 고대시가와 향가를 통해 동심의 원형을 살폈다.

동심을 모토로 하는 문학인 아동문학에서 노래와 함께 발달한 고대시가. 향가 등 고대시가는 현대에 이르러 그림과 결합하여 이미지 형태로 시각화하여 자유롭게 표현된다. 따라서 정형율에 의존한 노래 가사 형태로 불러지던 고대시가와 향가가 현대에 이르러 분화되어 시와 동시로 나뉘어졌다. 그렇지만 고대시가의 바탕이 원초적인 인간의 마음인 동심을 바탕으로 하고 성인과 어린이의 구별이 없었지만, 오늘날 시는 성인을 대상으로 동시는 어린이를 대상으로 동심의 세계를 표현하는 문학의 형태가 되었다.

동심은 자연을 숭배하는 원시시대의 단순한 의식에서 출발했다. 따라서 아동문학의 한 장르인 동시는 어린이의 마음을 표현한다는 협의의 개념으로서의 동시를 포괄하여 성인의 순수한 마음까지 확장한 개념으로 볼 때 동시는 동심을 노래한 문학의 가장 근원적인 형태라고 할 수 있다.

그러나 오늘날 동시를 쉬운 시라고 얕보고, 성인이 어린이로 퇴행한 유치한 말장난을 일삼는 일은 문학하는 순수한 마음을 저버린 인간의 추악한 명예욕을 드러내는 행위이다. 따라서 진실하고 순수한 원시적인 마음으로 동심을 노래한 동시가 많이 창작되어야 할 것이다.